L'ÉTUDIANT
ÉTRANGER

PHILIPPE LABRO

L'ÉTUDIANT ÉTRANGER

FRANCE LOISIRS
123, boulevard de Grenelle, Paris

Édition du Club France Loisirs
avec l'autorisation des Éditions Gallimard

© Éditions Gallimard, 1986.
ISBN n° 2-7242-3403-0

Pour mon père et ma mère.

« Le passé est une terre étrangère :
on y fait les choses autrement qu'ici. »

L. P. Hartley

PROLOGUE

On était en janvier et dehors, dans la cour triste de
ciment gris du grand lycée, le givre avait blanchi les
branches des arbres nus.

J'étais assis au cinquième rang de la classe d'anglais.
Le professeur nous faisait réviser un texte lorsque la
porte s'ouvrit. Deux hommes entrèrent, banalement
vêtus, apportant avec eux une bouffée de cet air glacé
qui filtrait déjà à travers les fenêtres mal isolées du vieil
établissement. J'ai tout oublié de leur nom, leur âge,
leur visage, et jusqu'à leur fonction, mais je sais, trente
ans plus tard, que leur entrée, ce matin-là dans notre
classe, fut à l'origine du premier grand tournant de ma
vie.

Ils étaient venus nous informer de la possibilité de
gagner une bourse d'études d'un an dans une université
aux États-Unis. C'était exceptionnel, soulignèrent-ils
au milieu d'un bourdonnement de voix dissipées.
Habituellement, la compétition n'était ouverte qu'à des
étudiants âgés, d'un niveau supérieur. Cette année,
quelques bourses n'avaient pas encore été attribuées et
l'on avait décidé d'élargir le concours aux élèves des
lycées. C'était une chance unique. J'ai levé la main.

Longtemps après, une épaisse enveloppe est arrivée
chez mes parents, adressée à mon nom. Elle était en

9

papier kraft bleu, d'une texture différente, avec, en haut à gauche, un emblème entouré d'une devise en latin. Sur la droite, deux timbres larges et multicolores, représentant des oiseaux bariolés et des plantes étranges. Le simple poids de cette enveloppe entre mes mains, son format anormal, sa couleur si peu familière me firent deviner, avant même que je l'ouvre, qu'elle était porteuse d'une fabuleuse nouvelle. Alors, comme dans le rêve que j'avais fait pendant d'innombrables nuits, j'ai entendu l'appel des cheminées du paquebot sur lequel je m'embarquerais quelques mois plus tard, et qui m'emporterait vers l'inconnu.

PREMIÈRE PARTIE

L'automne

1

En réalité, personne n'a jamais su pourquoi Buck Kuschnick s'était suicidé.

Qu'est-ce que ça voulait dire, ce corps de dix-huit ans, vêtu seulement d'un long pantalon de pyjama à rayures classiques, les chevilles attachées aux barres de métal des deux extrémités du lit de sa chambre dans le *freshmen dorm*, aile ouest du dortoir, rez-de-chaussée, à droite quand on entrait par la cour ? Pourquoi s'était-il ainsi ligoté, un dimanche soir à l'heure paisible et creuse où les garçons, dans les fraternités, les maisons de bois clair et de briques rouges posées sur les collines et dans les vallons, mangeaient le poulet frit au riz brun en écoutant Mitch Miller et ses chœurs chanter *Barney Google* ? Qu'est-ce qu'il avait voulu faire, Buck ?

En réalité, il ne s'appelait pas Buck. Son état civil complet, dans l'annuaire Calyx de 1954-1955, catégorie *freshmen*, les étudiants de première année, l'identifie sous la triple dénomination de Balford Frank Kuschnick. Balford est un prénom que je ne connais pas mais j'imagine que, très tôt dans son enfance, on l'avait gratifié du diminutif de Buck, assez répandu à l'époque dans la partie du pays où il était né. Buck, ça fait pilote de course, joueur de basket, petit garçon turbulent qui casse tout et qu'on hèle de loin : « Buck ! Buck ! » à l'heure où les enfants sages ont déjà rejoint le foyer. Buck, c'est un cri de parent impatienté au coucher du soleil. Sa mère a dû vouloir l'appeler Balford au début puisque, comme beaucoup de mères du Sud, elle ne pouvait s'empêcher de voir en son fils une réincarnation du gentleman aristocratique du siècle dernier — surtout si, précisément, les Kuschnick n'appartenaient pas à la haute société. Et puis la mère a dû renoncer et le père a tranché : ça sera Buck, ça sonne bien, ça rime avec *luck*, nous au collège quand on rigolait avec Buck, on disait surtout que ça rimait avec *fuck* et il faisait l'imbécile pour qu'on parle d'autre chose. Il passait tout de suite à autre chose dans un éclat de rire gêné.

Les deux prénoms et le nom de famille sont imprimés sous sa photo, format d'un large timbre-poste, à la page 68 du Calyx, au milieu d'une rangée de cinquante autres visages, tout aussi lisses et innocents que le sien. Cinquante lueurs impalpables et irréelles venues de mon autrefois. Tellement semblables, les visages : cheveux courts, sourires pour le photographe, fronts dégagés et dentures correctes, de bons college boys, encore nimbés de la lumière de l'adolescence. De toute la rangée, Buck est le seul à n'avoir pas les cheveux en brosse, la *crew cut* ; il sourit plus imperceptiblement que les autres et ses yeux noirs semblent fixes, avec un menu strabisme qui arrête l'attention un court instant. Ils sont tous habillés de la même façon, on croirait presque un uniforme : col de chemise à pointes boutonnées, cravate à rayures, *tweed jacket* à chevrons ou blazer sombre. La photo s'arrête à la poitrine mais je sais, moi, à quoi ressemblait le reste : pantalon de flanelle noir ou marron en automne ou en hiver ; pantalon de toile beige clair appelé là-bas *chino* et que l'on mettait dès qu'il faisait beau. En hiver, ils portaient des grosses chaussures à lacets, noires ou marron foncé, qu'ils faisaient briller à en perdre le souffle tellement ils les astiquaient chaque soir dans leur chambre pour deux. En été, les chaussures étaient blanches, semelles de caoutchouc rose foncé, toile épaisse style colonial, avec une variante : la partie blanche sertie en son milieu d'un morceau de cuir bleu, des godasses solides et qui devaient tenir quatre ans, la durée d'une vie à l'université. C'était ainsi que l'on s'habillait, pas autrement, il n'y avait aucune règle mais une volonté unanime de se conformer à une image et un style — vous auriez eu du mal à ne pas être immédiatement reconnu n'importe où, dans les grandes villes ou sur la route, dans un restaurant ou au guichet d'une banque : vous étiez un college boy et du Sud, pas du Sud profond, mais d'un Sud plus clair, un Sud moins moite. Pas le Sud des marécages et des moustiques et des bayous, mais le Sud des ciels bleus, des vallées ordonnées et radieuses, les vallées vert et blanc.

J'ai ouvert l'album pour chercher Buck, je n'avais pas accompli ce geste depuis trente ans. Un parfum pénétrant et révolu, celui de papier glacé et amidonné, suscitant je ne sais quelle sensation blanche et laiteuse, m'a assailli. Je me suis vu faire des choses que je ne fais pas : j'ai brusquement pris l'album à la couverture épaisse en cuir bouilli et j'ai plongé mon nez au milieu des pages en aspirant très fort, j'ai fermé les yeux et j'en ai été suffoqué, j'en ai perdu mes couleurs.

J'ai recommencé une ou deux fois, isolé du monde, ivre, sans boussole.

Ça m'est revenu d'un seul coup, comme une musique de ma jeunesse en plein cœur de la Virginie, dans la vallée de Shenandoah, avec d'abord cette lancinante rythmique des trois noms qui me semblaient si exotiques, et qui traduisaient chacun des espoirs, des

14

ambitions familiales, des traditions remontant au-delà de la Guerre de Sécession, les noms du Sud et de l'Ouest et du Sud-Ouest. Cascade nostalgique de garçons aux identités plus lourdes que leur propre personne. L'un qu'on avait appelé Beau Anthony Bedford — prénommer quelqu'un Beau en Louisiane, d'où il venait, c'était un geste d'une telle arrogance, d'une telle confiance en l'avenir de son enfant ! J'entends aussi le son à la fois traînant et clinquant et doucereux et hautain de Page de Ronde Crowther, John Cameron Hostatter, Paxton Hope Hudson Junior et Daniel Boone Langhard et Houston Cotton Manston et aussi Aristides Christ Lazarides – celui-là, au moins, on savait que ses parents étaient fraîchement immigrés.

Et puis, les triples croches des triples noms ont fait place à d'autres sonorités et celles-ci ont été reliées par d'autres fragrances. Ça m'est revenu comme une musique qui m'étreint et me fait basculer et je ne suis plus maître de mon présent, la mémoire dicte tout : avec des bouffées de gazon vert et les bulles de la bière légère Pabst Blue Ribbon ; avec le goût du métal de la boîte toute fraîche et les effluves d'épices des Caraïbes dont s'aspergeaient les garçons le samedi soir lorsque toute une communauté masculine se pomponnait, se talquait pour la grande ruée vers les collèges de filles, aux alentours, à cinquante ou cent kilomètres à la ronde. Il y a comme une dose excessive qui envahit mon corps, les trombones du Stan Kenton Band pendant les grands concerts de printemps, avec toute la jeunesse assise sur la pelouse ; la boue rouge sur le long pont piétonnier de ciment qui reliait le terrain de football au gymnase et surplombait une maigre voie de chemin de fer ; les allées et venues sous la « colonnade » par un matin étincelant d'automne avec le soleil qui glissait le long de l'herbe, le soleil venu de derrière la chapelle Lee ; et j'entends le silence du campus pendant les cours avec, par les fenêtres ouvertes, la course d'un étudiant en retard dont les pas inquiets résonnent sur les dalles.

Et je me souviens comme le cœur battait plus vite lorsque nous approchions des façades recouvertes de lierre de Mary Baldwin ou de Hollins College où se trouvaient les jeunes filles en cardigan bleu ciel, avec nacres et perles en forme de fleurs qui moulait leur poitrine, et me revient encore et encore et encore cette même senteur lourde que je ne sais pourquoi j'assimile à la couleur du lait, et qui m'ouvre une porte secrète sur des chambres et des couloirs et des nuits que je n'avais plus osé explorer.

Les jours de février étaient blancs et féeriques. Une sorte de gloire froide s'emparait de la pente enneigée. En octobre, le rouge des ormes et des érables. En général, il pleuvait peu dans ce pays, ou alors des tornades, des trombes qui inondaient les rues de la bourgade adjacente au campus et qui charriaient en rigoles naturelles des amoncellements de feuilles de sycomores et de branches de cèdres.

Au printemps, le *dogwood*, qui fleurissait autour des résidences des professeurs, annonçait des soirées de paresse et de bourbon, des promesses et des découvertes, l'appel d'une rencontre ou d'une conversation qui changerait notre semaine, c'est-à-dire notre existence. L'été, je suis parti sur la route, vers l'ouest. Et de cela, aussi, je veux parler.

Opaque et gominé, le faciès de Buck revient vers moi jusqu'à m'aveugler, comme les yeux bleu-vert des gros phares biseautés du train de la Southern & Allegheny Railways, celui qui m'a déposé là-bas, la première fois. Mais pourquoi ai-je éprouvé le besoin de commencer par Buck Kuschnick ?

2

Au fond, ce n'est pas si difficile que cela d'en parler. En même temps, c'est déchirant, parce qu'il faut que je me débarrasse de tout si je veux parvenir à retrouver intact le grain de la peau de Sue Ann ou reconstituer le ton ambigu et cajoleur de Franklin Gidden. Sue Ann a été la première fille avec qui je sois sorti plus d'une fois, ce qui signifiait forcément quelque chose : on ne demande pas impunément à une *date* « Puis-je vous revoir ? » — ça vous embarque dans toute une histoire. Quant à Gidden, il était le type le plus brillant du campus lorsque j'y suis arrivé. Il était un *senior*, quatrième année, fin de parcours, capable de séduire les nouveaux les uns après les autres pour les enrôler dans sa bande secrète d'adorateurs et d'hommes de main. Il avait tellement régné sur la petite université et il avait pris un tel plaisir à dominer et à intriguer que, toute sa vie, qui fut très brève, il tenterait de rattraper ces jours dorés où l'infime supériorité de sa perversité et de son expérience lui donnait l'illusion d'être le maître d'un grand jeu. Frank, bouche épaisse, regard embusqué derrière des lunettes d'écaille offertes par l'un de ses professeurs, épris de lui sans doute, doigts agiles qui pianotaient nerveusement sur le comptoir métallique du *diner's* où il tenait ses assises, les soirs de semaine, devant les jeunes gens fascinés, pauvre Frank, disparu dix ans plus tard, dans la grande rafale des sixties...

Si je veux parvenir à dire pourquoi, sous le ténu voile de poudre rose qu'elle s'appliquait d'un coup de patte sur les joues, la peau de Sue Ann Chambers m'avait rendu malade de désir, il faut bien, en effet, que je me défasse de toutes les images superposées qui ont défilé depuis, il faut que j'oublie le respect de la construction avec début, milieu et fin. Se débarrasser des scénarios, des explications, des sous-titres. Se laver de tout. Être limpide, raconter comment c'était.

Recapturer cette impression de moelleux, coton-neux, cet attouchement, la buée qui lui venait sur la naissance de l'ourlet des lèvres, cette sensualité dont elle n'était pas consciente et peut-être n'en possédait-elle aucune, peut-être n'étais-je que la victime d'un minuscule effet chimique produit par sa peau sur la mienne. Je n'y crois pas, réellement. Je crois que Sue Ann représentait pour moi ce qu'il y avait de plus exotique, en ceci qu'elle était typiquement de son pays, si banalement Sue Ann Chambers de Wallatoona, Caroline du Sud, que je me sentais brutalement remué et attiré, et cela faisait sourire mes amis. Pour eux, elle était un *dog*, un *pig*, c'est-à-dire banale et fade et sans intérêt, ils avaient sorti des filles comme ça depuis l'âge de treize ans. Pour moi, Sue Ann Chambers offrait l'aspect d'un fruit inconnu, le premier auquel j'ai eu le droit de goûter, à peine une morsure. Et, morsure sur morsure, pour n'aboutir à rien, ni amour, ni plaisir, ni jouissance. Je me souviens de la période Sue Ann comme d'une longue rengaine de frustrations, d'heures entières passées en approche, un baiser ici, un autre là, une main qui fait barrière à mi-poitrine ou mi-cuisse, le refus du corps, et cette voix traînarde et sourde qui disait : « *Come on, please, stop it, no, no, stop, don't...* » et qui chevauchait la voix de cinéma de Robert Taylor retransmise par le haut-parleur individuel, la boîte

noire et carrée agrafée à la vitre avant de la Buick verte
et décapotable, dans le *state drive-in*, le cinéma en plein
air au nord de la route 250.

Sur la banquette avant, Pres Cate tentait, aussi
vainement, de séduire sa propre *date*, une jeune fille
nommée Ashlyn. Elle n'était pas moins réticente que
Sue Ann : les filles bien ne « font pas ». Au retour,
quand on avait déposé les jeunes filles à la porte de leur
collège et que j'avais rejoint Pres sur le siège avant et
que, dans un bruit de soie qui se lacère, la Buick filait
dans le noir en chassant les papillons de nuit et que
Pres ouvrait des boîtes de bière que nous avions
achetées au passage chez Doc Silver, le film, on aurait
bien été en peine de se le raconter. Ça avait dû être un
western, c'est ça, disait Pres, tenant d'une seule main le
grand volant façon onyx et décapsulant une Schlitz de
l'autre main.

Je suis enchanté de me trouver à ses côtés. Pres est
un des trois *quarterbacks* titulaires de l'équipe de
football. Il a une charpente rugueuse, un visage rond,
jovial et un peu fou, celui d'un type capable d'entrer
tête en avant dans les armoires métalliques du vestiaire
du Doremus Gymnasium pour démontrer au coach
qu'il a le crâne plus dur que n'importe quel connard de
sa génération et que les gros avants peuvent toujours le
plaquer en pleine course, il se relèvera plus vite qu'eux.
Pres Cate a le teint légèrement mat, ce qui fait mieux
ressortir un petit sourire insolent sur des quenottes
blanches et cisaillées, on dirait la tête d'un lapin de
dessin animé sur le corps d'un haltérophile. Les filles
le trouvent irrésistible. Moi aussi. Il adore faire l'imbécile, il jette nonchalamment la boîte de bière vide
par-dessus son épaule dans le noir de la route qui
s'évanouit derrière nous. Les boîtes, il les plie en deux
entre le pouce et la paume d'une seule main. C'est un
geste de pure force, il faut avoir saisi le coup, comme
pour siffler entre ses doigts. Mais il faut aussi un

poignet en acier et des mains suffisamment puissantes. Ce geste s'accomplit les soirs où l'on boit dans les fraternités. C'est un geste qui vous sépare d'une partie des autres garçons du campus, il y a ceux qui peuvent et ceux qui ne peuvent pas, j'ai compris cela rapidement, et je vais mettre quelques mois pour maîtriser cette figure du jeu. Le fin du fin, comme chez Pres, c'est de plier la boîte de bière de la main droite tout en conduisant la voiture de la main gauche, sans accroc, tout ça enchaîné, *smoothly*, avec suavité. Il faut être rugueux et *smooth* — ça veut dire souple, ondoyant, dégagé. Pres Cate est tout cela à la fois. Je suis enchanté de me trouver à ses côtés. Il m'a chargé de surveiller en avant, en arrière et sur les bas-côtés la présence toujours possible d'une voiture de la patrouille d'État :

— Crois-moi qu'à cette heure-ci, le samedi soir, ils ont faim et ils en bavent d'envie de gauler les college boys, ils ont renforcé les patrouilles, il y a au moins quatre unités qui sillonnent la région, c'est comme si je les entendais se parler entre eux de voiture à voiture, ils savent à quelle heure on rentre des collèges de filles, ils sont à l'affût derrière les panneaux indicateurs, c'est ça qu'il faut scruter, les panneaux, les fourrés, le gros buisson là-bas au virage, ouvre l'œil ! Yaooouh !

Il a poussé un cri d'Indien qui signifie « danger », et il appuie à fond sur la large pédale de freinage de sa merveilleuse et reluisante Road Master décapotable. Je sens le Variable Pitch Dynaflow rétrograder silencieusement et instantanément dans un ronron de panthère qui se décontracte pour revenir sans un à-coup à la vitesse limite autorisée, la barre phosphorescente dans le gros compteur rond indiquant les 30 miles. Nous sommes rentrés dans la stricte légalité et quand nous croisons l'inévitable voiture-patrouille, tous gyrophares allumés, nous savons qu'elle ne fera pas demi-tour mais nous ressentons l'impression d'être passés à côté d'un grand danger. Nous nous regardons alors sans parler, avec une complicité de bandits qui ont traversé la frontière et respirent, soulagés. C'est ainsi que naissent les amitiés. Pres a vingt ans, j'en ai tout juste dix-huit, on est à la fin de l'automne, journées et nuits tremblantes de beauté, j'entame mon deuxième mois et, bien que sachant encore si peu de l'univers inconnu et stupéfiant dans lequel j'ai plongé, je sens poindre la notion fragile que j'ai peut-être franchi la première étape d'une initiation très longue, et très compliquée.

Je me revois.

Je revois ce jeune homme aux joues et au front inaltérés, un jeune homme vierge jeté comme l'habitant d'une autre planète sur une terre aux langages non déchiffrés, aux signes mystérieux. Il remercie Pres dont la Buick fait demi-tour. Pres appartient à une fraternité, il va donc dormir dans la maison là-bas. Le jeune homme, lui, regagne le dortoir des nouveaux, le *dorm*, et il rencontre un, deux, puis plusieurs garçons revenus eux aussi de leurs rendez-vous du samedi soir. On s'interpelle dans la cour, ensuite de fenêtre en fenêtre : « Tu as fait ? Tu as réussi à faire ? Comment as-tu fait ? » Les questions se renvoient l'une à l'autre, sans réponse, puis le concert de voix s'amenuise, les fenêtres s'éteignent peu à peu comme les signaux lumineux d'un standard téléphonique passé l'heure de pointe. Le compagnon de chambre est rentré, il dort déjà, vous impose de se taire, ou bien c'est le contraire. Dernier regard dans la cour vide : une fenêtre est restée allumée, celle de Buck Kuschnick. L'orange de l'abat-jour de sa lampe de bureau vacille derrière le verre épais des vitres.

C'est peut-être pour cela qu'il s'est tué, Buck, parce qu'il était le seul d'entre nous qui vivait sans compagnon, seul dans une chambre.

On partage tous notre chambre avec quelqu'un. On ne l'a pas choisi. Parfois ça tombe bien, et l'autre peut devenir votre ami pour la vie. Parfois, c'est un désastre, mais au moins on est deux, et ça aide. Buck, par je ne sais quelle bizarrerie de l'architecture du dortoir ou bien je ne sais quel hasard dans la répartition des chambres, a hérité d'une pièce individuelle, dans un recoin du rez-de-chaussée.

Je viens souvent voir Buck, parce que je déteste mon compagnon de chambre. Je suis furieux contre le sort qui m'a désigné un Autrichien pour partager ma vie pendant toute l'année universitaire.

Je croyais que c'était le sort. Maintenant, je vois bien qu'on nous avait accouplés parce que nous étions les deux étudiants étrangers, présents pour une année seulement, titulaires d'une bourse d'échange et que nous n'avions aucune chance, ni possibilité, de nous intégrer au système social que fabrique la vie d'université. Nous ne faisions pas partie du plan de modelage du citoyen américain. Avec le recul, je comprends le souci d'efficacité de celui qui présida au choix de la répartition des chambres. N'empêche, ça m'a révolté, alors. J'ai vu assez vite, très vite même, et de façon lumineuse, que le fait de vivre avec l'autre étranger du campus allait faire de moi un garçon en marge, déclassé, une petite anomalie dans cette communauté si fermée et si dure à percer.

Je ne supporte pas cela. Je veux me conformer. Je veux être américain comme eux, comme les *freshmen* (première année), les *sophomores* (deuxième année), les *juniors* (troisième année) et les *seniors* (dernière année), parce que je me dis que c'est la seule chance de survivre à l'immense solitude qui se profile devant moi. Ça m'exalte d'être là, dans cette vallée perdue de Virginie, sur ce campus si beau et si impeccable que j'en ai eu un coup à la poitrine lorsque je l'ai découvert ; ça m'exalte, parce que là-bas, loin, très loin, en France, mes frères ne le vivront jamais et les amis que j'ai laissés derrière moi, au lycée, au lendemain du bac philo, eux aussi ont raté cette formidable aventure. Alors je pense à eux très souvent — au début tout au moins — et ça me stimule, ça réveille en moi tout ce qui m'a toujours fait avancer malgré une timidité maladive, une pudeur farouche, des lambeaux de brume d'adolescent rêveur, silencieux, profondément concentré sur lui-même et sur ses gouffres. Mais c'est toujours : « les autres », « ils vont voir » qui m'ont poussé à des actions que je me croyais incapable d'accomplir. Or, les « autres » ne sont pas ici dans le *dorm*, sur le campus. Je les ai quittés. Il me plaît d'imaginer qu'ils pensent à moi et qu'ils en meurent de jalousie douloureuse. Très bientôt, je les oublierai.

Bien sûr, ça m'exalte d'être là. Je ne me dis jamais : quelle chance tu as, tu es en train de vivre ce que peu de Français de ton âge auront l'occasion de connaître. Je suis incapable d'une telle analyse, car c'est celle d'un homme mûr, d'un « vieux ». Cependant, je me dis confusément ceci : Fenimore Cooper, Jack London, les films de Gary Cooper et de Rita Hayworth, la prairie, l'inconnu, l'appel américain, tu t'es nourri de tout cela dans ton enfance, mais t'y voilà, c'est là, et même si ça n'est pas ça, c'est ça ! C'est l'« ailleurs » auquel tu as tant aspiré et sur quoi tu écrivais des pages et des pages redondantes sur tes cahiers secrets d'écolier. Alors, je me plonge dans cette rivière et je veux devenir comme les Américains que je côtoie, je change de peau.

Pourtant, au début, je ne comprends rien. Ce qui est dit autour de moi, les mots, les phrases, les expressions. Ce qui est fait, les gestes, les simulacres. Ce qui est porté, les vêtements, les couleurs. Tout est nouveau, à traduire. Ça fait peur et en même temps ça me soulève de bonheur, de désir. Mais comme je n'ai pas le courage ou l'honnêteté de dire à haute voix à ceux qui m'entourent : « Expliquez-moi », parce que je ne veux pas qu'ils me méprisent ou me négligent ou se moquent de moi, il faut que j'apprenne en faisant semblant d'avoir déjà tout compris. Cela signifie qu'il faut que je joue ma propre comédie, à l'intérieur de la comédie sociale du campus, des étudiants, de la petite ville, de l'Amérique silencieuse et profonde, l'Amérique tranquille des années tranquilles dont le président était un homme qui ressemblait à un père, cheveux blancs, front dégarni et lunettes cerclées.

Mais cela ne m'est pas pénible. C'est comme si j'apprenais une façon nouvelle de faire la brasse coulée ou si je devais, du jour au lendemain, écrire de la main gauche. J'avance à pas feutrés dans une couleur verte qui n'est peut-être pas le vert qu'on m'avait montré depuis que je suis un enfant. Si bien que je vis chaque instant de chaque jour dans un extraordinaire où la peur succède à l'émerveillement, et l'émerveillement à la peur.

3

L'Autrichien a une frange ondulée de cheveux sur le front, et fume une pipe à long tuyau, il porte un chapeau de feutre caca d'oie, il s'appelle Hanz, je ne l'aime pas du tout. Je n'aime pas ses manières effacées, son physique qui me rappelle le Vieux Continent, je n'aime pas qu'il ne soit pas venu du Texas ou du Tennessee. En un an de coexistence, nous n'aurons échangé aucune confidence, aucune émotion ne sera passée entre nous. Il ne s'intéresse pas aux mêmes choses que moi. Il s'est rapidement et sagement plié à la routine, allant des cours au *dorm*, du *dorm* à la fraternité dont il est l'invité temporaire et où il suit les récitals de piano de Victor Borge et le Arthur Godfrey Show à la télévision. Il savoure la lecture quotidienne d'une bande dessinée signée d'un type qui s'appelle Schultz et qui commence à connaître le succès et dont les héros sont des petits enfants et un chien taché de noir qui s'appelle Snoopy. Ce Schultz vit dans l'Ouest, à San Francisco, mais un ou deux journaux de la côte Est ont acheté les droits de la bande et elle se répand peu à peu dans le pays. Ce sont les étudiants des collèges de la côte Est et du Sud qui vont amorcer son triomphe. De la même façon, tous les étudiants raffolent cette année-là d'un livre intitulé *Catcher in the Rye* d'un certain J. D. Salinger. C'est le premier livre de poche que j'ai acheté à la *coop*, l'unique mini-magasin situé à côté de la bibliothèque Cyrus Mac Cormick, seul endroit autorisé à faire du commerce sur le territoire du campus. C'est là que je vais apprendre à me nourrir d'un mélange de lait frappé et de glace à la vanille qui agit sur moi comme un soporifique ; de beignets ronds et gras et sucrés ; de coca-cola qu'ils ont abrégé et appellent coke ; de crêpes au sirop d'érable et de viande hachée cuite sous forme ronde et posée dans des sortes de pains ronds et mous qu'ils appellent des *buns*.

Heureusement, l'Autrichien ne parle pas français, nous nous adressons la parole en anglais. Nous échangeons, malgré la sourde hostilité qui règne dans la pièce, les nouvelles expressions que nous avons recueillies, l'argot incompréhensible qu'il faut à tout prix assimiler. C'est notre seul combat commun : briser la barrière du langage.

Un mot a très vite fait son apparition : *date*. C'est un verbe, c'est aussi un mot, ça veut dire un rendez-vous avec une fille, mais ça désigne la fille elle-même : je vais boire un verre avec une *date*. Une fille vous accorde une *date* et elle devient votre *date* régulière si vous sortez plus d'une fois avec elle. Si vous êtes un nouveau, et que vous ne connaissez pas de filles, on peut vous emmener en *blind date* — rendez-vous aveugle, c'est-à-dire que vous ignorez tout de la fille avec qui vous allez sortir ce soir-là, et c'est votre copain ou sa propre amie qui feront les présentations. Le rendez-vous aveugle peut conduire aux pires catastrophes, comme aux surprises miraculeuses. On peut tomber sur des laiderons imbéciles et insupportables, on peut décrocher une fille exquise. Mais c'est plus rare, puisque les filles exquises ne prennent jamais le risque de sortir en aveugle. Et comme elles sont très demandées, elles exigent souvent de connaître à

26

l'avance la qualité et le genre du garçon avec lequel elles sortiront. Alors on se soumet à cette loi et l'on va en voyage de reconnaissance chez les jeunes filles pour passer une espèce d'examen de pré-rendez-vous.

C'est un rite, et je me suis aperçu, sans le formuler de façon aussi claire, que tout est rite, tout est cérémonie, signe, étape d'un immense apprentissage. Il y a un Jeu et des jeux à l'intérieur de ce grand Jeu de la vie américaine et tout mon être aspire à les jouer.

Les jeunes filles étudient et résident dans six ou sept collèges situés dans la même région que le nôtre. Dans cette partie du sud des États-Unis, nos institutions possèdent la particularité de respecter un mode de vie, celui d'un corps étudiant exclusivement unisexe. Notre université, l'une des plus anciennes du pays, fondée par les pionniers écossais-irlandais en 1749, entretient farouchement cette tradition. Il n'y a que des garçons — bien entendu, ils sont tous blancs. Posée dans l'écrin vert de la vallée de Virginie, notre université ressemble à une véritable serre qui entretient quinze cents gentlemen, issus pour la plupart des meilleures familles du Sud mais aussi du Sud-Ouest et de l'Ouest et du Middle West et parfois de l'Est du pays. Et les collèges de jeunes filles aux alentours sont autant de ruches d'abeilles bourdonnant dans la périphérie de ce réservoir à miel. Au fil des années, il s'est créé un réseau dense et sophistiqué d'échanges entre les établissements des jeunes filles et celui des garçons, le nôtre, si précieux et si unique. L'activité la plus intense démarre le vendredi, fin des cours, et dure tout le week-end. Sorties, dîners, soirées dans les fraternités, spectacles.

Il y a autre chose que j'ai bien vu, quelque chose de concret, de cruel, d'inévitable : si vous n'avez pas de voiture, vous êtes cuit. Vous êtes une non-personne. Soit vous en possédez une, soit vous faites alliance ou amitié avec un garçon qui roule en Ford, Chevrolet, Chrysler ou tous ces autres noms d'automobiles dont la sonorité me remplit de satisfaction. Les jeunes filles ne se trouvent pas si l'on va à pied. L'Autrichien va à pied. Il n'aura pas de *dates*. Moi, je veux y parvenir. Je connais Pres et Pres conduit une Buick verte décapotable, le veinard !

C'est avec lui que je fais mon premier voyage pour Sweet Briar — le collège de Douce Bruyère, un nom qui me fait rêver, pour y évaluer des jeunes filles et pour qu'elles nous jaugent de leur côté. Pres m'a expliqué qu'il refuse de se fixer. Il aime changer de *date*. En première année, il a eu le cœur brisé par une jeune fille dont il veut taire le nom. En deuxième année, il a rompu plusieurs fois avec une autre, une « régulière ». Aujourd'hui, en troisième année, il se remet en chasse car il cherche, me dit-il, « la seule et l'unique ». Quand il livre cette formule, ses yeux s'illuminent. Il y croit. Il parle à mi-voix, comme pour avouer un secret.

— Elle existe, dit-il, je finirai par la trouver, alors je préfère repartir à zéro, à chaque fois, comme si j'étais un petit nouveau comme toi.

Pres ajoute qu'il a sorti plus de cent trente-cinq jeunes filles depuis qu'il est étudiant sur le campus. Avec combien d'entre elles a-t-il « fait » ? Il rit.

— Ah, ah, bonne question.

Pres me regarde avec malice.

— Règle numéro 1, dit-il. Les filles ne « font » pas. Et pourtant, règle numéro 2 : c'est seulement avec une fille bien que c'est important et intéressant de « faire ». Un vrai college boy ne « fait » pas avec des chiens, ou des truies.

Sans oser regarder Pres en face, j'avance des phrases délicates, mais la voiture qui roule m'aide à les prononcer. J'ai découvert ceci : lorsque je suis dans la Buick de Pres et que son moteur V-8 diffuse sa musique à mes oreilles, je me sens capable de parler autrement que lorsque le sol ne bouge pas sous mes pieds. C'est un effet inhabituel, proche de l'ébriété. La Buick me saoule insidieusement.

— Et..., dis-je, quand tu as trop envie, quand tu ne peux plus ?

Pres ne me regarde pas non plus, il a les yeux braqués sur la route qui nous conduit vers Sweet Briar.

— Tu fais comme tout le monde, mon garçon. Tu t'arranges avec ta main droite sous la douche. Le meilleur savon pour cela, c'est Ivory. Bien blanc, bien parfumé, pas cher, ça mousse vite, tu en trouveras partout.

Je continue à ne pas regarder Pres et à lui parler, profil-profil.

— Et... les putains ?

Pres va vite et « parle indien », l'un de ses tics favoris :

— Danger. Maladie. Qu'en-dira-t-on. Scandale. Expulsion de la fraternité ou mauvaise réputation. Argent dilapidé. Maladie ! danger total, pas toucher, moi pas connaître, moi gentleman du Sud, putain blanche pas exister. Putain noire hors limites... Et d'ailleurs...

— D'ailleurs quoi ? dis-je.

Pres devient sentencieux mais je ne parviens pas à savoir s'il parodie ou s'il est sérieux, je n'ai pas encore su maîtriser tous les accents et le langage :

— Règle numéro 3 : il n'y a pas de putain dans la vallée de Virginie.

C'est dit et c'est définitif. On roule en silence, très silencieux.

Pourquoi avoir parlé de putain ? Pourquoi employer des mots qui ne sont, pour moi, jusqu'ici que des mots... De ma vie je n'ai encore approché une « putain ». Pourquoi vouloir faire l'homme mûr, le *frenchie* qui connaît tout des choses de l'amour ? La vérité est que je ne sais rien, je suis aussi peu entamé que le plus naïf des nouveaux de première année, mais je porte un masque. Dès le premier jour de mon arrivée, il m'est apparu que ma qualité d'étranger signifiait, aux yeux d'une majorité de jeunes gens du Sud, une expérience considérable des femmes et de la sexualité. Quand ils parlent d'embrasser sur la bouche, ils disent *french kiss* — s'embrasser à la française —, et lorsque, éméchée, tard dans le week-end, une jeune fille décide de montrer ses jambes et de se dévergonder sur la piste de danse, elle dit : « *Let's get french* » — comme un signal d'abandon et de laisser-aller. J'ai cru qu'on attendait de moi que je sois, dans ce domaine, très *french*, très sophistiqué. Et bêtement, pour posséder au moins une supériorité sur ces garçons dont l'aisance apparente me paralyse au début, je vais donc faire le type qui a vécu, qui a baisé, qui connaît. Cela ne durera pas longtemps, quelques semaines tout au plus. Mais c'est peut-être grâce à cela que j'ai obtenu de Pres Cate qu'il m'emmène dans les collèges de jeunes filles. Il transporte un *frenchie*, un objet rare et nouveau qui peut susciter l'intérêt. Dans une *double date*, sur un rendez-vous aveugle, proposer la présence d'un étudiant français peut lui faciliter les choses — le faire accéder à des jeunes filles particulièrement demandées, distantes ou revenues de tout.

J'imagine le dialogue :

La jeune fille inaccessible : — Moi, je ne sors pas sans Priscilla, mon amie, trouvez-lui une *double date*. Elle est très difficile.

Pres : — Justement, dites à Priscilla que je lui propose un Français en rendez-vous aveugle.

— Un Français ?

— Oui, il est formidable, vous verrez, drôle et tout.

— Tout ?

— Priscilla sera ravie.

— Ah bon, alors, je ne dis pas, peut-être...

Ainsi Pres se sera-t-il servi de moi, et moi, je me sers de sa Buick.

Ma comédie de *frenchie* aguerri et séducteur ne durera pas longtemps. Trois *dates* avec trois jeunes filles différentes me replaceront bien vite au rang de tous les amis de mon âge : inexpérimentés, balbutiants, hésitants, parfois audacieux, souvent réservés et, surtout, respectant comme chacun les règles de la bienséance dans une société policée, puritaine et surveillée. La permissivité est un terme qui n'a pas encore vu le jour. Dans la vallée verte et blanche, on ne sait pas ce que c'est. Cependant, à espaces irréguliers mais très violemment, je sens sourdre en moi la même promesse, le même espoir qui m'a gagné lorsque j'ai aperçu dans les écharpes de brouillard les premiers gratte-ciel de New York, du haut du pont du paquebot qui m'amenait du Vieux Continent. Le même espoir, la même pensée qui m'a traversé lorsque j'ai embrassé plus tard, d'un seul coup, d'un premier regard, la Virginie et le campus, et ses colonnes et sa pelouse et sa quiétude et son aspect d'un autre âge et d'un autre temps et lorsque je me suis dit, du haut de mes dix-huit ans à peine sonnés : c'est ici, dans cette vallée, que je vais enfin connaître l'amour, que je serai aimé et que j'aimerai. Ici commence ma vie d'homme. Le jour où je quitterai cette vallée, je ne serai plus l'enfant vierge que je suis et que je dissimile aux autres.

31

4

La Buick a lâché la route cantonale et nous avons pénétré en territoire adverse, dans les terres zoulous, comme dit Pres, chez les jeunes filles. Les bâtiments ressemblent à ceux de notre propre collège mais il leur manque la beauté classique de notre campus, il manque ces colonnes blanches, célèbres dans tout le Sud et qui soutiennent l'architecture néo-classique de briques rouges, juchées au sommet de cette colline sacrée que graduellement chacun d'entre nous viendra à considérer comme son foyer, sa maison. La référence, la sécurité, la fierté aussi — il n'est pas donné à tout le monde de faire ses études sur notre campus.

Nous avançons au milieu des zoulous. Il y a des jeunes filles partout. Elles me paralysent et m'attirent, me fascinent autant que les jeunes gens. Eux, leur aisance apparente, ai-je dit. Elles, leur teint rose et immaculé, leur air de transporter des certitudes. En voici une, précisément, qui traverse la pelouse, le pas pressé. Ses cheveux légèrement roux dansent sur ses épaules recouvertes d'un blazer grenat. Elle a noué un sweater blanc cassé autour de sa taille. Elle porte une jupe plissée à motifs écossais et des mocassins à talons plats. Elle bouge avec harmonie dans l'air poudreux de la fin de la matinée. Toute sa personne respire une détermination souriante, ses yeux clignotent au passage des autres jeunes filles, comme des signaux de reconnaissance. Cette jeune fille s'est assigné des objectifs pour la journée, son mouvement vers chacune des tâches qu'elle va remplir lui donne une allure de résistance aux chocs, quelque chose de coriace. En même temps, le corps agile et les jambes rondes, la boucle ondulée qui volette sur la nuque évoquent la douceur, la fragilité et me donnent envie de la connaître immédiatement et, pourquoi pas, de l'aimer. Sans doute est-elle célèbre sur son propre campus, car les têtes se retournent sur elle, on agite le bras ou la main pour attirer son attention, on l'interpelle, on la courtise ; elle avance, souveraine. J'entends sa voix répondre à l'appel d'une autre étudiante. Son accent n'est pas du Sud, il est plus lointain, plus dégagé, il ne se marie pas tout à fait à cette musique des voix de la région que j'ai commencé de reconnaître. La jeune fille s'arrête à notre hauteur, fait face à Pres Cate, serrant contre sa poitrine un paquet de livres et de cahiers retenus par une courroie avec boucle métallique. Elle lui décoche un sourire clair comme un coup de trompette au réveil.

— Hi, Pres, dit-elle avec décision.

Pres reste silencieux. Je le regarde, interloqué. Il semble s'être tassé sur lui-même.

— Tu ne dis même pas bonjour, dit la jeune fille.

— Bonjour, dit-il avec réticence. Ça va ?

Elle virevolte vers moi. Je suis resté en retrait, un mètre en arrière. J'ai l'impression qu'elle regarde à travers moi, et au-delà, sans que nos yeux puissent se croiser.

— Tu ne me présentes pas ton ami ?

— Si, si, fait Pres, bougon.

Et il amorce la phrase protocolaire :

— Elizabeth, j'aimerais que tu fasses la connaissance de...

Elle l'interrompt, avec une voix nette, une voix de commandement et parle à Pres tout en ne le regardant pas, continuant d'agir comme si j'étais son seul sujet de préoccupation.

— Tu n'as pas le ton le plus gai du monde ce matin, Pres, dit-elle. Où est donc passé le triomphal héros du ballon ovale, Preston Parnell Cate ?

Les dents serrées, il dit alors à voix basse, comme s'il ne voulait pas qu'elle entende :

— Ta gueule, Liz, ta gueule, va-t'en.

Elle rit. Petite note cristalline dans un silence chargé. Elle dévisage Pres.

— Eh bien, Preston Parnell Cate, on perd son sang-froid légendaire ?

Pres toussote, il redresse son corps.

— Pardon, Liz, ça m'a échappé.

Je ne reconnais plus mon ami. Il a l'air lourd, empoté. Son visage a rougi sous le mat de la peau. Elle continue :

— Dis-moi, Pres, toi qui as de la mémoire, comment s'appelait cette chanson que tout le monde fredonnait il y a deux ans ? C'est curieux, je l'avais en tête ce matin mais je n'arrive pas à retrouver le titre ou les paroles. Tu t'en souviens sûrement ?

Pres ne répond pas. Il se ferme un peu plus à chaque minute, comme s'il souffrait et ne voulait pas l'admettre.

— Sûrement tu t'en souviens, insiste Liz.

Elle se tourne vers moi.

— Ton ami ne doit pas connaître la chanson, car je suppose qu'on ne jouait pas ça à l'étranger, ou alors elle aurait peut-être passé les frontières. C'est bien possible après tout, pourquoi pas, dit-elle comme se parlant à elle-même.

Je ne sais quoi dire, alors je me tais, mais Liz m'utilise maintenant dans son entreprise de démolition de Pres Cate. Elle s'approche de moi, toute grâce, toute amabilité, le sucré de sa voix a perdu la touche acide qu'elle avait lorsqu'elle s'adressait à Cate. Et cette fois, ses yeux semblent vouloir s'emparer des miens.

— Oh, dit-elle, c'est un jour merveilleux aujourd'hui, vous ne trouvez pas ? Il y a dans l'air quelque chose qui fait revenir les chansons des années passées. Vous ne le sentez pas ?

— Je ne sais pas, dis-je.

Elle éclate de rire une deuxième fois, comme si sa rencontre avec ces deux jeunes imbéciles aux paroles rares et aux gestes ankylosés la remplissait d'une joie sans limites. Elle saute à pieds joints, un petit saut de bonheur.

— Bien sûr, dit-elle, vous ne pouvez pas savoir, mais maintenant je m'en souviens, ça s'appelait *Your Cheatin' Heart*. Oh ! c'était une rengaine banale et je dirais même un peu vulgaire, mais comme on l'a tous chantée à l'époque, et comme ça nous plaisait !

Elle fredonne la chanson, toujours rapprochée de moi, les yeux qui dansent et qui me cherchent. Je suis si près d'elle que je peux suivre la façon dont elle a courbé sa langue entre les dents pour égrener les notes, détachées les unes des autres, comme les mailloches de Lionel Hampton lorsqu'il joue sur son xylophone :

— Dong, ding, do, di, dong-dong, dang, dong, dey.

J'ai senti Pres bouger derrière elle, puis je l'ai vu saisir violemment Liz par l'avant-bras. Elle a secoué son corps pour se libérer de cette emprise avec la même violence. Ses cheveux ont fouetté ses épaules. Pres s'est reculé. La voix de Liz était sèche, du métal, toute froide, une voix sans âge, dure et rapide comme celle d'un tueur.

— Ne me touche pas, Preston Cate, dégage, dégage jeune homme, tu n'es pas ici chez toi, je pourrais appeler les flics si je voulais. Dehors. Out !

J'ai vu Pres remuer la tête dans ma direction comme

pour dire « viens, on s'en va » et je l'ai suivi, frôlant Liz au passage, qui a lâché sur un ton monocorde :

— Vous pourriez vous excuser. Je croyais que vous apparteniez à une école qui forme des gentlemen.

J'ai bredouillé quelque chose et j'ai couru après Cate qui marchait à grandes enjambées vers la Buick. Il a arraché la voiture du sol. Nous avons quitté l'enceinte du collège. Nous sommes rentrés. Il n'a pas parlé pendant quelque temps. Il conduisait les deux mains sur le volant, sans sa fluidité coutumière. Au bout de plusieurs kilomètres, il a marmonné une phrase que je n'ai pas bien comprise et qui s'adressait sans doute à lui-même, puis il a tourné son visage vers moi :

— Qu'est-ce que je te disais tout à l'heure en venant ? Ah oui, c'est cela : « Il n'y a pas de putain dans la vallée de Virginie. » C'est cela que je disais, non ?

— Oui, c'est ça, je crois, ai-je répondu.

On est rentré vers le campus, lentement, sans plus parler de Liz, sans parler de rien d'ailleurs, mais le soir venu, dans ma chambre du *dorm*, je me suis souvenu de toute la scène. Elle me laissait un sentiment mélangé. Je ne savais pas si je devais être déçu par l'attitude de Pres qui m'avait semblé désarmé et fragile ou si je devais au contraire aimer un peu plus mon ami pour avoir autant souffert, autrefois, et si je devais envier son passé chargé de chagrin, de ruptures, d'amour contrarié. Je ne comprenais pas non plus si Liz avait voulu se servir de moi comme d'un mur pour renvoyer une balle destinée à un autre adversaire ou bien si la façon dont elle s'était rapprochée de moi pour fredonner *Your Cheatin' Heart* n'avait pas été un signe, une invite. Je voulais le croire et je me répétais que j'avais une touche avec elle, comme on disait à l'époque, mais en même temps, quelque chose me disait que je ne jouais aucun rôle dans le moment que nous avions vécu. Elle m'avait montré sa jolie petite langue rose qui s'incurvait pour égrener les notes entre ses deux lèvres à peine fardées et entre ses dents si bien rangées, et je me souvenais qu'elle projetait autour d'elle comme une odeur de pomme ou de pêche ou de cerise, je ne savais plus très bien, et ça m'excitait les sens, mais l'amertume de la scène l'emportait sur la douceur de mes illusions. Je m'endormais ainsi avec ce sentiment contradictoire et il m'habitait encore le matin lorsque j'étais réveillé par les amis dans les couloirs du *dorm* et par les toux prolongées de mon compagnon de chambre, l'Autrichien. Puis, le sentiment me quittait au milieu de la matinée entre deux cours, entre Économie et Histoire II, et il ne me restait plus que l'odeur de pomme et de pêche et j'avais oublié l'amertume, et il me restait le charme et la douceur et cela vibrait encore en moi toute la journée jusqu'à ce que je passe à autre chose, et que ne demeure plus dans ma tête que cette idée : il y a une fille belle et dangereuse au collège de Douce Bruyère, et peut-être que tu as ta chance avec elle, et peut-être pas.

5

Quand on marchait le long de la « colonnade » pour se rendre d'une classe à une autre, ou d'un bâtiment (celui du journalisme) vers un autre (sciences et géographie), il y avait toujours un moment où une bousculade se produisait parce que l'allée, entre les colonnes, était très étroite et que tous les étudiants s'y rencontraient, chacun se pressant en direction de son prochain cours. Et comme chacun se conformait à la Règle de la Parole, il y avait toujours un moment où, la bousculade aidant, vous aviez l'impression que tout le monde s'adressait à tout le monde en même temps et c'était une impression augmentée par l'écho que reproduisaient les voûtes sous lesquelles vous marchiez, et cela sonnait comme le chœur d'un orchestre pour la reprise du final.

La Règle de la Parole était l'une des deux traditions indestructibles de l'université, avec le port obligatoire de la veste et de la cravate. Il s'agissait de saluer verbalement (« Hi ! ») toute personne que vous croisiez ou de répondre à celle qui vous croisait, si elle vous avait salué en premier. Au début, j'avais été surpris, pas tellement par l'idée de dire bonjour à un inconnu qui traverse le campus, mais plutôt par la perspective d'avoir à le dire, et le dire et le dire et le redire, à longueur de journée, quelle que soit mon humeur ou quelle que soit la tête de celui qui venait à ma hauteur. Mais j'avais suivi la Règle. Ce n'était pas une loi écrite sur les murs du collège, mais enfin, comme tout le monde le faisait, si vous ne le faisiez pas, vous passiez très vite pour un loup solitaire ou un type mal élevé, ou un type qui ne voulait pas jouer le jeu — ce qui revenait au même. D'ailleurs, si par hasard vous aviez négligé de respecter la Règle de la Parole, il se trouvait toujours quelqu'un, au moins une fois dans la journée, pour vous le faire remarquer. Soit en appuyant de façon ironique sur le « Hi ! » et en vous fixant droit dans les yeux, ce qui vous forçait à répondre. Soit en prévenant le Comité d'Assimilation.

Il y avait beaucoup de comités, de sociétés, de fraternités, d'associations, de clubs et d'unions sur ce petit campus et il me fallut quelque temps pour comprendre leur utilité et les différencier les uns des autres, mais je sus très vite à quoi servait le Comité d'Assimilation. Son nom était clair : il servait à vous assimiler, à bien vous faire prendre conscience des règles. On dit bonjour, on répond, on s'habille comme il faut, on est un gentleman. Le comité était composé d'étudiants, comme tous les comités sur le campus, puisqu'il existait un gouvernement d'étudiants qui était élu une fois par an. Ce gouvernement travaillait parallèlement avec l'administration et la faculté.

Le secrétaire général du Comité d'Assimilation était un étudiant de quatrième année, un grand type du Texas qui s'appelait Gordon Gotch. Il avait un physique brun, un nez épais, des lèvres sévères lorsqu'il voulait paraître sérieux, mais le visage pouvait s'illuminer comme un soleil lorsqu'il décidait de sourire. Gordon possédait des grandes mains aux doigts forts, des mains de manieur de ballon. Il avait pratiqué tous les sports et s'était surtout distingué en basket-ball, mais il avait aussi fait des études très brillantes ; il avait été élu à chacun des postes qu'il avait brigués, et sa silhouette de chef dominait régulièrement les rares moments où le campus tout entier se trouvait réuni, les quinze cents étudiants ensemble lors d'un grand match de football ou l'un des trois bals annuels ou encore le discours inaugural du président d'université, ou bien la cérémonie finale de remise des diplômes. Alors, dans la masse quasi uniforme de tous ces jeunes gens en blazer et cravates rayées, les cheveux coupés court, l'acné faisant parfois une tache rougeâtre sur les visages concentrés vers le speaker, le demi de mêlée ou le chef d'orchestre, on pouvait toujours repérer la gigantesque carrure de Gordon Gotch, sorte de tour de contrôle, larges épaules et forte nuque, les oreilles collées au crâne, il avait tout pour réussir dans la vie, on lui promettait une grande carrière dans la banque, la politique ou le barreau. Je l'avais aperçu dans les allées mais nous ne nous connaissions pas et notre première conversation se déroula dans les bureaux du Comité d'Assimilation où l'on m'avait convoqué, à dix-huit heures, je ne savais trop pourquoi. Ceci se passait dans les premières semaines de ma vie là-bas.

Gordon Gotch était assis derrière une table en merisier luisant. Il avait posé ses deux battoirs sur la table vide, les doigts croisés sur les grosses phalanges, comme un prêtre joint les mains face aux fidèles. Gordon portait une veste marron à chevrons, une chemise bleu Oxford et une cravate en tissu de la même couleur que la veste, tachetée de motifs de forme ovale striés de bleu ciel. C'était la cravate à la mode cet automne, elle faisait fureur chez Neal W. Lowitz, la boutique pour hommes située face à la poste. A côté de Gordon, se tenaient deux autres jeunes gens dont j'ignorais les noms. Ils se présentèrent à moi et l'un d'eux me fit signe de m'asseoir face à Gordon, sur un fauteuil du même bois que la table. Nous étions dans l'une des salles annexes de la bibliothèque. Gordon s'éclaircit la gorge avant de parler. Il avait une voix douce et basse, grave, dont il semblait jouer avec satisfaction, une voix où il n'y avait aucune place pour le doute.

— Comment ça va ? me demanda-t-il.

— Très bien, dis-je.

— Pas trop de difficultés dans tes études ?

— Je ne crois pas, non, répondis-je. Et puis quand je prends du retard, je vais voir mon conseiller, ça m'aide beaucoup.

— C'est vrai, dit Gordon en se retournant vers ses deux adjoints, les conseillers se sont toujours révélés très utiles pour les étudiants étrangers.

J'eus la sensation qu'il avait insisté sur le mot étranger, mais c'était peut-être l'accent du Texas qui a tendance à traîner en fin de phrase. Il parlait lentement, ses grands yeux bruns ne me quittaient pas, je commençais à me sentir mal à l'aise, ne sachant pas si je devais continuer de le regarder ou porter mes yeux vers les deux autres. L'un était roux, l'autre blond cendré, ils paraissaient chétifs aux côtés de cette masse de viande et d'os qu'était Gordon Gotch. Jusqu'ici, ils n'avaient pas ouvert la bouche, sauf pour me saluer.

— Ceci, bien sûr, est une réunion tout à fait informelle, dit Gordon.

— Tout à fait informelle, répéta le garçon roux.

Le blond ne dit rien. Il se passa un moment sans que personne ne bouge. J'attendais.

— Nous comprenons fort bien, reprit Gordon, qu'un étranger, un étudiant étranger, mette un peu plus de temps que les autres à s'habituer à nos traditions. Nous le comprenons.

— Nous le comprenons fort bien, répéta le garçon roux.

Le garçon blond ne disait toujours rien, un sourire angélique avait commencé à s'inscrire sur son visage intact, un sourire empreint d'une certaine miséricorde.

41

Je me sentais de plus en plus mal à l'aise, je me demandais : qu'est-ce qu'ils me veulent — aussitôt suivi d'une autre interrogation : mais qu'est-ce que j'ai fait ? Je ne me rendais pas compte qu'ils étaient déjà parvenus à faire naître un sentiment obscur de culpabilité en moi, et tandis que je continuais de les regarder et les écouter, je percevais une faiblesse dans mon corps, j'étais comme un gamin face à des juges. Pourtant, ils avaient le même âge que moi, deux d'entre eux au moins — et je n'avais rien fait de mal, je n'avais rien à me reprocher, que me voulaient-ils à la fin ?

Gordon eut une sorte de rire, un gloussement. Il adopta un ton encore plus confidentiel.

— Je me souviens, il y a deux ans de cela, je crois, un autre boursier comme toi, il était arrivé sur le campus avec une moustache, tu te rends compte ? une moustache ! C'était un Portugais, je crois. Une moustache !

L'évocation de la moustache du Portugais provoqua chez les jeunes gens une hilarité brusque et je les vis partir dans un éclat de rire tonitruant, le blond regardant le roux pour saisir à quel instant il parviendrait à s'arrêter, Gordon leur faisant bientôt un geste de sa grosse main, à plat au-dessus de la table comme pour dire que ça suffisait. Ils se turent alors, mais après avoir encore étouffé un ou deux rires.

— Naturellement, continua Gordon en s'adressant à moi, il l'a rasée, il était le seul à en avoir une, seul sur tout le campus, sur mille cinq cents étudiants, tu vois un peu.

Jusqu'à ce que Gordon m'en parle ce jour-là, il ne m'était jamais apparu qu'une moustache fût quelque chose d'aussi choquant, la fausse note dans un paysage harmonieux composé par les visages des gentlemen de l'université, mais maintenant qu'ils en avaient hurlé de rire et que je connaissais l'accord unanime et inexprimé pour que notre campus demeure propre, « clean », immaculé, je n'avais plus grand-peine à imaginer en effet le pauvre garçon au milieu de cette jeune humanité imberbe. A cette époque-là, personne ne portait de barbe, ni de moustache, ni de rouflaquettes, encore moins de cheveux longs. Parmi les membres de la faculté, seuls quelques professeurs et toujours les plus âgés, les responsables de département (loi, sciences, lettres) s'étaient offert ce luxe, cette touche singulière. Mais ils avaient l'âge pour eux, le pouvoir, le prestige de leur fonction. Certains d'entre eux vivaient ici depuis plus de trente ans. Ils étaient des Brahmanes, des Maîtres.

Gordon balaya l'air d'un revers de main et donna à son ton un tour plus familier, un accent de connivence.

— Ton Autrichien, me dit-il, il a une moustache lui aussi, non ?

— Euh, non, je n'ai pas remarqué, dis-je.

— Enfin, ce n'est pas une moustache, c'est un duvet au-dessus de la lèvre mais ce n'est pas très grave car ça ne se voit pas, ce n'est pas agressif. Tu comprends, l'autre, elle était très grosse, pointue au bout, et *noire*.

Le blond et le roux ne dirent rien. Gordon oublia définitivement le souvenir ridicule et effrayant de la moustache noire. Il se pencha vers moi.

— Tout va bien, me dit-il, tout le monde est très content de ton comportement sur le campus, mais voilà... la Règle de la Parole, nous avons reçu des informations selon lesquelles tu ne t'y conformais pas. Pas vraiment.

— Mais ça n'est pas vrai, dis-je. C'est faux.

Gordon sourit. Il se redressa sur son siège, sûr de son fait.

— Attends, s'il te plaît. Le Conseil d'Assimilation n'a pas pour habitude de lancer des affirmations pareilles à la légère. Nous vérifions toujours.

— Toujours, répéta le garçon roux.

Le blond opina de la tête, sans parler.

— Mais je dis bonjour, protestai-je, je suis désolé, je salue tout le monde, et je réponds au salut des autres.

Pour la première fois depuis qu'il m'avait accueilli dans la salle, Gordon eut l'air gêné. Il cherchait ses mots. Ses gros sourcils bruns se fronçaient sous l'effort.

— Tu dis bonjour, c'est vrai, mais... Il tâtonnait, penchant sa lourde tête vers la table, comme pour éviter de faire face à mon indignation.

— Mais quoi ? dis-je. Quoi ?

Gordon Gotch continua sur un ton de regret embarrassé.

— Ça n'est pas que tu ne dises pas bonjour, ou que tu ne renvoies pas les saluts, ça n'est pas ça, nous avons vérifié. Nous sommes d'accord, ce n'est pas cela.

Il répéta :

— Là n'est pas la question.

Puis il lâcha, comme si c'était une notion énorme et qu'il avait eu quelque pudeur à exprimer :

— C'est que tu ne souris pas en le faisant.

Il appuya en répétant :

— Tu ne souris pas en le faisant, ne laissant, cette fois, à aucun de ses adjoints le soin de répéter la phrase essentielle.

Le blond et le roux eurent vers moi le même regard qui voulait dire : eh bien voilà, ce n'est pas compliqué, tout de même ! Tout alla très vite, ensuite. Je ne savais quoi répondre et le Comité d'Assimilation, de son côté, semblait estimer qu'il avait rempli sa tâche. Gordon se leva, me serra la main, je sentis monter en moi comme un immense soulagement et nous sortîmes tous les quatre, pour nous retrouver, dans le soir qui tombait, sur le perron de la bibliothèque parsemé de feuilles rouge et noir de l'érable à sucre géant. Il y avait quelque chose d'apaisant dans l'air, et de vaguement triste aussi. J'aurais voulu m'asseoir sur les marches avec ces garçons et bavarder avec eux en laissant la nuit tomber doucement autour de nous, mais ils étaient pressés, et je les vis partir chacun de son côté, Gordon marchant plus vite que ses deux jeunes adjoints, et je me mis à le haïr violemment, tout en l'enviant avec la même intensité.

C'était une petite université et nous formions un minuscule corps d'étudiants et je devais rapidement connaître chacun des visages de cette communauté et il me fut alors beaucoup plus facile de dire bonjour à des gens à qui j'avais eu au moins une fois affaire. Je finis même par trouver que c'était très agréable de se dire bonjour et bonsoir et bon matin et bon après-midi, comme on le fait dans les villages à la campagne, et j'éprouvai plusieurs fois une émotion réelle lorsque, le long de la « colonnade » on entendait tous ces saluts qui se renvoyaient les uns aux autres, ces voix de jeunes gens qui se répondaient comme dans un chœur, avec leurs couleurs et leurs accents et leurs tonalités diverses, le tout amplifié par l'écho des bâtiments sous lesquels nous évoluions, et lorsque je fus enfin parvenu à me faire quelques vrais amis, il m'arriva de leur raconter la séance du Comité d'Assimilation avec l'anecdote de la terrible moustache noire et cela devint comme une énorme blague entre nous, et il se trouva souvent quelqu'un, parmi ceux que j'aimais, pour me sortir la phrase hésitante et solennelle de Gordon Gotch : « Ça n'est pas que tu ne dises pas bonjour, c'est que tu ne souris pas en le faisant. »

6

Je ne sais pas si Buck Kuschnick était devenu un ami, mais je le voyais régulièrement et la plupart du temps dans sa petite chambre solitaire du *dorm*.

Il me parlait souvent de sa petite amie, celle à qui il avait offert une broche sertie de diamants qu'elle avait épinglée sur son cardigan à la fin de l'année scolaire, signe reconnu comme la première étape de fiançailles. Elle était la beauté de la petite ville d'où venait Buck, Genoa, en Virginie-Occidentale. La fille s'appelait Abigail et il disait « Abby ». Une photo d'elle, sous verre, dans un cadre en argent, trônait sur la table de nuit de la chambre de Buck. Abby avait des yeux langoureux, des lourds cheveux longs et bouclés, il se dégageait de la photo une sorte d'invitation au plaisir. Et les histoires que Buck racontait sur ses ébats amoureux avec Abby allaient dans le même sens. Elle était chaude, juteuse, elle était bonne à embrasser, elle ne s'était pas encore tout à fait donnée à lui, il en parlait comme d'un gâteau à la crème. Il recevait de longues lettres d'elle et lui répondait avec assiduité. Il m'avait montré une autre photo : lui et Abby à son bras, et deux autres couples de jeunes gens du même âge. Cette photo m'avait frappé. Ils sont dans la rue principale de sa ville natale, Genoa. Buck est vêtu de la veste à parements de cuir et manches de laine avec la grande lettre C cousue au-dessus de la poitrine, côté gauche. Il tient Abby par le bras, il rayonne de santé et de contentement. Les garçons et les filles portent tous des cahiers et des livres, ils sont en dernière année de leurs études secondaires. Buck est le champion de l'école, la star de l'équipe de basket, il a la plus belle fille de la ville à ses côtés, le monde leur appartient ; ils marchent au milieu de la rue et un curieux effet d'optique laisse à croire que les voitures se sont immobilisées autour d'eux, s'effaçant sur leur passage. Abby est plus sexy que sur le portrait de la table de nuit, on la voit en pied, son corps moulé, charpenté, les cuisses, les hanches et la poitrine avantageuses. Elle déplace du volume, un volume palpable, tentateur. En réalité, elle incarne la beauté typique de l'époque, celle des pin-up girls du style Miss Rheingold, que les amateurs de bière élisaient en glissant un bulletin dans une petite urne posée sur le comptoir de centaines de milliers de bars à travers le pays.

Reingold était une bière légère et blonde, consommée de côte en côte, d'est en ouest. L'agence qui s'occupait de sa publicité avait conçu l'existence d'une Miss Rheingold grâce à une élection annuelle faite d'après les affiches placardées dans les bars pour hommes, pour routiers et ouvriers, employés d'usine. Les publicitaires s'étaient très bien débrouillés, ils étaient arrivés à faire de cette élection une sorte d'événement national et surtout ils avaient ainsi contribué à subtilement associer le nom de la bière à un certain genre de femme. Au fil des élections, on s'était aperçu que les amateurs de bière choisissaient invariablement le même genre de beauté, des filles bandantes, blondes ou rousses, mais pas blond clair ni roux éclatant, plutôt blond châtain et roux cuivré, des filles bien roulées, de beaux morceaux sans vulgarité, mais qui paraissaient accessibles. Familières. Encore aujourd'hui, je me souviens du minois enjôleur de Miss Rheingold 1954 et j'entends encore la ritournelle qui accompagnait les annonces à la télé et à la radio :

My beer is Rheingold,
The dry beer...

et que fredonnait un crooner à la voix facile et qui s'appelait Mel Torme. On entendait aussi beaucoup Perry Como à l'époque, il diffusait la même suavité et le même miel, et plus tard je devais découvrir les *country singers* comme Lefty Frizzell que j'ai adoré, et Hank Williams, mais ce fut lorsque je pris la route et si je rentre dans ce chapitre, je vais tout mélanger. Je n'y suis pas encore. Il faut revenir à Buck et à Abby, sa fiancée qui ressemblait tellement à une fille Rheingold dans la photo prise dans la rue principale de Genoa, en Virginie-Occidentale.

Sans doute cet instantané représenta-t-il pour Buck la minute la plus merveilleuse de sa vie, mais au moment où il me le montrait, il ne le savait pas. Il avait été un jeune héros local, le premier de sa classe, ses parents étaient fiers de lui, il était même parvenu à se faire accepter par l'université qui formait des gentlemen, dans l'État voisin, il y était parti auréolé de toute cette gloire. Là, et maintenant, dans sa petite chambre du *dorm*, Buck, à dix-huit ans, n'était plus qu'un étudiant de première année anonyme, et qui me parlait d'Abby comme un soldat au front parle de sa promise, et quand je pensais à Abby, j'avais la même réaction que les buveurs de Rheingold, elle éveillait en moi les mêmes idées, le même désir. A vrai dire, je désirais toutes les Américaines. Sue Ann m'avait tourné la tête au cours de nos premières *dates* ; je rêvais d'Elizabeth, la fille étrange et dangereuse du collège de Douce Bruyère. Chaque rencontre avec une nouvelle *date* était pour moi source d'exaltation, d'espoir, de coup de foudre aussitôt éteint qu'apparu, chaque week-end m'apportait son lot de découvertes de cet univers

48

inconnu et troublant, la jeune femme américaine. J'avais acheté dès sa première parution, comme tous les garçons de mon âge, une revue mensuelle inédite que venait de créer un inconnu dans le Middle West et qui s'appelait *Playboy* et dans laquelle je retrouvais les mêmes rondeurs féminines, le même velouté de peau, le même appel, et j'allais souvent sous la douche avec le savon Ivory, comme me l'avait conseillé Pres Cate et je ne savais pas si Buck ou les autres *freshmen* y allaient avec autant de régularité, car nous ne parlions jamais de ces choses-là, en tout cas de cette chose-là, mais je m'interrogeais beaucoup sur Buck et sur Abby. Je me demandais pourquoi, lorsqu'on a accès à un fruit aussi charmeur et aussi mûr, une aussi belle coupe de raisin-chantilly et qu'on a le droit d'y mordre ou d'y toucher, on ne se rue pas chaque week-end pour le retrouver. Après tout, Genoa n'était pas très loin de l'université, et si Buck se languissait tant de revoir cette succulente fille, qu'attendait-il pour foncer ? On roule en voiture toute la nuit, on arrive au matin, on repart le dimanche soir pour être présent aux cours du lundi, combien d'autres étudiants qui étaient assez chanceux pour avoir « une fille au pays » n'avaient-ils pas fait ces voyages insensés, deux mille bornes dans la nuit, toute radio allumée, à la poursuite d'une chair à toucher, d'une bouche à embrasser ?

Apparemment, Buck s'était convenablement adapté à la vie d'université. Il appartenait à Delta Upsilon, une fraternité qui m'invitait souvent, et je l'y voyais aux heures du repas, il faisait partie des remplaçants de la première équipe de basket, il chantait à l'unisson l'hymne du Sud, « *Glory, Glory Alleluiah* », et savait pousser le cri de ralliement des supporters aux matchs de football. Apparemment il n'était qu'un première année comme les autres, peut-être plus mélancolique et taciturne, mais pour être juste, ce ne fut qu'après coup, après qu'on eut découvert son corps que je pensai à lui comme à quelqu'un de mélancolique et taciturne. Jusque-là, il m'avait paru, comme à nous tous, rieur, hâbleur et timide, exubérant et renfermé, normal en somme. Voilà pourquoi j'ai dit que personne n'a su réellement pourquoi il s'était suicidé.

C'est un des conseillers du *dorm* qui l'a trouvé, un dimanche en fin de journée, à une heure où le *dorm* était toujours aux trois quarts vide. Le conseiller faisait une ronde de routine et s'était arrêté un instant pour boire à l'une des fontaines disposée à l'intersection des deux couloirs, au rez-de-chaussée. Le conseiller devait raconter plus tard que c'était le silence dans cette partie du *dorm* qui l'avait alerté. Non qu'il ait fallu s'attendre à du bruit, puisque le dimanche, le dortoir était, par habitude, fort calme. Mais il raconta que c'était une autre forme de silence qui avait arrêté sa marche. La porte de la chambre de Buck était fermée, ce qui n'était pas rare, mais elle était verrouillée de l'intérieur. Nous ne possédions aucune clé pour ouvrir de l'extérieur. Seuls les conseillers avaient des passe-partout pour déverrouiller les portes. Les conventions établies stipulaient qu'un conseiller, s'il voulait entrer dans une chambre, frappait plusieurs fois avant d'utiliser son passe. Le conseiller écouta d'abord à la porte et n'entendit rien — rien d'autre que ce silence qui le troublait, il ne saurait jamais pourquoi. Le conseiller s'appelait Dave. C'était un grand type fin, peu bavard, au nez arqué, aux cheveux courts coupés sans ordre réel. Il agita la poignée de la porte, dans tous les sens. Puis il ouvrit, estimant qu'il n'était pas logique qu'une porte fût fermée de l'intérieur et que personne ne répondît lorsqu'on frappait. Il découvrit alors Buck Kuschnick, torse nu, en pantalon de pyjama, les yeux révulsés et la langue à moitié sortie de la bouche, les jambes tendues et ligotées aux barreaux du bout du lit, avec deux ceintures. Une troisième ceinture était passée autour du cou de Buck mais n'était rattachée à rien si bien qu'un d'entre nous, plus tard, put parler d'une « pendaison qui n'en était pas une ». La ceinture autour du cou était fermée au troisième cran et Dave desserra d'abord celle-là pour tenter sans doute de rétablir la respiration de Buck, mais il était bien trop tard. Il y avait longtemps que Buck était parti. Alors, Dave appela le bureau du shérif.

J'arrivai en même temps que la police. Je revenais du cinéma où j'étais allé avec deux étudiants de troisième année qui m'avaient laissé pour rejoindre leur fraternité. Je vis la voiture-patrouille avec le gyrophare lumineux en action se garer le long du porche extérieur du *dorm* et un grand personnage en chapeau de cowboy pointu, harnaché de menottes, sifflet à roulette, clés diverses et colt 45, sortir de la voiture. Il m'interpella d'une voix forte et toute grasse de l'accent du pays.

— Shérif Mc Lain, me dit-il, conduis-moi à la chambre du mort.

— Quel mort ? dis-je, éberlué.

— Conduis-moi chez le petit Kuschnick, fit le shérif, et de la main il me saisit l'épaule et me fit pivoter vers le *dorm* dans un geste habile, comme si j'étais une toupie et comme s'il avait fait cela des centaines de fois.

— Il est arrivé quelque chose à Buck ? demandai-je.

— Conduis-moi chez lui, répéta le flic qui venait de s'apercevoir que je n'étais au courant de rien.

Il ne me lâchait pas l'épaule et me faisait mal.

— Lâchez-moi, lui dis-je.

— Oh pardon, répondit-il.

Il relâcha sa prise. C'était ma première rencontre avec un représentant de la loi, aux États-Unis. Dans le couloir, Dave nous attendait. Le shérif nous indiqua le mur du doigt. Il était évident que nous devions nous y adosser.

— Laissez-moi voir ça tout seul. Après on parle, fit-il à l'adresse de Dave. T'as rien touché au moins ?

Il n'attendit pas la réponse et pénétra dans la pièce. Dave me regarda.

— Qu'est-ce que tu faisais avec le shérif ?

— Rien, dis-je, il m'a simplement demandé de le mener à la chambre de Buck. Je suis tombé sur lui en revenant du cinéma.

— Buck est mort, dit Dave, il s'est pendu, il s'est étranglé.

Je m'appuyai au mur, l'estomac vide, incrédule.

— Comment ça ? dis-je.

— Je n'en sais rien, me dit Dave, puis il me raconta sa découverte et puis il se tut.

Je n'arrivais pas à enregistrer tout cela. Ça me semblait irréel. Mais la réalité était visible de l'autre côté du couloir. Le shérif Mc Lain avait laissé la porte entrouverte et, en me déplaçant insensiblement le long du mur, sans toutefois le quitter car j'avais peur que les forces m'abandonnent et que je glisse sur le sol du couloir, je pouvais apercevoir les chevilles dénudées de Buck et ses deux pieds nus, doigts écartés, grotesques et incompréhensibles. On entendit des bruits de pas, et débouchèrent alors dans le recoin du rez-de-chaussée plusieurs autres flics en uniforme, deux hommes en civil, dont l'un portait une petite mallette noire de médecin. Le shérif Mc Lain sortit de chez Buck, demanda à Dave de venir répondre à ses questions et me fit signe de dégager, tandis que d'autres adultes arrivaient, certains responsables de l'université, et que les étudiants s'agglutinaient peu à peu et qu'on les empêchait d'avancer dans le couloir. Le cirque dura comme ça une bonne partie de la soirée et de la nuit, car les garçons qui avaient un peu connu Buck furent incapables de dormir cette nuit-là, et il y eut des allées et venues interminables dans le couloir, des conciliabules, des spéculations ; on balbutiait des bêtises, puis quelqu'un éclatait de rire pour conjurer la présence de la mort qui flottait autour du rez-de-chaussée, bien qu'on ait très rapidement évacué le suicidé vers la morgue. Finalement, Dave, le conseiller qui avait découvert le corps de Buck, ouvrit la porte de sa grande chambre et cria, fort et ferme ;

— Ça suffit. On ne parle plus de tout cela.

Et le lendemain, c'était cela le plus étrange, personne n'en parlait. C'était une journée radieuse, ensoleillée, en plein été indien, début novembre, et les feuilles des chênes, des sycomores, des tulipiers et des noisetiers noirs nous éblouissaient quand nous levions la tête en chemin vers les cours. Personne n'en parlait. Sur le campus, tout le monde vaquait à ses affaires ; à l'heure du déjeuner, dans la fraternité à laquelle appartenait Buck, pas un mot de tout cela ; dans le journal local, pas une ligne, et dans le journal que nous fabriquions nous-mêmes deux fois par semaine et qui était distribué gratuitement aux quatre coins de notre petit monde, pas une mention de Buck Kuschnick et de son invraisemblable pendaison ou strangulation, appelez cela comme vous voulez.

— On n'en parle pas, parce que ça n'a rien de surprenant, dit Frank Gidden.

Il était dix heures du matin et nous buvions un café au *coop*.

— Il faut savoir une chose, dit Frank Gidden, c'est que ça arrive chaque année à peu près à la même date, ça arrive toujours au cours du premier semestre.

— Comment ça ? dis-je.

Frank fit une moue de bonheur, celui de pouvoir distiller l'immense savoir qu'il avait accumulé au bout de quatre années d'université. Je l'avais vu entrer dans le *coop*. Son arrivée, où que ce soit, provoquait toujours un remous, un murmure. Il fascinait les étudiants de première année qui voyaient en lui le comble de l'élégance, de l'intelligence, et d'une certaine débauche. Il portait une écharpe de cashmere jaune qu'il avait savamment rejetée sur ses épaules. Derrière ses lunettes d'écaille, ses yeux pétillaient d'ironie.

— Ah, ah, avait-il fait de sa voix nasillarde en venant vers moi, voici un petit jeune homme qui se pose des questions. Offre-moi un café.

Il s'était assis et je l'avais alors interrogé.

— Eh bien oui, c'est classique, m'expliqua-t-il, il y a toujours un virage dans le premier semestre et il y a toujours un *freshman* ou deux qui dérapent dans ce virage. Inadaptation, solitude, incapacité d'être à la hauteur des standards de l'école, confusion. C'est comme ça, ça arrive, et c'est pour ça que personne n'en parle, l'université resserre les rangs et ferme les yeux et tout continue. Buck, dans cinq jours, n'aura jamais existé.

Frank finit son café et toussa bruyamment. Il prenait son temps, jouant avec ma curiosité.

— Maintenant, tu es en droit de te demander s'il y a eu une raison précise, un événement particulier qui a déclenché son suicide, mais ne perds pas ton temps, tu ne trouveras pas.

— Ça ne fait rien, dis-je, c'est une drôle de façon de se donner la mort.

Frank me regarda. Une expression perverse passa dans ses yeux. Il se pencha vers moi, baissant la voix, ses lèvres soudainement rétrécies l'une contre l'autre.

— Effectivement, dit-il. Effectivement.

— Écoute, dis-je, il n'y aura même pas une enquête de police ? On ne s'est même pas demandé pourquoi il s'est ligoté les jambes avant de se passer la ceinture autour du cou ?

Toujours penché vers moi, Frank plissait les yeux. Tout en continuant de parler bas, il faisait le clown.

— Voudriez-vous suggérer, mon cher docteur, quelque main inconnue venue lui prêter aide ? Y aurait-il eu assistance à un plaisir qui aurait mal tourné ?

— Je ne comprends pas ce que tu veux dire, dis-je.

Frank eut un sourire mince et laid.

— Sûrement, docteur, articula-t-il, un Français aussi averti que vous de toutes les ressources du vice et de toutes les dépravations de la nature humaine, sûrement sait-il que la strangulation est une façon hautement compliquée d'atteindre à l'érection et à l'orgasme ?

— Euh, non, dis-je, je ne savais pas.

Frank ricana. Je repensais aux confidences de Buck, à sa naïveté, je le revoyais arpentant la rue de Genoa, dans sa veste de laine et cuir d'écolier à qui tout a souri jusqu'ici.

— Mais Buck, dis-je, Buck ? C'est impossible !

Frank cessa de rire. Son visage se vida de toutes couleurs.

— Va savoir ! Qu'est-ce que tu sais de qui que ce soit ? Qu'est-ce que tu sais de moi ? Qui suis-je ? se mit-il soudain à hurler comme un tragédien.

Les têtes se retournèrent dans la petite salle du *coop*. Il y avait de nombreux étudiants de première année aux tables et à l'étroit comptoir en aluminium dépoli. Frank repoussa son siège, balaya l'air de son écharpe jaune, partant d'un rire curieusement aigu, et qui contrastait avec la voix shakespearienne, un rire de folle.

— Qui suis-je et qui êtes-vous ? gueula-t-il en parcourant, le doigt tendu, les rangées des petits nouveaux, les yeux écarquillés. Vous êtes des brebis égarées dans la forêt !

Puis il quitta la table. Il ouvrit la porte et il disparut en se déhanchant outrageusement dans un grand envol de cashmere, et le silence s'abattit sur l'assemblée stupéfaite.

7

Abigail portait des chaussettes qu'elle avait roulées par-dessus des bas. Il faisait froid, c'était le matin, et nous étions arrivés à Genoa après avoir franchi la chaîne des montagnes Allegheny qui sépare l'État de Virginie-Occidentale de celui de la Virginie. Je me souviens que les montagnes étaient orange et bleu sombre et que nous avions traversé des petites villes sales et compactes aux rues vides et mal éclairées, dominées par la présence des hautes cheminées de bâtiments en briques, nous étions entrés en pays minier ; et je me souviens aussi d'un cerf courant le long de la route pendant quelques mètres dans les fougères et la voiture avait ralenti pour rester avec lui mais il nous avait quittés, s'enfonçant entre les pins qui étaient hauts et noirs ; et sur la radio on entendait la musique *country* avec son *twang* indéfinissable et nostalgique et qui devait me hanter durant de longues années, parce que je l'associais toujours au ruban des routes qui défilent et à la plongée permanente dans l'inconnu, la nuit, l'aventure, la nuit.

Nous étions trois dans un coupé *hardtop* Chevrolet Bel Air, conduit pas Dominick Rosa, qui avions été choisis pour représenter les étudiants de l'université aux obsèques de Buck dans sa ville natale. Genoa est un patelin sans intérêt, deux mille habitants pas plus et, pour l'atteindre, il fallait abandonner la US 64. On grimpait et on se trouvait sur une hauteur, face à l'Ohio, avec le fleuve en bas et pas loin non plus du Kentucky. C'était un petit coin perdu écrasé par le voisinage d'une vraie ville, Huntington. C'était ce que l'on appelle une *small town* et je compris mieux l'expression que j'avais entendue à propos de Buck : « Oh, mais c'était un *small town boy*, un garçon de petite ville. » Le cimetière était beau et simple, une étendue d'herbe qui épousait le sommet de la colline et d'où l'on pouvait voir la grande rivière amorçant sa courbe vers des pays plus plats aux horizons sans limites. Il faisait froid, nous avions roulé sans interruption pour être à l'heure à l'enterrement.

Les parents de Buck nous avaient salués en murmurant quelques phrases polies, ils avaient l'air de ne pas avoir encore bien compris ce qui s'était passé. Abigail était à leurs côtés, avec une femme qui lui ressemblait et devait être sa mère. Je l'avais immédiatement reconnue mais elle ne correspondait pas vraiment aux photos dans la chambre de Buck. Elle portait un manteau beige, étroit aux hanches, et des petites bottines fourrées comme des pantoufles et j'avais remarqué les chaudes chaussettes roulées par-dessus les bas et ça m'avait frappé, sans raison, comme m'avait frappé aussi son foulard, large et clair, blanc crème, qui semblait retenir des formes étranges, quasi cylindriques. Son visage était blême et poupin, pas maquillé, elle pleura un peu, comme nous tous, pendant la cérémonie.

Après, les parents de Buck nous avaient invités à boire un bol de café chaud avec quelque chose à manger, parce qu'on ne pouvait pas repartir sans se mettre un peu de nourriture dans le ventre, on avait une très longue route devant nous. Nous avons mangé des œufs brouillés avec des pommes de terre coupées en tranches fines et baignant dans du lard, et la mère de Buck nous servit aussi des petites saucisses et du gâteau à la carotte et je me souviens que nous avons ingurgité tout cela, avec du lait pour faire passer le goût du lard, mangeant sans trop parler, moi en tout cas, je ne disais rien, et c'était délicieux quoiqu'un peu lourd et pendant que les « étudiants » s'alimentaient, les gens se disaient au revoir et l'on entendait les portières de voitures claquer au-dehors sur le terre-plein devant le porche de la modeste maison des Kuschnick. Je cherchais Abigail des yeux à travers la fenêtre et j'avais l'impression qu'il y avait deux groupes très distincts : nous, le trio d'étudiants, les gentlemen cravatés, et les gens de Genoa, plus paysans et plus naturels. Je vis qu'Abigail s'apprêtait à partir avec sa mère. Je n'avais pas fait autant de route pour la laisser s'en aller comme ça, et quand on avait demandé, au *dorm* des premières années, un volontaire pour accompagner deux camarades de Buck plus âgés que lui, j'avais tout de suite levé la main et je savais que je l'avais fait parce que je voulais rencontrer Abigail. Alors, je suis sorti, et je lui ai demandé si je pouvais lui dire quelques mots en tête à tête :

— Sûr, m'a-t-elle répondu, sans avoir l'air surprise. Maman attends-moi.

Elle a ajouté à mon intention :

— Mais vous savez, je suis en retard.

Nous nous sommes assis à l'arrière d'une voiture qui devait être celle conduite par sa mère. Ça ne m'a pas étonné, j'avais déjà compris qu'on faisait tout en voiture dans ce pays et pourquoi pas après tout, la voiture était tiède, un habitacle reposant et silencieux après cette matinée glaciale qui nous avait tous attristés. Abigail m'a regardé. Ses yeux étaient ronds, je cherchai quelque chose dans ses prunelles noisette mais je n'y trouvai que l'interrogation banale : qu'est-ce que vous me voulez ?

— J'avais envie de vous parler. Buck...

Elle m'a interrompu.

— Je suis en retard, a-t-elle dit, parce que je prends mon travail au *Cinq et Dix* dans une demi-heure.

— Comment ça, dis-je, vous ne retournez pas à votre collège ?

Elle a secoué la tête.

— Non, je ne vais pas au collège. Mes études, je les ai finies au secondaire, moi. Maintenant je travaille, il faut gagner sa vie, vous savez.

Ça m'a arrêté. Je n'étais pas en face d'une college girl. Abby n'appartenait pas au monde des établissements aux murs couverts de lierre. Elle parlait de façon monocorde, livrant ses menues informations avec un sourire poli. Nous étions près l'un de l'autre.

— Buck me parlait tout le temps de vous, lui ai-je dit.

Ça a paru l'animer. Ses gros yeux ronds ont clignoté, elle a battu des cils, et elle a souri avec une certaine coquetterie.

— Qu'est-ce qu'il vous disait de moi ? m'a-t-elle demandé.

Je n'ai pas osé lui répéter les expressions gourmandes que Buck utilisait pour la décrire et la manière dont elle embrassait et combien elle était gironde. Je n'ai rien dit, momentanément. Alors, comme elle n'avait, de son côté, rien à ajouter, elle a entrepris avec des gestes précis une opération qui paraissait essentielle, urgente. Elle a ôté son foulard et sont apparus des rouleaux de métal fin et rose qui retenaient ses cheveux. En penchant son buste vers le siège avant de la voiture, elle a ajusté le rétroviseur pour s'en servir comme d'un miroir et elle a défait ses bigoudis à vive allure, les rangeant à l'intérieur du foulard grand ouvert sur ses genoux, chaque bigoudi délivrant une boucle châtain foncé qui ajoutait une touche supplémentaire à la savante construction de sa chevelure. Puis, elle a secoué l'ensemble avec un mouvement de tête de droite à gauche et de gauche à droite, répétant l'opération trois fois avec sérieux et concentration. J'ai voulu parler.

— Abigail, ai-je dit.

Elle m'a regardé, comme si elle découvrait ma présence à ses côtés, sur la banquette arrière.

— Vous savez, a-t-elle dit, personne ne m'appelle Abigail, on dit toujours Abby.

— Abby...

— Oui ?

Maintenant, elle avait replié le foulard sur les bigoudis et en avait fait un petit paquet qu'elle avait rangé dans son large sac à main d'où elle avait extrait, presque dans la même action, un poudrier et un tube de rouge à lèvres. Clic-clac, ouverture du poudrier, miroir portatif à l'appui, clic-clac, le tube coulisse et s'ouvre, révélant un bâton de rouge carmin, luisant et pointu, avec quoi elle entame la peinture de ses lèvres. Je reste muet, à nouveau, devant cet exercice si intime, cette jeune femme qui se farde à quelques centimètres de moi et semble n'attacher aucune importance à la proximité de mon corps. Je ne sais comment je dois interpréter ce qui se déroule dans cette voiture dont les vitres intérieures ont été peu à peu embuées par nos respirations, si bien que nous ne distinguons plus l'extérieur et que, de l'extérieur, on ne peut pas nous voir. Je trouve la situation humiliante puisque Abby paraît indifférente, et à la fois troublante parce qu'elle me traite comme si j'étais mêlé à sa vie la plus privée.

— Abby, dis-je, qu'est-ce que vous faites ?

Elle répond :

— Mais je me maquille, vous voyez bien. Vous savez, je dois me faire belle pour mon travail.

Elle ferme ses boîtes, ses tubes et son sac, se retourne vers moi et m'offre un visage différent de celui que j'ai rencontré plus tôt dans la matinée, le visage pâle et juvénile dissimulé sous un foulard, la tête baissée devant la tombe de Buck. Maintenant elle sourit de toutes ses dents et ne ressemble pas à la fille dont me parlait Buck, il manque quelque chose, je ne sais quoi. Elle est très nette, composée, bien peinte.

— C'est bien, dit-elle, est-ce que je suis bien comme ça ?

— Oui, dis-je. Vous êtes très belle.

— Merci, dit-elle, vous êtes gentil.

Le petit déjeuner servi par la maman de Buck me pèse soudain dans l'estomac. Je n'ai rien à dire à cette inconnue, elle n'a rien à m'apporter, rien ! Voici qu'elle accomplit une autre série de gestes. Elle défait ses bottines, ôte les chaussettes, elle est en bas maintenant, je peux voir ses doigts de pieds sous le nylon, elle fouille de sa main sous le dos du siège avant et ramène à elle une paire de chaussures de ville qu'elle enfile, glissant ensuite les bottines au même endroit où se trouvaient les escarpins. Elle a entrouvert son manteau, ses genoux ronds touchent les miens, elle me montre ses jambes et dit :

— Vous êtes gentil, vous savez.

Je fais un geste de la main vers ses genoux et je dis :

— Abby, est-ce que vous savez pourquoi Buck s'est tué ?

Elle me regarde fixement de ses deux yeux si creux et repousse doucement ma main qui avait à peine effleuré sa jambe.

— Non.

— Mais, vous étiez sa fiancée, vous vous écriviez souvent, vous le connaissiez mieux que personne.

Elle a un sourire masqué. Sa voix devient fragile, perdant enfin sa neutralité et ce timbre quasi professionnel que j'identifierai plus tard comme celui des serveuses dans les restos ouverts la nuit sur les routes, sur les grandes autoroutes inter-États.

— Oh, dit-elle, vous êtes si délicat, c'est dommage

que nous n'ayons pas le temps de faire mieux connais-sance. Vous savez, je vais être en retard à mon travail.

— Pourquoi vous ne me répondez pas, Abby ?

Elle lève les mains vers son visage, puis les laisse tomber sur ses cuisses. Elle s'anime, parle un peu plus vite.

— Oh mais vous savez, dit-elle, c'était un mensonge tout ça. On était fiancés, mais c'était un mensonge, on faisait semblant, on a menti à tout le monde. Les broches en diamant, c'est de la rigolade, il ne se serait jamais rien passé, vous savez, nous étions des enfants. Vous savez, on ment tout le temps à cet âge-là. Ça n'est pas des histoires d'amour, tout ça, c'est pour jouer, c'est du faux.

— Peut-être, dis-je, mais ça n'explique pas pourquoi Buck...

Elle retrouve son calme et prend ma main. Elle la pose sur son genou, m'immobilisant ainsi en un geste simple, sans équivoque.

— Ça n'avait rien à voir avec moi, vous savez, rien. C'est arrivé là-haut en Virginie, c'est là-bas que ça s'est passé. C'est là-bas, pas ici. Ça ne vient pas de Genoa.

On ne bouge pas. Elle a prononcé le nom de sa bourgade avec fierté et assurance. Genoa n'est pas responsable et si Buck n'avait pas quitté la petite ville, rien, peut-être, ne serait arrivé. Je sens la peau sous son bas et je devrais chavirer de désir, mais il ne se passe rien en moi et je me demande seulement combien de temps va durer ce dialogue vide. Abby retire sa main de la mienne et je ne touche plus son genou. Elle souffle, câline :

— En d'autres circonstances, on aurait pu bien s'entendre, vous savez.

Puis, plus pressée, et sur un ton de nouveau imper-sonnel, la fille de petite ville me dit :

— Il faut que je parte maintenant, je vais être en

retard à mon travail. Je suis contente de vous avoir connu.

Elle jette un dernier regard à son image dans le rétroviseur pour vérifier que le rouge tient bien et que les boucles sont en place. La tarte à la carotte remonte en moi avec les relents du lard, remonte jusqu'à mes tempes et j'accueille avec soulagement la portière qui s'ouvre et l'air coupant qui me fouette le visage.

Nous avons quitté Genoa en milieu de journée. En passant les feux croisés de l'unique rue appelée pompeusement rue Principale, j'ai vu, à travers les vitres du *Cinq et Dix*, assise derrière une caisse enregistreuse, une silhouette de femme, de dos, et j'ai cru reconnaître les cheveux ondulés d'Abigail, ses épaules carrées sous un tablier rose d'employée. Nous avons lâché la petite ville et pris de la distance et, quelques minutes plus tard, en essayant d'oublier le petit déjeuner qui ne passait pas, avec la vision d'Abigail en train de dérouler ses chaussettes par-dessus le nylon dans la voiture étouffante, je me suis endormi, le cœur un peu gros.

Comme nous avons fait une bonne moyenne horaire et que Dominick Rosa et son ami se sont relayés au volant sans s'arrêter autrement que pour faire le plein d'essence ou acheter des BLT ou des hamburgers que nous dévorions tout en roulant, nous avons pu rejoindre le campus le lendemain, très tôt, à l'aube. Une lumière bleutée perçait à travers les masses des ormeaux et des chênes aux couleurs rouge et or, et dans la voiture qui ralentissait à mesure que nous retrouvions les rues de la ville, à cette heure déserte, Jefferson, Letcher, Madison, et qui nous menaient naturellement vers les allées encore plus familières, celles du campus, nous avons éprouvé un sentiment nouveau et qui se reproduirait ensuite plusieurs fois dans l'année, celui de rentrer chez soi, à la maison. Novembre n'en finissait pas, l'hiver serait là bientôt, mais aucune morsure dans l'air ne permettait encore de l'annoncer. De l'autre côté des montagnes et du pays minier, au sommet du petit cimetière de Genoa, il avait fait cru et âpre et on s'était senti nu et gelé devant le trou creusé dans la terre, le trou dans lequel on avait jeté quelques fleurs, mais ici, de retour au collège, tout allait bien, il faisait encore doux et nous savions que nous allions revoir nos professeurs et nos camarades et cela nous réconfortait, et nous longions les fraternités aux fenêtres encore closes, les bâtiments universitaires inanimés, les colonnes doriques blanches et les toits en ardoise grise et les murs en brique ocre et la vieille demeure historique en bois du général Lee et la chapelle du même nom où se réunissaient une fois par semaine les Sazeracs, la chorale d'étudiants qui chantait : « *Je parle aux arbres, mais les arbres ne m'écoutent pas.* »

Nous avons fait comme ça deux fois le tour complet du campus sans nous concerter, en silence, reprenant l'allée automobile circulaire extérieure, ne croisant que Sam, l'un des trois nettoyeurs noirs, dans sa combinaison de toile mauve, poussant paisiblement une carriole de métal d'où sortaient les gros balais à tête de loup et puis nous nous sommes séparés, et puis nous avons oublié Buck. Et puis, l'hiver est arrivé.

8

A quelque temps de là, à peu près à la même époque, j'eus l'occasion de pénétrer, grâce à la complicité de Dan Notts, dans les vestiaires de l'équipe de football, à la mi-temps d'un match que nous étions en train de perdre de plusieurs points. Dan faisait partie de l'équipe, c'était un énorme garçon aux cheveux blonds coupés très ras et au nez en trompette, à la peau blanc rosé comme celle d'un pourceau. Il avait été blessé à la clavicule au cours du match précédent et se trouvait parmi nous, sur les gradins étroits de bois et d'acier, dans les maigres tribunes de notre petit stade, le Wilson Field, où nous recevions une équipe du Nord de l'État, des rivaux voisins et ancestraux qu'il fallait battre coûte que coûte. Le genre d'équipe dont on admet qu'elle gagne quand vous allez chez elle, mais ici, chez nous, pas question. Dan Notts n'aimait pas se retrouver immobilisé par sa blessure. Il aurait préféré être en uniforme, et même assis sur le banc des remplaçants, quitte à ne pas jouer du tout, plutôt que de traîner « en civil » avec des inutiles comme nous, tandis que ses copains se faisaient frotter les oreilles et que ça cognait sec dans les affrontements entre avants, en bas, à quelques mètres de lui, sur l'herbe boueuse. Aussi bien, à la mi-temps, n'eut-il de cesse d'aller rejoindre ses coéquipiers et il me proposa de le suivre dans les vestiaires, ce qu'on appelait le *locker-room*, la salle aux casiers métalliques.

— Vous êtes lamentables, j'ai honte pour vous.

Ils étaient plus de vingt, assis sur des bancs de bois blanc, dans la grande salle carrelée remplie des odeurs fortes de terre, d'embrocations et de chaleur animale. Deux d'entre eux seulement avaient conservé leurs casques sur le crâne, par fatigue peut-être. Les autres tenaient le casque bleu strié de blanc sur leurs cuisses. Ils avaient la tête baissée, ce qui donnait à leurs épaules rembourrées par les protège-coups une allure encore plus artificielle. Les jambes aussi, gonflées sous les pantalons par les diverses protections de caoutchouc, de mousse durcie et de matières plastiques, genouillères, cuissières et chevillères, semblaient ne pas appartenir à des têtes aussi juvéniles. Sous leurs yeux, à la hauteur des pommettes, ils avaient tous la marque caractéristique de peinture goudronnée qu'on applique à la fois pour couper l'éclat du soleil et pour se donner une allure plus guerrière. Le football américain, c'est la guerre sans la mort — mais c'est la guerre. J'avais saisi cela dès mon premier contact avec ce sport : des hommes vêtus comme des soldats échafaudaient des stratégies d'offensive et de défensive avec, pour prétexte de leur choc avec les soldats d'en face, la conquête d'un territoire fléché, balisé, découpé en tranches comme une carte d'état-major. Ça m'avait subjugué et si je n'arrivais pas à suivre la bataille dans les subtilités de ses combinaisons, le spectacle dans son ensemble m'avait pris à la gorge.

— Vous avez de la chance qu'il n'y ait pas de miroir dans cette salle, ça vous évitera de voir à quoi vous ressemblez.

Debout, poings serrés dans les poches, faisant face aux joueurs qui l'écoutaient sans bruit, le coach Mallard parlait à voix haute et sèche. Ses lèvres s'ouvraient à peine pour laisser passer les mots courts et méchants qu'il espaçait de petits silences. Entre chaque phrase, ses mâchoires se refermaient comme celles d'un chien sur un morceau de viande. On entendait presque le craquement que faisaient ses maxillaires.

— Je croyais que vous étiez des hommes. Vous êtes des fillettes. Des fifilles. Des cons, des trous.

Les deux assistants du coach, les mains dans les poches eux aussi, suivaient chaque mot et chaque mouvement de Mallard tout en balayant parfois l'assistance du regard. Williams, lui, ses petits yeux noirs perçants et enfoncés dans les orbites de son visage à la peau tendue et parcheminée, ne regardait personne et tout le monde en même temps.

— Je vois qu'il va falloir que je vous redise tout ce que vous devriez savoir. Ce sport n'est pas fait pour les fillettes. Ce sport n'est pas fait pour les gamines. Ce sport est fait pour les hommes. C'est un sport d'homme, le football. Mettez-vous cela dans ce qui vous sert de cervelle : le football est joué par des hommes. C'est un sport d'homme.

Il avait commencé à marcher de long en large sans toutefois quitter les joueurs de son regard, rythmant ces quelques pas avec les mêmes mots qu'il répétait comme des roulements de tambour.

— D'ailleurs, ce n'est pas un sport. C'est la vie. Et dans la vie, il y a ceux qui gagnent et ceux qui perdent. *Winners* et *losers*. Il n'y a que les débiles, les primates, ou les impuissants que ça amuse de perdre.

Il s'arrêta, pivota et hurla.

— Est-ce que quelqu'un ici trouve ça amusant de perdre ?

Silence. Les têtes baissées s'étaient toutes redressées vers lui. Je reconnus mon ami Pres Cate, au milieu de ses camarades, le front bombé et arrogant, un éclair de folie dans ses yeux pâles.

— Est-ce que quelqu'un aime ça ?

La voix résonnait sur les parois nues du vestiaire et ricochait jusque vers la section des douches, au fond de la pièce.

— Moi, ça m'est totalement indifférent que vous sortiez de ce terrain en sang, en morceaux, sur un brancard, du moment que vous en sortiez gagnants. Et c'est pas pour moi que je veux ça. Je m'en fous moi, puisque je suis un homme. C'est pour vous, c'est pour que vous n'ayez pas honte de vous ce soir ou demain. Pour que vous n'ayez pas honte d'être en vie. D'être des hommes. Des gagneurs. Gagner. Gagner !

La voix avait redescendu, les mots avaient repris le rythme court et saccadé, mais les garçons continuaient à regarder Mallard. Il eut un rire forcé et brusque.

— Ah ! Qu'est-ce qui se passe, on ose me regarder ? On ne baisse plus la tête ? On n'a plus honte ? On a peut-être envie de s'exprimer ? Alors si on a envie de parler, je veux qu'on me réponde. D'un seul mot. Tous ensemble. A une seule question. Qu'est-ce qu'il faut faire ? Quel est le but ? Allez ! gueulez-moi ça bien fort !

Unanime, le registre plutôt bas, plutôt sourd, comme avec une sorte de pudeur, la masse des joueurs répondit :

— *Win !* Gagner !

Mallard sortit les deux poings de ses poches, les dressa à hauteur de poitrine en les secouant comme un boxeur qui ouvre sa garde pour se porter à l'assaut d'un adversaire qui n'est plus capable de rendre les coups.

— Répétez-moi ça. Et gueulez-le-moi. Et en chœur s'il vous plaît, si ça vous fait pas trop chier, et plus fort. Plus fort ! et plusieurs fois !

Les joueurs reprirent le court verbe : « *win ! win ! win !* » certains martelant les carreaux du sol avec les crampons de leurs chaussures, d'autres tapant du creux de leurs mains sur l'arrondi de leurs casques et cette fois il n'y avait plus de pudeur, mais une jubilation dans les voix — autre chose aussi, comme de la peur, une peur qui se détruit elle-même tellement on la crie, tellement on la sort de soi. Dissimulé derrière le large dos de Dan Notts, je me faisais tout petit, convaincu que s'il m'avait surpris en train d'assister à cette séance d'exorcisme, le coach Mallard m'aurait réduit en charpie. Mais Notts me servait de rempart, son corps faisant écran entre la salle et l'ouverture de la porte devant laquelle nous nous tenions. Je sentais sa lourde carcasse remuer à l'unisson des autres et je m'aperçus qu'il riait aussi et que ses jambes tremblaient sur elles-mêmes.

— Ça suffit !

Mallard fit rétablir immédiatement le silence, mais la répercussion du cri « *win ! win ! win !* » flotta quelques secondes encore dans l'air chargé des effluves d'alcool à frictionner.

— Ça suffit. Je vois que vous savez encore vous servir de vos cordes vocales. Alors maintenant je vais vous demander quelque chose. Je vais vous demander dans la mi-temps qui va suivre de vous servir de vos tripes, de vos jambes, de vos bras, de vos mains, de vos épaules, de vos muscles, de vos poings, de vos couilles, de vos yeux, de votre tête, bordel de nom de dieu de putain de nom de dieu d'enculeur de poulet de nom de dieu de saloperie de merde !

Il avait lâché le chapelet d'injures avec une sorte de dégoût qui s'était transmis à l'assistance, et je vis les jeunes gens se courber sous l'insulte, et d'autres faire la grimace comme des enfants que l'on forcerait à avaler une potion amère.

Il y avait des choses dont j'étais conscient et d'autres qui m'échappaient en partie. J'étais conscient que Buck Kuschnick aurait dû être assis parmi les joueurs et qu'il avait sans doute déjà écouté cette sorte d'exhortation. Ce dont je n'étais pas conscient, au moment où j'entendais vociférer le coach Mallard, c'était qu'en ce samedi après-midi de novembre, dans des centaines de *locker-rooms*, des centaines de coaches tenaient le même discours cruel et banal à des centaines de jeunes gens à travers leur pays. Et je n'en étais pas conscient parce que j'étais encore trop inexpérimenté et je n'avais pas acquis la faculté de transformer un moment vécu, une observation subjective, en une généralité qui peut s'appliquer à une culture, une civilisation, des femmes et des hommes. Vous apprenez ces choses-là à mesure que vous avancez dans l'existence, quand vous avez suffisamment rencontré la mort ou la violence ou la beauté ou la crudité, ou tout cela à la fois et vous parvenez petit à petit à établir comme un éventail de comportements ou de valeurs, et à définir ce qui auparavant surgissait, spontanément, sans avertissement, et que vous enregistriez sans comprendre. Le sphinx, alors, est en état de résoudre sa propre énigme et si l'histoire tout entière repose en un seul homme, tout doit pouvoir être expliqué à partir d'une expérience individuelle, une histoire comme un pays, comme les hommes de ce pays et qui ont fait cette histoire. J'avais lu ça dans Emerson et j'ai mis quelque temps à me pénétrer de ce phénomène de multiplication infinie des actions humaines, de cet unanimisme qui m'a toujours poursuivi, depuis, de façon parfois simpliste. Il se passe la même chose, en ce moment, à des milliers de kilomètres de distance, et cependant ce n'est pas du tout la même chose, et pourtant, c'est pareil.

Le coach Mallard semblait satisfait. Il connaissait ses limites. Il savait qu'il ne pouvait pas dire aux garçons : « Faites ce que vous voulez, volez l'arbitre, crevez-leur les yeux, mais gagnez ! » Il savait très bien que son université avait pour principe fondamental le Système de l'Honneur (on ne triche pas, on passait les examens sans surveillance et l'on pouvait laisser ses livres, ses vêtements sur n'importe quel coin du campus, on les retrouvait plus tard, intouchés) ; une université qui apprend à se conduire comme un gentleman ne peut pas simultanément faire dire par son coach qu'il faut gagner à tout prix. Car dans cet « à tout prix » il y a, « par tous les moyens ». Le coach Mallard devait donc naviguer entre l'obsession du résultat, de la gagne comme seule règle de vie, mais ce dans le cadre général du fair-play et de la loyauté. Alors, il avait eu recours à quelque chose d'aussi choquant que la triche : il avait été obscène, vil, vulgaire, il avait fouetté leur orgueil en utilisant un langage de voyou, de camionneur, un langage de nègre. Et cela avait fait passer dans la salle le frisson impitoyable de la réalité, celle de la rue, des arrière-cours de magasins, celle de l'autre côté de la voie de chemin de fer, le côté des taudis, des paumés, des ivrognes. Il leur avait parlé comme à des hommes. Le football est un sport d'homme. Maintenant, il se détendait. Il avait retrouvé sa posture de départ, poings dans les poches, jambes écartées, œil au-dessus des têtes, visage dépourvu de toute expression. Il parlait avec calme, sur un ton plat et presque indifférent, presque ennuyé.

— Vous êtes les meilleurs. Vous êtes meilleurs que ces types. Vous allez gagner. Vous allez faire ce que vous savez faire. Vous allez les battre. Et vous allez leur passer par-dessus le corps. Et gagner. Vous êtes les meilleurs. Vous êtes des garçons formidables. Allez.

Il eut un sourire bref, sortit les mains de ses poches, les frappa l'une contre l'autre, et tourna le dos aux joueurs qui se levèrent fiévreusement et tapèrent eux aussi dans leurs mains. Les assistants de Mallard parcouraient les rangs, encourageant les joueurs, leur claquant les fesses, distribuant du citron, du sel, de l'eau à boire, et un brouhaha plein d'espoir et d'enthousiasme succéda au silence qui avait régné pendant le discours de Mallard, les voix se mêlant au raclement des crampons sur les carreaux et à la rumeur assourdie des chants de spectateurs qu'une porte du bâtiment, ouverte vers l'extérieur, avait laissé filtrer par le couloir étroit et embué jusqu'à la salle des vestiaires désormais vide.

DEUXIÈME PARTIE

L'hiver

9

Et puis, l'hiver est arrivé.

En une nuit, le campus s'est recouvert d'une neige épaisse et immaculée qui ouatait l'atmosphère et les bruits. Professeurs et étudiants allaient aux cours emmitouflés de laine, de fourrures et de bonnets de ski, mais comme les bâtiments étaient surchauffés, on travaillait en bras de chemise. Après, au-dehors, il fallait se couvrir de nouveau, et l'on passait ainsi en permanence du froid le plus aigu à la chaleur la plus suffocante, puisque le *dorm* aussi bien que les fraternités entretenaient la même température excessive. Ça vous donnait soif, tout le temps, et les samedis soir pendant les *dates*, on buvait plus de bières et d'alcool qu'au cours de l'automne et les jeunes filles aussi buvaient, coupant leur gin ou leur vodka avec du coca ou de la soda water et l'on noyait le bourbon dans des verres gorgés de monceaux de glace. Il y avait une effervescence accrue dans les rencontres et les conversations ; les baisers étaient plus nerveux, plus électrisés, on flirtait plus dur, plus osé, comme si cette saison nouvelle et la proximité des vacances de Noël apportaient une intensité, une volonté d'aboutir aux affaires sentimentales qui occupaient nos fins de semaine.

J'étais gagné par la même fièvre. Le besoin d'aimer

et d'être aimé me tourmentait ; la venue brutale de l'hiver m'avait rendu plus sensible à la solitude. Dans les couloirs du *dorm*, le soir, j'entendais les types évoquer avec gourmandise ce Noël chargé de bonheur et de chaleur qu'ils allaient passer chez eux, au « pays ». Où irais-je, moi ? Et avec qui vivrais-je Christmas, mon premier Noël américain ? Ma famille était loin, de l'autre côté de l'Atlantique, je n'avais pas les moyens de m'offrir un aller et retour.

C'était loin, loin la France. Les avions à réaction n'existaient pas, il eût fallu prendre le vol qui durait vingt heures, par les Constellations qui font escale en Islande, ou alors le paquebot, mais les grands transatlantiques ne pratiquaient pas la traversée en hiver, et puis tout cela était cher, trop cher pour ma bourse et puis, et surtout, j'aurais interprété ce retour chez moi comme la démonstration que j'étais incapable de vivre seul à l'étranger, que j'avais échoué dans cette expédition unique que les « autres » n'avaient pas la chance de vivre. Ils me manquaient, « les autres », mais au même moment, je me sentais déjà détaché d'eux.

Ce serait donc le premier Noël loin de mes parents et mes frères. Jusqu'ici, ça n'avait pas semblé très important, mais maintenant que les guirlandes de gui étaient accrochées aux lustres des fraternités et qu'on entendait seriner *Jingle Bell* et *White Christmas* à tout instant par les radios dans les voitures, et que des sapins garnis de boules et de branches de houx se dressaient sur les pelouses des demeures professorales tout autour du campus, je sentais me pénétrer la signification de cette cérémonie, à la préparation de laquelle toute une nation consacrait tant de temps et d'argent. Et je m'en voyais exclu et cela avivait en moi comme une certaine mélancolie, cela me nouait la gorge. Sans doute eus-je un mot de trop à ce sujet, un soir, dans la chambre de Bob Kendall, qui se trouvait

75

face à la mienne de l'autre côté du couloir. Il me regarda de ses yeux rieurs et me dit très naturellement :

— Je t'invite chez moi. Viens fêter Noël à la maison.

J'hésitai avant de répondre. Bob Kendall, un garçon riche, aux cheveux lustrés, avec qui j'avais eu jusqu'ici des relations intermittentes et banalement cordiales, insista :

— Si, si, viens ! J'appelle ma mère ce soir, elle ne fera aucune difficulté. On sera ravi de t'avoir parmi nous.

Et le lendemain matin, Bob me confirma avec la même simplicité, avec ce même sens de l'hospitalité immédiate que seuls possèdent les Américains, que j'étais l'invité de la maison Kendall pour quinze jours, à Dallas, au Texas, où il était né. A Dallas ! C'était si magique, si là-bas, si mystérieux... J'en fus transporté de joie et de fierté. Et je pus dès lors, à l'instar de tous mes camarades, cocher sur le calendrier que j'avais épinglé au mur, les jours qui restaient jusqu'à mon départ pour cette aventure. Ça me donnait un objectif, j'avais un projet, un rendez-vous dans l'avenir. Or, quelque temps avant Noël, il m'arriva quelque chose d'autre, plus étonnant encore, et qui devait transformer ma vie à l'université. J'avais rencontré April.

10

Ça s'était passé au cours d'un de mes voyages aux *barracks*.

C'était de minuscules maisons préfabriquées, deux-pièces-cuisine sur un niveau, posées en rangées comme des cubes d'un jeu d'enfant sur des véritables pilotis de bois et de ciment, de l'autre côté de la colline qui dominait l'est de la ville, bien au-delà du campus. Ça ressemblait à des *barracks*, en effet, c'est-à-dire des casernements — et d'ailleurs au lendemain de la guerre de Corée, c'était là qu'on avait logé quelques vétérans, les quelques anciens combattants qui, profitant du droit donné à tout G.I. de poursuivre ou parfaire ses études, étaient revenus à l'université après avoir vécu les horreurs de la guerre. Ils étaient mariés, avec un enfant, parfois deux. Ils vivaient là au milieu des jeunes professeurs débutants, mariés eux aussi, ceux qui n'avaient pas atteint le statut de membre de la faculté à part entière et qui, petits salariés, ne pouvaient encore s'offrir les résidences souveraines des titulaires de chaires, des doyens, et des directeurs de « départements ».

Les *barracks* abritaient une faune intérimaire, pas encore des adultes achevés, mais plus du tout des gosses comme nous. Les habitants des *barracks* ne participaient pas au circuit étincelant des *parties* dans les fraternités et des *dates* dans les collèges de jeunes filles. Ils ne chantaient pas dans les chorales, revêtus de leur spencers blancs ; ils ne se préoccupaient pas de savoir quelle serait leur escorte au grand bal de février ; il n'y avait pas sur leur visage la même confiance éblouie en un futur limpide et réussi ; ils connaissaient les problèmes d'insertion dans une société dont ils formaient comme un sous-prolétariat, et lorsque nous croisions certains d'entre eux, il nous semblait parfois qu'ils nous regardaient avec aigreur, ou bien était-ce de la condescendance. Les gens des *barracks* avaient des femmes enceintes, des enfants qui braillaient, ils entendaient de l'autre côté de la mince paroi de leurs bicoques les cris ou la radio du voisin, ils ne vivaient pas le rêve virginien dont nous étions les protagonistes. Les *barracks* étaient un lieu qui contrastait curieusement avec l'ambiance romantique du campus. Les étudiants ne fréquentaient pas les *barracks*.

Cependant, j'aimais y aller. L'un de mes professeurs favoris, Rex Jennings, y habitait avec sa femme et leur petite fille de trois ans. Rex Jennings corrigeait mes devoirs de littérature comparée, il m'offrait un café au lait avec des *cookies* aux noisettes et au chocolat préparés par son épouse, Doris, et il m'avait fait découvrir ce qu'il appelait « les écrivains mineurs », au milieu desquels un nommé Raymond Chandler que je dévorais en livres de poche. Doris voulait apprendre le français et je lui donnais une leçon d'une heure, deux fois par semaine. J'arrivais à pied, ayant descendu le mauvais versant de la colline et ayant emprunté quelques raccourcis à travers un terrain vague pour longer ensuite les pilotis monotones surplombés de leurs *barracks* exiguës d'où filtrait parfois le son d'une radio et pour aboutir à la cahute des Jennings, la dernière de la rangée, la plus glaciale puisque l'ultime cloison de préfabriqué ne donnait sur rien d'autre que le vent et les pentes abruptes d'un ravin voisin. On grimpait par une passerelle étroite, trois marches, trois planches de bois, et l'on était chez les Jennings.

Il faisait froid et j'avais marché dans la neige. Doris n'était pas là. J'avais trouvé un mot sur la porte : « Obligée partir avec l'enfant à l'hôpital. Clés sous paillasson. Buvez un café chaud, excusez-moi et à la semaine prochaine. Doris. »

Je suis entré et j'ai fait du café et je me suis assis pour le boire en rapprochant ma chaise du petit poêle à charbon qui chauffait l'une des deux pièces, celle qui servait à la fois de salle à manger, de bureau de travail, et de lieu de récréation pour la petite fille. Le tuyau noir et bringuebalant du poêle ajoutait à l'aspect provisoire, déglingué de l'endroit. Je buvais mon café brûlant par petits coups, et quand je me suis senti moins transi, j'ai ôté mon duffle-coat et j'ai commencé de parcourir les rayons de livres qui tapissaient les murs étroits de la pièce. Je faisais souvent cela lorsque mon professeur me recevait et j'extrayais tel ou tel livre de poche au titre et à l'auteur inconnus et Rex Jennings me disait : « Celui-là, oui », « Celui-là, non », « Vous n'aimerez pas ». Et je rangeais le livre alors pour en choisir un autre, le feuilleter, en attendant le verdict ou le conseil de Rex. Il était rare que je le quitte sans emporter un volume ou deux. Mais aujourd'hui, j'étais seul et cela changeait tout. J'ai eu envie de regarder plus loin, au-delà des rayons de livres, j'ai eu envie de fouiller. J'ai eu un sursaut, comme un bruit sourd en moi.

C'était une sensation qui remontait à l'enfance. Et sans doute parce que j'avais toujours vécu parmi mes frères et que nous avions toujours partagé nos chambres, du plus profond que je me souvienne, j'ai long-temps été troublé de me retrouver seul dans une pièce ou une maison vide, alors qu'elle n'aurait pas dû l'être, ou que je n'aurais pas dû y pénétrer. Comme si je volais quelque chose que l'on m'interdisait de toucher, j'aimais alors ouvrir les portes des placards et les tiroirs, passer mes mains sur les étagères ou les meubles, soulever des piles de dossiers ou de linge, habité par le goût de l'inconnu, la curiosité, le désir de l'inconnu, avancer dans le territoire des autres. Chercher, chercher parce qu'il y avait peut-être un secret ou peut-être parce que je voulais aller au-delà d'un mur sombre auquel je ne comprenais rien, celui de la vie des autres et des grandes personnes, particulièrement. Ainsi avais-je cent fois, à des heures inattendues, erré dans la maison de mes parents en province quand toute la famille était dehors et j'étais venu contempler leur lit, leurs affaires, leur monde intime inaccessible, vêtements et objets, choses douces et palpables. Adolescent ensuite, vivant en appartement à Paris, j'avais moins ressenti cette envie mais il m'était resté le même travers et ce jour-là, dans les *barracks*, dans le silence rompu par le miaulement du vent de novembre le long des passerelles et pilotis, le vieux désir a resurgi, augmenté par l'étrangeté que me procuraient les choses américaines, odeurs, couleurs et tissus que je ne connaissais pas.

Ce jour-là, chez Rex Jennings, je pousse la porte de sa chambre à coucher, j'ouvre l'armoire de bois léger, j'examine lentement les vestes sur les cintres, puis les robes de femme, les habits de Doris. Je caresse une pile de chemisiers, puis les pulls, les sous-vêtements, enveloppé par ce sentiment venu de loin que je fais quelque chose de mal et que j'aime ça.

Doris était une petite femme blonde et frêle aux cheveux plats, dépourvue de toute séduction, une femme banale. Mais le contact de mes mains sur sa garde-robe m'a troublé et je porte alors une de ses jupes à mes lèvres, comme pour la mordre, et j'y plonge mon visage, le désir m'envahissant. Je ne sais pas combien de temps je fais ce geste mais, dans mon dos, j'entends un bruit différent de celui du vent et du poêle qui craque et je me retourne. Il y a une femme que je n'ai jamais vue, en manteau droit, une Noire aux yeux jaunes, qui me regarde sans bouger, avec un léger sourire indéfinissable.

— Qui êtes-vous ? dit-elle. Que faites-vous ici ?

Un instant paralysé par l'impression d'avoir été pris en faute, je laisse vite tomber les vêtements et ferme l'armoire derrière moi. J'ai le cœur qui bat fort, jusqu'à la panique.

— Euh... Je suis un élève du professeur Jennings. Et je cherchais un livre.

La jeune femme sourit toujours. Je ne fais aucun mouvement. Au bout de son bras pend un sac à main, on dirait qu'elle vient à peine d'entrer chez les Jennings. Sa voix est posée, grave, et quand je m'approche d'elle, je crois voir qu'elle a peut-être eu peur, elle aussi, en découvrant un inconnu dans la maison des Jennings.

— Vous cherchez un livre, répète-t-elle.

— Oui, dis-je en m'éloignant de l'armoire.

Passant devant elle, je marche avec résolution vers les rayons sur le mur de l'autre pièce pour faire croire à ma comédie :

— Oui, oui, j'ai dû me tromper de chambre, il doit être par là, plutôt.

La jeune femme m'a suivi d'une pièce à l'autre et m'a dit avec le même ton calme de constat :

— Certainement que votre livre est par là. On pourrait difficilement imaginer qu'il se trouve parmi les robes et les sous-vêtements d'une femme.

Je me retourne vers elle. Je ne sais rien des Noires. A cette époque, la Virginie, telle que je l'ai découverte, est totalement ségrégationniste. Les seuls Noirs auxquels j'ai eu l'occasion de m'adresser sont les trois employés de l'université qui nettoient le campus, ou bien parfois quelques serveurs de restaurant dans la petite ville adjacente à notre collège. Et même dans

81

cette petite ville, nous n'avons aucune raison de parler avec les Noirs, ils vivent dans un quartier au-delà de nos limites, nous n'y pénétrons pas. Ici, c'est le Sud. Aussi bien n'ai-je aucune notion du parler des Noirs, mais la façon dont cette femme s'exprime et l'ironie qui semble affleurer derrière sa voix me font comprendre qu'elle n'appartient pas à la même catégorie que tous les autres, ceux que j'ai connus jusqu'ici. J'ai l'impression qu'elle me nargue et qu'elle joue avec moi, c'est elle qui m'a surpris le visage enfoui dans la jupe de Doris et je vois qu'elle en profite, qu'elle exploite ma honte et ma gêne. Alors, je me défends comme je peux.

— Le professeur Jennings m'invite régulièrement ici pour choisir des livres. Et d'ailleurs, je donne des leçons de français à sa femme.

Elle sourit avec la même expression que je ne parviens pas à traduire : gentillesse, indulgence ou moquerie.

— Ah voilà, c'est cela, vous n'êtes pas d'ici, dit-elle. Je me disais que vous aviez un curieux accent. Vous n'êtes pas un étudiant comme les autres, alors.

— Pas tout à fait, non, dis-je.

Ma réponse semble dissiper ce sarcasme, que dans mon excès de culpabilité, j'ai cru sentir dans sa voix.

— Je m'appelle April, dit-elle, et je viens moi aussi régulièrement chez les Jennings, pour faire le ménage.

Elle relève le menton et elle ajoute immédiatement comme pour prévenir toute attitude méprisante de ma part :

— Je ne suis pas une femme de ménage. Je fais des heures. Je fais cela pour gagner un peu plus d'argent, c'est bien payé. J'ai un autre métier.

— Bien sûr, dis-je.

— Je suis institutrice de l'autre côté de la ville, dit-elle, du côté où vous n'allez jamais.

Je ne réponds pas. Elle me sourit toujours, plongeant ses yeux dans les miens.

— J'aurais dû m'apercevoir que vous n'étiez pas comme les autres, dit-elle, à ceci que vous ne fuyez pas mon regard. Les Américains ont du mal à regarder une Noire en face, surtout si elle est belle, vous n'avez pas remarqué cela ?

— Non, dis-je, je n'en ai pas eu l'occasion.

Elle rit.

— Vous ne l'aurez pas souvent. Je ne l'ai pas beaucoup moi-même. Quel effet ça vous fait ? C'est comme ça dans votre pays ?

— Je ne m'en suis jamais préoccupé, dis-je.

Elle rit toujours, mais sur un ton plus sec et plus amer. Puis, elle ôte son manteau, pose le sac sur une table et fait des gestes rapides et brusques comme pour se débarrasser d'un nuage qui flotterait autour d'elle.

— N'en parlons plus, dit-elle. J'ai du travail et j'ai des choses à faire. Vous comptez rester ici ?

— Non, non, dis-je, je vais partir.

Mais j'ai du mal à détacher mon regard de ces curieux yeux jaunes, de ce sourire qui envoie tant de messages à la fois. Ironie, âpreté, supériorité puis infériorité, puis reprise en main du terrain, jeu subtil qu'elle a établi entre nous, jeu de pouvoir. Elle possède l'avantage de m'avoir surpris dans une situation qui m'a laissé sans défense. Je possède celui de ma race, de ma condition de gentleman du collège, et même si je n'appartiens pas à ce pays, à ce Sud et à ses mœurs, j'en ai imperceptiblement acquis les habits et les gestes et si différence il y a, elle est infime. Aussi bien April joue-t-elle à nous ramener chacun à un niveau égal. Et c'est impossible : il passe chez cette jeune femme, belle, et qui dit qu'elle est belle, comme un courant d'orgueil et d'agressivité qui la pousse à vouloir me dominer, me faire plier sous son regard, et m'envelopper de l'apparente maturité de son jugement. Elle retrouve vite le ton du sarcasme, la perfidie. Ainsi lance-t-elle :

— Vous n'emportez pas le livre que vous cherchiez ?

Comme je ne réponds pas, elle tend la main vers moi et passe alors dans la seconde même à une bienveillance déconcertante.

— Je ne parlerai de tout cela à personne, ne vous inquiétez pas.

— Vous pouvez en parler si vous voulez, dis-je. Je ne faisais rien de mal.

Elle a battu des cils et s'est rapprochée de moi. Sa main s'est posée sur mon avant-bras, geste fréquent dans cette partie du pays, mais que la singularité du moment rend plus intime. Le cœur me cogne fort à nouveau, mais ce n'est plus pour la même raison que tout à l'heure. A-t-elle aperçu mon émotion ? Sa voix se fait rauque, cette voix qui m'attire :

— Il n'y a rien de mal en effet, dit-elle en articulant lentement les mots, à tenter de guérir sa solitude en caressant la jupe d'une femme. Mais à tout prendre, alors, est-ce que vous n'avez pas plus envie de le faire sur quelqu'un qui est présent ?

Elle a pris ma main et l'a posée sur sa hanche et j'ai senti sous la paume comme une rondeur chaude et j'ai lentement glissé de quelques centimètres le long du bassin, ne la quittant pas des yeux, retenant mon souffle dans le silence de la petite baraque, avec le vent dehors qui continuait sa plainte et April qui retient mes yeux, elle aussi, et se laisse caresser par-dessus le tissu, à hauteur de l'estomac, puis ma main droite rejoint l'aine gauche et c'est à deux mains que je ramène son corps vers le mien et que je veux l'embrasser, mais elle se détache alors et dit, la voix courte :

— Non.

Nous nous regardons. Elle respire plus serré, comme moi. Je vois dans ses yeux cette lueur un peu folle, cet éclat doré qui se dilate dans la prunelle marron et m'avait frappé dès qu'elle était apparue dans l'entre-bâillement de la porte de la chambre à coucher. Elle entrouvre ses lèvres en un sourire qui n'a plus rien de

84

commun avec tous ceux qui précédèrent, un peu triste et fané, comme si elle avait déjà vécu tout cela.

— Non, répète-t-elle. C'est trop dangereux. C'est impossible.

Mais comme je me rapproche d'elle et que je porte de nouveau mes mains là où je l'ai déjà touchée — puisque je me dis, que là, au moins, j'ai le droit, c'est un espace qui a déjà été reconnu — je la sens trembler et c'est elle qui colle sa bouche à la mienne soudain et me donne un baiser long et lourd et bon, au goût de vin sucré, comme je n'en ai reçu ni donné de ma vie, un goût qui me fait fermer les yeux pour mieux m'y perdre et pour mieux y répondre. Tout son corps s'est plaqué au mien sans retenue, sans cette distance toujours calculée des filles des collèges de filles, et je sens ses cuisses, ses seins, son bas-ventre qui se collent à moi et je la parcours des mains pour compléter l'extraordinaire sensation d'abandon et d'unisson qui vient de m'envahir. April se détache de moi et recule de quelques mètres.

— Non, dit-elle, c'est moi qui ai raison. C'est trop dangereux. Il faut que vous partiez. Les Jennings peuvent arriver d'un instant à l'autre. C'est impossible. Il faut partir.

Elle répète, la voix encore âpre :

— Partez.

C'est définitif, et je sais qu'elle a raison, et l'intonation qu'elle a prise m'a soudain transmis la peur d'être surpris encore une fois — mais cette fois-ci par mon professeur ou sa femme, et ce serait terrible, ce serait une catastrophe. La perspective de la scène me précipite vers la chaise où repose mon duffle-coat, je le passe vite sur mes épaules, je regarde une dernière fois April, la Noire aux yeux jaunes qui n'a pas bougé du centre de la pièce où nous nous sommes embrassés. Son visage est barré du même sourire énigmatique que je lui ai vu lorsque, me retournant au son de sa voix, je l'avais découverte. J'ouvre la porte et je me rue dans l'air froid qui vient du ravin par-dessus la passerelle, et je dévale les marches des *barracks* dans un bruit de bois et de tôle qui se perd avec celui du vent, et je cours dans la neige, je cours, je fuis dans la neige, je cours à perdre haleine jusqu'à ce que je sois suffisamment loin de tout le casernement et que j'aie franchi le terrain vague et atteint une première colline et que je puisse alors, de son sommet, me retourner pour saisir en un seul regard les risibles baraquements sur leurs pilotis avec, en leur extrémité, sur le chemin près du ravin, une voiture en stationnement, une Ford bleu sombre dont je me dis que c'est la voiture d'April et que c'est tout ce que je sais d'elle. Et que ça ne sera pas suffisant pour la retrouver, la revoir.

11

La revoir ! L'envie tenace m'en était venue le soir
même du jour où je l'avais rencontrée. Je m'étais
retrouvé sur le campus, porteur d'un secret que je ne
pourrais partager, il n'était pas concevable d'en parler
à quiconque. J'étais habité aussi par le souvenir du
goût de vin sucré de ce baiser qui m'avait donné
l'impression d'avoir franchi la barrière de la maladresse amoureuse. Comme si, en une seule étreinte, au
seul contact de nos deux bouches, April m'en avait plus
appris qu'en des week-ends entiers de flirts et attou-
chements avec les *dates* des collèges. Il m'était resté de
ce baiser, de cette saveur de musc, de ce regard, de cette
voix basse et voilée, de ce moment si fugitif, de ce corps
si prêt à se livrer, il m'était resté la conviction qu'une
avenue nouvelle et prometteuse s'ouvrait à moi, vaste,
mystérieuse, mais riche et chargée de vie. Comment
faire pour revoir April ? Je n'allais tout de même pas
attendre, dissimulé près des *barracks*, pour guetter
l'arrivée ou le départ de sa Ford bleu sombre lorsqu'elle viendrait faire ses heures chez les Jennings et
pour l'intercepter sur la route ! C'était trop voyant et
trop aléatoire. Je ne pouvais pas interroger les Jennings
à son sujet, car toute question comportant le prénom
d'April m'aurait fait, je le sentais, rougir. J'avais beau

revenir aux rendez-vous fixés par Doris Jennings pour les leçons de français, je ne voyais pas surgir April et cela me taraudait l'esprit. Je pensais à elle la nuit avant de m'endormir, essayant d'interpréter ce qui s'était passé entre nous, et reconstituant minutieusement le moindre de nos gestes, chacune de ses paroles.

Étais-je amoureux d'April ? Peut-être m'attirait-elle parce qu'elle avait pris l'initiative ; c'est elle qui m'avait suggéré de la caresser, qui avait dirigé ma main sur sa hanche, elle qui m'avait embrassé après avoir refusé que je fasse la première démarche. Plus âgée de quelques années que moi, sans doute, elle m'avait imperceptiblement assujetti et cette relation m'avait plu. D'autres choses avaient joué. Son ironie à fleur de peau, son attitude arrogante, les ruptures de ton qui semblaient traverser ses phrases et m'attiraient aussi, de même que m'attiraient le plaisir de ses lèvres, les reflets étranges de ses yeux et l'exotisme souverain que constituait la couleur de sa peau. Car je n'étais pas, comme la plupart des garçons du Sud, séduit par la notion d'amour avec une Noire parce qu'elle est noire et que c'est le fruit défendu — mon attirance pour elle entrait dans mon grand dessein de l'aventure américaine. C'était une étape de plus dans le chemin que défrichait chaque jour ma jeunesse.

Je me souvenais précisément des mots de Pres Cate, me disant en automne dans sa Buick verte décapotable que la femme noire est « hors limites » et je savais que, parfois, les étudiants les plus audacieux étaient « allés à la pute noire » parce que c'était interdit. Parce que papa et maman l'avaient interdit, parce que la société tout entière condamnait cette promiscuité. Je n'avais pas été élevé dans ces frayeurs sacro-saintes, ces tentations vénéneuses. Pourtant le danger restait le même. Il était aussi grand, aussi implacable, puisque je vivais ici dans la position fragile de l'étranger — invité — toléré, et que j'avais clairement compris qu'il y avait des choses, dans la vallée verte et blanche de Virginie, qu'on ne faisait pas. On ne triche pas, on ne vole pas, on ne ment pas, on passe les examens sans aucune surveillance, on respecte le Code d'Honneur, l'*Honour System*, et tout naturellement dans ce système il n'y a aucune place pour l'amour avec une Noire. April l'avait dit et répété : « C'est trop dangereux », mais c'était le danger qui m'excitait. J'avais peur, mais j'étais plus curieux de ma peur que peureux de ma curiosité.

April avait aussi dit : « C'est impossible », mais mon orgueil me dictait que ce n'était pas impossible.

Enfin, je découvrais que j'étais sensuel. Odeurs et parfums, voix, toucher, musiques, couleurs et épidermes, tout en Amérique, dès mon premier contact, m'était parvenu par les sens, tout ce qui m'intriguait et m'attirait. Et je ne sais pas si c'était l'Amérique qui avait ainsi mis mes sens en éveil comme ceux d'un animal avançant dans une forêt qu'il ne connaît pas. Je ne sais pas si, jusqu'à cette cascade de découvertes américaines, mes sens avaient véritablement exercé leur pouvoir sur mon comportement ou si l'enfant que j'avais été avait, pour je ne sais quelles raisons, dissimulé cette sensibilité extrême ou si, plutôt, et peu à peu, et à mesure qu'il grandissait, on l'avait mise sous le boisseau. Et si, maintenant qu'il était seul, loin « des autres », l'enfant ne redonnait pas tout simplement aux sens le rôle qui leur avait été partiellement confisqué, et se libérait donc et se délivrait et se révélait avec toute la violence d'une seconde venue au monde.

12

Un soir, sur l'écran noir et blanc du petit récepteur de télévision dans le salon d'une fraternité dont j'étais l'invité provisoire, nous avons vu apparaître pour la première fois un jeune inconnu du Mississippi qui chantait et remuait en chantant comme on ne l'avait jamais vu faire jusqu'ici à un Blanc. Ce fut un moment de stupeur. Sa danse était tellement scandaleuse pour l'époque que les cameramen avaient reçu pour ordre de filmer Elvis Presley (c'était le nom du jeune inconnu) seulement au-dessus de la ceinture, et de ne jamais le montrer en pied. Mais le réalisateur avait contourné la difficulté et filmait parfois la tête et la poitrine du jeune inconnu, parfois ses jambes et ses chevilles et ses pieds chaussés de daim. Tout, sauf le bassin.

Le type qui présentait l'émission s'appelait Ed Sullivan. Il avait des dents de cheval et un faux air d'Humphrey Bogart, il était l'un des hommes les plus populaires du moment. Nous regardions peu la télévision, ce n'était pas encore devenu une habitude nationale, bien que les années dont je parle soient celles où la télévision s'est réellement emparée de la vie quotidienne des Américains et l'a transformée pour toujours. Mais au campus, dans les fraternités, on ne s'y intéressait guère. Les garçons passaient et repassaient devant l'écran, mais ce soir-là, tous ceux qui se trouvaient dans le salon furent immobilisés par l'apparition du chanteur dont il ne fallait pas montrer le pelvis. Il avait les cheveux outrageusement brillantinés, ses lèvres épaisses et gourmandes semblaient elles aussi avoir été trempées dans quelque huile lubrifiante, mais surtout le déhanchement avec lequel il rythmait les fins de couplets était d'autant plus suspect qu'on ne le voyait pas intégralement. On le sentait pourtant, et l'on devinait facilement ce qu'il faisait avec ses rotations et les allées et venues de son bas-ventre et ses mouvements d'avant en arrière. Il mimait l'acte sexuel, tout simplement, et cela n'échappa pas à l'un des étudiants qui, dans le silence effaré qui suivit l'apparition du chanteur, s'exclama :

— C'est pas compliqué ! On peut tous faire ça !

Sans attendre, le petit Herbie Dawson, un blondinet du Sud profond, de l'Alabama, entreprit une démonstration très proche de celle du chanteur, d'autant plus efficace qu'elle se passait de musique. Des cris fusèrent, des ululements sauvages. La fraternité en question était exclusivement composée de garçons du Sud et fiers de l'être, qui arboraient la bannière des confédérés sur leurs murs et chantaient *Dixie* à la moindre occasion. Ils savaient tous danser comme l'inconnu de la télévision, les mômes du Sud, parce qu'ils avaient tous vu ça au moins une fois au pays, dans les boîtes nègres, et ils appelaient ça le *nigger-dancing* « danser à la nègre ». Et pendant un court instant de frénésie collective, je les vis se déhancher comme des fous sur le plancher du salon, chacun rivalisant d'équivoques et d'obscénités dans ses évolutions. Puis ils s'arrêtèrent et tentèrent de recouvrer leurs manières de gentlemen, épatés d'avoir vu pour la première fois sur un écran qui diffusait l'émission de côte en côte, de l'est à l'ouest du pays, ce qu'ils avaient jusqu'ici considéré comme une contorsion de nègre en rut, à simple usage régional ou local.

Le petit Herbie de l'Alabama ne parvenait pas à retrouver son calme. Il voletait comme une mouche de l'un à l'autre et demandait en chuchotant, car sa proposition sentait le soufre :

— *Nigger dance, nigger dance.* Qui veut aller *nig-ger-dancing* ?

Ils furent plusieurs à donner leur accord et c'est ainsi que je compris que certains d'entre eux franchissaient parfois la ligne raciale et partaient explorer « l'autre côté de la ville », comme avait dit April. Je m'embarquai avec Herbie et ses amis dans un cortège de deux voitures, une Dodge et une de Soto, qui empruntèrent dans la nuit, par les allées enneigées, des chemins sinueux et compliqués comme pour échapper à une filature et brouiller les pistes.

Il y avait un *diner's* qui s'appelait *Steve's* et qui était construit comme doivent l'être les authentiques *diner's*, dans un ancien wagon de chemin de fer encastré sur des parpaings, à mi-flanc d'une butée de terrain dominant la route US 11, juste à la sortie des faubourgs. Il était fréquenté par des camionneurs, et une humanité telle qu'on n'en rencontrait pas sur le campus : auto-stoppeurs, paysans des alentours venus dans leurs camionnettes et bétaillères, employés de stations-service ou veilleurs de nuit, et quelques femmes aux joues grêlées et aux trognes bizarres. *Steve's* était comme une sorte de poste frontière entre la ville blanche et les quartiers de *nigger-town*, l'autre côté. J'appris que le rite consistait à s'arrêter d'abord chez *Steve's*, pour boire une ou deux bières, puis à ressortir le plus discrètement possible et, au lieu de reprendre la 11 vers le campus et les fraternités, à virer brusquement à droite en passant sous le viaduc routier. On entrait alors dans des quartiers qui ressemblaient, trait pour trait, à ceux de la ville blanche, sauf que les maisons y étaient plus vieilles, les rues plus cabossées, les murs plus sales et les arbres plus maigres. A cette heure-là de la soirée en outre, l'éclairage affaibli des lampes qui pendaient au bout de poteaux vacillants rendait le coin sinistre et inquiétant. Nous roulions lentement et je suggérai à Herbie de faire un tour avant de s'arrêter à la boîte. Je ne comptais pas retrouver April au coin d'une rue, d'autant qu'elles étaient totalement vides, mais je voulais reconnaître les lieux, et il ne me fut pas difficile de repérer une petite école située entre une laiterie et un marchand de disques, dans une rue en pente.

Après, on s'est retrouvés dans un *shack*, un endroit indéfinissable, en rez-de-chaussée, avec quelques tables et pas de lumière et, sur une piste plutôt large pour l'établissement, des couples noirs qui dansaient ce qui ne s'appelait pas encore le rock'n'roll et qu'ils appelaient le R'N'B. La musique était fournie par deux Wurlitzers de taille géante, orange et vert fluorescent, posés au milieu de la salle. Il n'y avait pas de serveurs. On s'asseyait à la table libre et on allait acheter un coca à la machine et on le mélangeait en douce dans des coupes en papier avec le bourbon qu'on avait emmené avec soi dans des sacs de papier kraft, puisque la Virginie était un « État sec » et qu'on ne vendait pas d'alcool après une certaine heure. A notre entrée, les Noirs nous avaient regardés sans hostilité mais sans sympathie. On nous tolérait, c'est tout. Il n'était pas question d'inviter les filles, d'ailleurs elles étaient toutes accompagnées et il n'était pas plus question de se lever pour aller choisir la prochaine chanson dans le juke-box. On avait payé un droit d'entrée, sanctionné par un coup de tampon bleu sur le poignet de la main droite et que nous avait administré un petit mec en casquette de base-ball juché sur un tabouret situé entre la porte et la salle, et on avait payé double parce que, nous avait expliqué le petit mec à la casquette, on était des *white boys*, des garçons blancs venus faire les touristes, alors tout ce qu'on attendait de nous, c'était qu'on écoute cette musique dont nous ne connaissions pas les auteurs ni les interprètes et qu'on regarde, sans bouger de nos chaises, les couples qui interprétaient ce *nigger-dancing* à côté duquel, d'un seul coup, le jeune inconnu entrevu à la télé aurait eu l'air un peu maladroit mais surtout bien timoré.

Nous restions donc vissés sur nos sièges, contemplant sans trop insister les ondulations et les fractures de rythme des danseurs et des danseuses, sauf pour remettre deux nickels dans la machine à coca, parce que le bourbon descendait bien et vite. L'alcool coulait doucement et nous montait aux narines dans le bruit des saxos et des guitares et Herbie Dawson, le blondinet de l'Alabama, se pencha vers nous pour dire :

— Maintenant on s'en va, parce que dans cinq minutes c'est eux qui vont nous dire de virer et je préfère partir de mon plein gré.

Alors, on s'est levés et il a fallu de nouveau payer un droit de sortie cette fois, et double encore, au petit mec à casquette et quand on s'est assis dans la de Soto, l'un des passagers a dit :

— Ils nous prennent vraiment pour des cons, c'est du racket.

A quoi Herbie le blondinet a répondu :

— Oui, mais t'as vu du cul noir ce soir, tandis qu'eux ils peuvent pas voir du cul blanc, même en payant.

Puis, ils se sont tous tus et il s'est abattu entre eux comme un nuage, un sentiment de complicité, de satisfaction, et de gêne à la fois.

Et moi, dans la de Soto qui laissait *nigger-town* derrière nous et filait sous le viaduc pour traverser la route 11, puis retourner à grande vitesse dans la nuit neigeuse et silencieuse vers un territoire familier, je pensais à April et je me disais : « Une voiture, une voiture, il me faut une voiture. »

94

13

C'est à peu près à la même époque qu'un après-midi
en semaine, au State Theater, le seul cinéma de la petite
ville, nous avons découvert un autre jeune homme dont
personne n'avait annoncé la venue. Beau comme un
ange de Cocteau, canaille comme une putain des
grandes métropoles, faisant entendre un rire fêlé et une
voix androgyne, mélodramatique et pourtant naturelle,
il nous cloua sur nos fauteuils et nous restâmes trois
séances consécutives pour le revoir passer sur son front
curieusement bosselé un verre de lait qui refroidirait sa
fureur de vivre, et le revoir rouler en tous les sens ses
jambes en jeans et son torse en blouson de toile rouge.
Quand nous sommes sortis de là et que le week-end
d'après, nous sommes allés retrouver nos *dates,* elles ne
nous parlaient plus que de lui, il était si *cute,* disaient-
elles, si mignon. Déjà, elles l'appelaient par son diminutif, Jimmy.

Il était impossible de comprendre, en ce temps-là, le
sens caché, la signification de cette émergence simulta-
née : un chanteur blanc qui remuait son sexe comme un
chanteur noir et un acteur de cinéma qui se déplaçait
sur l'écran comme une femme. Aujourd'hui seulement,
arriverait-on à définir la naissance, la même année, de
ces deux phénomènes, comme le début d'une ère où la

95

jeunesse sortit d'un long silence pour se fabriquer ses héros, bisexuels et ambigus, rebelles et vides.

Mais nous ne savions pas tout cela, et moi encore moins que d'autres. Aussi bien, le souvenir tenace que j'en garde reste cette première découverte, ces premiers chocs dans un décor américain provincial et tranquille, au milieu du bouillonnement de mes propres émotions, de ma jeunesse. James Dean (c'était le nom de l'acteur inconnu) avec son étrange allure de marionnette disloquée. Elvis Presley, grâce auquel j'avais franchi les limites de *nigger-town*.

14

J'allai voir Pres Cate.

— Tu peux me prêter ta Buick cet après-midi ? lui dis-je.

— Tu as ton permis ?

Je répondis oui, c'était faux, et je lui montrai ma carte d'identité nationale à laquelle il ne comprit rien. Il me tendit les clés en me demandant de lui rendre la voiture pour le début de la soirée.

Elle était garée sur le mâchefer de l'arrière-cour de la fraternité, face au mur de briques rouges, la lourde et solide capote bien amarrée à la carrosserie, et je m'assis derrière le volant, les mains moites. Je n'avais jamais conduit une voiture de ma vie. Prendre possession de l'engin vert et magique de Pres Cate me faisait battre les tempes. Je me mis à manœuvrer avec une extrême lenteur, tentant de répéter tous les gestes que j'avais vu faire à Pres, parlant à haute voix pour commenter le déroulement de l'opération et me rassurer sur sa facilité. D'emblée, je sentis ce qui m'était déjà apparu lorsque je l'avais utilisée comme simple passager : la Buick de Pres Cate possédait une douceur et une onctuosité qui vous enveloppaient et vous faisaient accéder à un état de supériorité et de maîtrise des événements. Vous étiez comme un prince en son carrosse, comme un gros dauphin qui se déplace dans les eaux profondes. Tout était beau, agréable à l'oreille et à l'œil et aux mains et aux jambes. C'était une voiture très maniable, mais dangereuse pour un débutant. Le volant, à direction assistée, avait une telle souplesse qu'il fallait se méfier des retours en ligne droite à la sortie d'un virage ou d'un braquage. Chaque tournant qui se présentait à moi accélérait le rythme de mon cœur. Courte panique bientôt suivie d'une aussi fugace satisfaction une fois le tournant négocié, car alors je pouvais reprendre l'inspection de la merveilleuse automobile. Sous mes doigts, les boutons chromés ou nacrés qui commandaient la vitesse semi-automatique, les jeux de vitres, la radio à lampes et le conditionnement de l'air me ravissaient autant que le confort du siège-coussin, vaste comme un canapé, ou que la poignée en forme de pistolet à gauche du volant pour déplacer le phare-poursuite extérieur situé sur le rebord de la portière avant.

Je humais l'odeur de vinyle, de cuir, de tissu et de métal, je fredonnais à l'unisson de ce moteur surpuissant et sursilencieux qui laissait simplement échapper un ronronnement mélodieux, mêlé à l'imperceptible sifflement que fait le vent autour d'une décapotable capotée, une vraie musique sur laquelle je chantais, comme un doux illuminé. Mais les multiples embûches que me proposait ma première expérience derrière un volant, dans les allées des quartiers résidentiels en partie recouverts de neige et aux accotements parfois verglacés, ne me permettaient pas de savourer en toute quiétude les gourmandises offertes par la Buick. Je devais me familiariser très vite avec tout ce qui était indispensable pour éviter la collision avec les autres voitures que je voyais arriver vers moi, horrifié, et je me demandais, chaque fois, comment j'avais fait pour les croiser sans encombre. Alors, je continuais de m'encourager de la voix, en me parlant comme un cavalier à son cheval, invoquant le nom et l'exemple de Pres Cate et psalmodiant : « Fais comme Pres, fais comme Pres, fais comme Pres. » Et j'étais tellement concentré sur mon effort que je ne pris pas conscience d'un changement considérable : j'avais prononcé ces mots en anglais — je ne parlais plus désormais dans ma propre langue. Bientôt, quelques jours plus tard, je me mettrais à rêver, aussi, en langue américaine.

Je n'avais pas emprunté la Buick de Pres Cate pour le simple plaisir effrayé d'apprendre tout seul à conduire. Rien ne devait me divertir de mon objectif initial : revoir April. Une fois que je me suis senti capable de faire évoluer l'engin sans trop de risques, je partis en direction des *barracks* pour vérifier si la Ford bleu de l'institutrice était là. Du haut de la route qui menait vers les préfabriqués et les pilotis, je n'aperçus aucun signe de vie aux abords de la bicoque des Jennings. Je fis marche arrière et descendis vers la route US 11 et, après avoir ralenti et hésité, j'engageai la voiture sous le viaduc routier, au-delà de *Steve's diner's* et à travers les quartiers de *nigger-town*.

De jour, « l'autre côté de la ville » offrait un visage moins inquiétant que lors de notre expédition nocturne, mais tout aussi misérable. Peu de voitures, peu de passants, des grosses bonnes femmes dans des manteaux rugueux et bon marché et des bonshommes aussi, se déplaçant vite, leurs visages noirs légèrement grisaillés par le froid très vif de l'air. La Buick verte avec sa capote blanche attirait les regards et je n'osais pas me garer à proximité de la petite école, aussi décidai-je de faire lentement et plusieurs fois le tour du pâté de maisons. Ce n'était pas plus discret. J'eus le temps, cependant, au troisième passage, de repérer la Ford bleue d'April dans un parking étroit situé sur le flanc gauche de l'école. Elle était donc bien là et il me fallait trouver un moyen de l'attendre sans me faire trop remarquer. Je décidai de m'arrêter à la hauteur du marchand de disques, au sommet de la rue en pente, en bas de laquelle se trouvait l'école. J'entrai dans le magasin. Un jeune vendeur vêtu d'une jaquette bleu pétrole, avec le prénom Dwayne inscrit à hauteur de la poitrine, était assis derrière un comptoir en train de lire une revue de cinéma. Il me regarda avec étonnement. Qu'est-ce que venait faire un étudiant blanc dans ce coin, dans sa boutique ? Je m'aperçus qu'il m'était facile d'inventer des histoires, même si la peur continuait de m'habiter :

— L'autre soir, avec des amis, on est allé écouter de la musique dans votre quartier, dis-je, et il y avait des airs que je ne connais pas et des disques qui ne sont pas en vente de l'autre côté de la ville. J'aurais voulu en retrouver un ou deux.

— Vous connaissez les titres ? Les artistes ?

— Non non, dis-je, rien du tout, mais je les reconnaîtrais tout de suite en les écoutant.

Dwayne eut un sourire supérieur.

— Je ne vais tout de même pas vous faire entendre tout ce que j'ai en vente !

— Non, bien sûr, dis-je.

J'allai à la vitrine et regardai par-delà le magasin pour surveiller la sortie de l'école. Rien n'avait bougé. Dwayne parlait avec une certaine réserve.

— Je vais vous dire quoi, fit-il. Je vais vous faire entendre les airs favoris du moment, ceux qui se vendent le plus chez nous.

— Bonne idée.

Sur un Victrola R.C.A. qui ne pouvait jouer que des 45 tours, Dwayne me fit entendre une musique qui ressemblait à celle que nous avions découverte dans le *shack*, mais moins rapide, plus lourde, martelée par un piano légèrement désaccordé avec une voix noire à la fois sirupeuse et poussiéreuse, une musique si lancinante et si prenante qu'elle fit disparaître un instant l'angoisse qui ne m'avait pas quitté depuis que j'étais entré dans *nigger-town*. Le type qui chantait était un gros Noir joufflu aux cheveux coupés court mais très calamistrés. Sur la pochette du 45 tours, il souriait à l'objectif du photographe, mouchoir blanc à pointe brodée dans la poche de sa veste à larges revers, le doigt orné d'une énorme chevalière carrée. La chanson était intitulée *Blueberry Hill* et le chanteur s'appelait Fats Domino — un nom spectaculaire. Dwayne m'apprit que ses copains et lui ne jouaient plus que cela. Fats était devenu la coqueluche des Noirs et Dwayne me fit écouter la face B ainsi que d'autres œuvres enregistrées par le même homme, et le souvenir que je garde de mon attente, cet après-midi-là, est lié pour toujours au piano primaire et musclé du gros Fats et à sa voix joyeuse mais qui laissait passer je ne sais quelle tonalité mélancolique et aride, comme si le pianiste avait eu la gorge irritée par une maladie fatale ou comme s'il avait un trop-plein de bleus à l'âme.

Soudain, à travers la vitre derrière laquelle je m'étais immobilisé, j'aperçus la Ford d'April sortant du parking de l'école. Je fis merci de la tête à Dwayne et sortis en vitesse, le laissant interloqué, sa pile de 45 tours invendus sur le comptoir. Au moment où je regagnais la Buick pour prendre la Ford en filature, je vis dans le rétroviseur avant gauche une voiture de police apparaître au sommet de la rue en pente. Je démarrai alors lentement, pétri de peur à l'idée de me faire interpeller par le flic qui patrouillait dans le quartier mais refusant de céder à cette peur, et avançant dans la rue. A mon grand soulagement, la voiture-patrouille s'était arrêtée à hauteur de chez Dwayne et je pus suivre la Ford qui montait maintenant vers le viaduc routier. En quelques instants, elle traversa la ville et atteignit, par un chemin que je n'avais pas encore emprunté, le versant de la colline où se trouvaient les *barracks*. Il n'y avait que nos deux voitures sur le chemin désolé. La Ford s'arrêta quelques mètres devant moi, je freinai aussi, et je vis April descendre et venir jusqu'à la Buick.

Elle avait l'air en colère, elle me fit signe de baisser la vitre.

— Qu'est-ce que ça veut dire tout ça, dit-elle. Vous êtes fou ?

— Je voulais vous revoir, dis-je.

Elle parut hésiter. Son ton se radoucit.

— Vous ne savez pas qu'on ne fait pas ce genre de chose ici ? Vous êtes inconscient, avec votre bagnole de clown, reconnaissable à cent miles à la ronde.

— Je voulais vous revoir, dis-je à nouveau.

Elle éclata de rire :

— Vous êtes drôlement gonflé, dites donc.

— Ne restez pas dehors comme ça, dis-je, vous allez prendre froid.

— Non. Je dois aller faire mon travail chez les Jennings. Goodbye.

Elle partit, puis revint vivement vers moi. L'ironie et le défi étaient réapparus sur son visage.

— Mrs. Jennings est chez elle. Si vous êtes capable d'attendre une heure, je vous retrouve sous les *barracks*, dans le ravin. On peut y descendre en voiture. Vous trouverez bien comment, vous êtes assez malin, je crois.

15

Il n'y avait plus du tout la peur.

Il y avait que je vivais, totalement seul, quelque chose de périlleux et de secret, il y avait que j'avais affronté toute une série d'obstacles depuis l'instant où j'avais pris possession de la voiture de Pres et que j'avais franchi chacun de ces obstacles. Maintenant, au creux du ravin coupé dans la roche et que j'avais atteint en manœuvrant la Buick le long d'un raidillon aux crevasses verglacées, j'attendais l'ultime épreuve, farouchement décidé à la gagner, le ventre noué, les deux mains crispées sur le volant, les yeux fermés, avec le piano du gros homme joufflu qui martelait les va-et-vient de mon désir.

16

Nous fîmes l'amour sur la grande banquette arrière de la Buick, comme je l'avais espéré. Ce fut court et interminable aussi et toutes les sensations que j'avais eues au premier baiser donné par April me submergèrent, comme une musique.

Elle était arrivée au bout d'une heure ou un peu plus. Je n'avais pas compté les minutes et, par-dessus le bruit de la radio et les rafales du vent qui faisaient parfois trembler la capote de la Buick, j'avais entendu le moteur d'une voiture, j'avais ouvert les yeux, j'avais vu la Ford bleue d'April se ranger face à moi. Elle était descendue, avait ouvert la portière côté passager et s'était assise de façon à me regarder, les genoux repliés sous elle. Elle portait un survêtement épais en coton blanc dont la capuche dissimulait ses cheveux et lui donnait l'allure d'un champion de boxe à l'entraînement. Mais le rouge vif sur ses lèvres et l'éclat dans ses yeux, le parfum qui se dégageait d'elle, la rendaient plus attirante que si elle avait été vêtue comme une femme. Elle avait défait la capuche, secouant ses boucles noires et brillantes pour leur rendre leur forme, puis avait délacé les cordons qui maintenaient le haut du survêtement, dévoilant une chemise d'homme à col boutonné rose sous un chandail ras du cou. Elle était habillée comme les college girls blanches, en réalité, quand elles ne sont pas en représentation, quand elles étudient le soir à la bibliothèque en socquettes et en baskets, des laines autour des épaules, les lunettes sur le nez. Cela m'avait encore plus séduit. Elle m'avait interrogé sur un ton calme et déterminé.

— Vous avez combien de temps devant vous ?

— Je dois rendre cette voiture avant ce soir.

— Elle n'est pas à vous ? Remarquez, ça vaut mieux, elle est trop voyante.

Je l'écoutai et la regardai, anxieux, tendu, j'avais faim d'elle dans cet habitacle provisoire.

— Oui, dis-je, peut-être.

Elle avait énoncé des règles à suivre, des consignes à respecter, avant même que nous n'ayons fait un geste l'un vers l'autre, et cela ne m'avait pas semblé surprenant, parce que rien de ce qui se déroulait n'avait de précédent pour moi et j'acceptais tout avec la même faculté d'adaptation ou plutôt avec le sentiment que, de toute façon, je pénétrais dans un autre cercle de rites. Elle m'avait aussi parlé de notre prochaine rencontre, avant que celle-ci ait abouti à quoi que ce fût.

— La prochaine fois, avait-elle dit, nous pourrons toujours nous retrouver dans ma Ford, ici. C'est ce qu'il y a de mieux, c'est un endroit tout à fait sûr. Vous n'aurez qu'à venir à pied.

Et comme je ne répondais pas, elle avait ajouté :

— Je viens aux *barracks* deux fois par semaine, le mardi et le vendredi après-midi.

— Mais, avais-je dit, si je veux vous voir à un autre moment ?

— Vous ne pourrez pas, avait-elle répondu. Vous n'allez pas recommencer vos balades chez les nègres tout de même. Vous ne voulez pas vous faire expulser ? Quant à se voir ailleurs, je ne vais pas vous rencontrer dans votre dortoir de petits garçons blancs et vous ne viendrez pas chez moi.

— Où habitez-vous ?

— J'habite chez mes parents avec des tas de frères et de sœurs et des grand-mères et des grands-pères, c'est plein de nègres, vous savez, ces endroits-là, il y a du monde et du bruit et ça n'est pas une maison propice pour faire ce que nous avons envie de faire tous les deux.

Ces derniers mots m'avaient poussé à me rapprocher d'elle. Elle avait eu un sourire de complicité et elle avait changé de voix. Toute autorité et toute efficacité, tout sarcasme aussi, avaient disparu et son visage avait pris une apparence fragile.

— J'ai eu froid dehors, avait-elle dit. Réchauffez-moi.

Alors, je l'avais prise dans mes bras ou peut-être m'avait-elle ouvert les siens et nous étions demeurés longtemps comme ça sans bouger, sans nous embrasser, serrés l'un contre l'autre et nous nous sentions frémir et nos souffles s'étaient raccourcis. Joue contre joue, bouche contre oreille, recueillant chacun nos battements de cœur et respirant nos peaux, nos cheveux, la nuque, la naissance de l'épaule, jusqu'à ce que ce ne soit plus supportable et que nos mains se portent ailleurs, sur les seins, le ventre, les lèvres, les cuisses, le sexe. Nous nous étions embrassés ensuite, retrouvant les douceurs et le désordre et les longueurs du premier baiser, allant plus loin et plus fort, et toutes les saveurs que j'avais devinées la première fois, tout le goût d'April, revinrent en moi avec une telle violence, entrèrent tellement profondément en moi que j'en fus presque effrayé.

Elle s'était détachée, avait déplié ses jambes sous elle et m'avait dit, l'haleine courte :

— Faisons-le, maintenant.

Nous avions enjambé les sièges avant et nous nous étions allongés sur la large banquette arrière. La Buick était devenue comme un bateau et j'avais eu l'impression de m'étendre sur la couchette d'une cabine, avec le silence de la mer autour de nous. Elle avait ôté le pantalon de son survêtement, m'offrant la peau brune et velours de ses jambes et ce qu'elle m'offrait m'avait paru plus beau que ce dont j'avais pu rêver.

Je m'étais souvenu des cris des garçons dans la cour, en automne, dans le dortoir des nouveaux, le samedi soir au retour des *dates*, quand chacun s'interrogeait sur ce qu'avaient fait les autres et si l'on avait « fait », et au moment où je sus que je n'aurais jamais la possibilité de parler à qui que ce fût de ce que j'étais sur le point de faire, cela n'eut plus aucune importance, puisque je le faisais.

plaisque le faisait.

17

Je suis revenu vers la fraternité de Pres, roulant
prudemment, les vitres grandes ouvertes pour que le
froid glacé du soir fasse disparaître les senteurs de
notre heure d'amour. Arrivé dans l'arrière-cour de
mâchefer où j'avais quelques heures auparavant entamé mon parcours, j'ai rangé la Buick à la même
place, m'assurant, comme un voleur efface ses em-
preintes, qu'il n'y avait aucune trace d'April, aucune
trace de moi, accomplissant ainsi avec une méticulosité
dont je ne me savais pas capable, les gestes de cette
relation clandestine, de cette nouvelle vie dans ma vie
qui était déjà une autre vie.

Je marchai sur le campus vers les bâtiments où
m'attendaient ces camarades pour qui je restais un
étranger. Je faisais quotidiennement tout mon possible
pour leur ressembler : avais-je bien appréhendé que ce
que je venais de connaître augmenterait encore la
différence qui existait entre eux et moi ? Si je ne l'ai pas
pressenti, je m'y suis instantanément adapté et ma
rencontre avec April a fait naître un réflexe de dissimulation, de calcul, une nouvelle façon de construire ma
journée et d'établir mes priorités. Une organisation.

Car il ne m'était pas venu à l'esprit de ne pas la
revoir. Nous nous étions quittés sans prononcer le mot

de rendez-vous et sans fixer une heure, puisque cela avait déjà été établi auparavant, et puisque le besoin que nous semblions avoir l'un de l'autre allait dicter notre conduite. Mardi et vendredi prochains, je serais dans le ravin, qu'il faille de nouveau emprunter la Buick de Pres ou qu'il faille attendre, transi de froid, plaqué contre la roche pour éviter la neige ou le vent, jusqu'à ce que la Ford d'April dévale le raidillon. Mais je serais là et je savais qu'elle viendrait aussi, je savais que cela ne se limiterait pas à cette seule rencontre, mais je ne pouvais pas en être sûr.

Assis sur le lit de ma chambre, dans le dortoir, avec l'Autrichien qui, de l'autre côté de la pièce, achevait quelques devoirs, le front penché sur un livre, je me suis demandé comment je pourrais supporter d'attendre trois jours et trois nuits avant de retrouver April. Je pensais que c'était trop long. L'envie de faire l'amour avec elle revenait déjà en moi. J'envisageais d'aller emprunter une autre voiture auprès d'un autre étudiant appartenant à une autre fraternité, mais en dressant silencieusement la liste de ceux que je pourrais approcher, j'ai compris que Pres était le seul à qui je pouvais m'adresser sans qu'il pose des questions et que je ne devais pas trop le solliciter, pas trop vite. Il fallait être prudent, rusé, il fallait agir comme un loup dans une forêt encombrée de pièges. Mais la raison luttait contre l'impulsion. Je songeai alors à descendre à pied vers le *Steve's diner's*, y boire une soupe, puis repartir sous le viaduc et pénétrer dans les rues de *nigger-town*, la nuit, à la recherche d'April ; je finirais bien par repérer sa Ford bleue garée quelque part devant sa maison « pleine de nègres » et je trouverais bien un moyen de la faire sortir de chez elle. Mais c'était idiot, irréaliste, ça ne tenait pas debout, et la crainte de voir resurgir, au bout de la ruelle, la voiture-patrouille du flic que j'avais évitée chez le marchand de disques l'emporta à nouveau sur mon impatience.

Alors, je me suis efforcé au calme. Je me suis allongé, j'ai fermé les yeux et j'ai revécu la façon de l'amour sur la banquette arrière. Au long de cette journée si importante qui s'achevait, j'avais cru que faire l'amour avec April serait l'étape ultime de ma course d'obstacles et je m'étais dit qu'il fallait la gagner et connaître le succès. Maintenant, je réfléchissais d'une autre manière et la notion de succès me paraissait suspecte. Je me suis dit, plutôt, qu'il y avait des moments de bonheur et de beauté, et que j'avais vécu un moment comme ça et que j'en vivrais d'autres, et qu'entre ces moments de beauté et de bonheur qui demeureraient secrets, il y avait le reste du temps et le reste de la vie, et que la seule chose que je pouvais faire, lorsque ce moment se présentait, c'était de le goûter le plus complètement et le plus profondément, mais qu'on ne pouvait pas appeler ça un succès, une réussite, ou une victoire. Le succès n'existait pas. Il n'y avait que des moments, et certains étaient, simplement, plus heureux que d'autres. Et il fallait les saisir, comme on saisit la chance, cet oiseau rare qui passe au-dessus de l'homme et qu'on ne peut attraper qu'en se projetant en l'air, la paume et les doigts grands ouverts. Il fallait vivre la vie en sautant vers le ciel, la main toujours ouverte.

18

Le mardi qui a suivi, je suis allé vers les *barracks* porté par le désir d'April... La toucher, l'embrasser, aimer son corps, lui parler, entendre la moquerie se mêler à la tendresse de sa voix. J'ai couru dans le terrain vague, arrivant très en avance, après avoir savamment contourné les pilotis pour échapper au professeur Jennings ou à toute autre personne de ma connaissance. J'ai pourtant compris que la lumière du jour n'était pas propice à ces rencontres et j'ai vu que le risque était trop grand. April était à l'heure et nous nous sommes aimés dans la Ford.

Cette fois-là, c'est moi qui l'ai embrassée dès que je suis entré dans sa voiture et qui l'ai déshabillée, en ponctuant chacun de mes gestes par une caresse ou un baiser. Et c'est moi qui ai mené le plaisir, et c'est elle qui m'a suivi. Nous avons utilisé les sièges arrière de la Ford. C'était une voiture plus étroite et plus modeste que la somptueuse Buick de Pres, et nous avons facilement trouvé nos places et nos positions, et nous nous servions de ce véhicule comme du précédent — l'arrière était fait pour aimer, l'avant était fait pour se déshabiller ou pour se rhabiller, ou pour parler. C'était un peu comme une maison, on passait d'une pièce à l'autre ; il y avait la pièce de la connaissance charnelle et des cris étouffés et des découvertes mutuelles, les corps emmêlés, ses yeux jaunes qui ne cessaient de fixer les miens lorsqu'elle était en train de jouir et qu'elle laissait entendre une plainte, ce regard qui ne me quittait pas plus lorsque c'était moi qui allais au bout et qui lui disais à quel point c'était bon. Et puis, il y avait la pièce de l'après-amour, le siège avant, avec la radio qu'on mettait en sourdine, avec les paroles et les confidences. S'il avait fallu compter le temps passé dans la pièce de l'amour et celui dans la pièce de la parole, sans doute le dernier l'aurait largement emporté sur l'autre, car nous allions vite dans notre amour, pressés par l'envie, mais hantés aussi, bien que n'en parlant pas, par la notion de menace et d'interdit. La peur d'être pris en flagrant délit. Mais nous ne comptions pas le temps. Nos préoccupations étaient autres : il vaudrait mieux, tout bien réfléchi, se voir la nuit, il vaudrait mieux ne pas faire du ravin le seul point de rencontre, on finirait forcément par attirer l'attention. April m'indiquait plusieurs endroits possibles, nous convenions des heures de la nuit et comment je pourrais atteindre ces lieux à pied si je n'obtenais pas l'accord de Pres pour sa Buick.

April avait vingt et un ans, trois ans de plus que moi. Il me semblait que c'était une différence incommensurable. C'était une jeune femme brillante, douée d'une grande aisance dans son expression, clairvoyante. Elle s'était déjà heurtée aux barrières de la vie et elle en avait développé un sens aigu de la relativité des choses. Elle avait interrompu ses études dans un collège noir du Maryland parce que ses parents ne pouvaient plus en payer les frais. Papa est au chômage. Renonce ! Elle était revenue dans sa ville natale, ici. Elle avait facilement décroché un travail d'assistante-institutrice dans l'école du quartier noir et elle travaillait beaucoup par ailleurs, et pas seulement chez les Jennings, pour amasser suffisamment d'argent afin de reprendre ses études et d'obtenir son diplôme. Et de filer dans l'Est ou dans le Nord pour essayer d'être plus libre que dans le Sud. Elle faisait des heures de nettoyage chez plusieurs ménages de professeurs de mon université, circulant d'un point à l'autre dans sa Ford, et recueillant ainsi les bribes de la vie de notre campus, et je m'aperçus que l'existence qu'elle avait menée dans son propre collège n'était pas tellement différente de la nôtre. Elle trouvait que les rapports étaient plus simples « chez les nègres » et qu'on n'y était pas aussi « snobinard et coincé » que chez nous. Elle n'aimait pas « être nègre », elle ne prononçait jamais le mot noir ou *coloured*, mais elle n'avait pas envie de « singer les Blancs » et ne nourrissait aucune haine vis-à-vis d'eux. Sa lucidité sur les limites imposées par sa race avait renforcé sa tendance au sarcasme, son goût pour l'ironie, pour le mot qui coupe. Une légère ride de dureté venait parfois s'inscrire autour de ses lèvres mais elle luttait contre la tentation de l'amertume, elle refusait de se laisser atteindre par la complaisance d'un premier échec. Elle disait que tout passait par l'argent, par le dollar, elle l'avait compris à ses dépens. Eh bien, l'argent, ça se gagnait, elle s'en sortirait, elle retournerait dans le Maryland. Il lui restait un an pour obtenir son diplôme. Elle retrouverait son campus.

— Et je raconterai à mes camarades de sororité que j'ai couché avec un college boy blanc, et elles ne me croiront pas.

— Mais tu ne leur raconteras pas.

— Non, je ne leur raconterai pas. Mais si je devais le faire, ça me serait quand même plus facile qu'à toi. Toi, tu ne peux pas te confier à tes *dates* du samedi soir, les jolies blondes, les belles du Sud. Tu te rends compte, elles te fuiraient comme la peste !

Elle éclata de rire. Et je ris avec elle. Puis après un long silence, elle a murmuré :

— Tu verras qu'un jour nous finirons par avoir

honte de ce que nous faisons. Tu verras, la honte finira par s'installer.

Et je n'ai pas compris tout à fait, et je l'ai regardée et je l'ai trouvée tellement mûre et plus expérimentée que moi, tellement grave, et j'ai eu un instant l'intention de lui demander si j'étais son premier college boy blanc, si elle n'avait pas déjà franchi cette ligne dangereuse, mais je n'ai pas osé, la question est demeurée en moi. Le soir est tombé là-dessus, et nous nous sommes revus deux nuits de suite, puis les vacances de Noël ont commencé, et je suis parti pour le Texas.

19

Avec Bob Kendall, nous avons traversé le Sud et le Sud-Ouest, par l'itinéraire du Tennessee et de l'Arkansas, où nous avons passé une nuit. C'était à Little Rock pour être précis, chez un *alumnus* de l'université, un ancien élève, ami des parents de Bob. C'était un grand bonhomme gonflé d'argent et d'alcool, il nous a entraînés dans une interminable *egg-nog party* et nous sommes repartis le lendemain malades comme des chiens, tous les deux.

L'*egg-nog* est un mélange de rhum et de crème anglaise et de je ne sais quoi d'autre encore et ils vous servent ça dans des tasses de thé en plongeant des louches en argent dans des grands baquets d'argent pleins à ras bords de cette boisson colorée, sucrée, forte et enivrante, si facile à déguster, surtout quand il fait froid dehors, et ça vous laisse poisseux et écœuré au réveil.

Pour descendre vers le Texas, nous avons respecté un axe sud-ouest par sud. C'est facile à suivre sur la carte. Le Texas est loin de la Virginie mais si l'on veut le faire d'une traite, on le peut, il n'y a que deux États à traverser. Mais on les traverse de part en part, d'est en ouest. Il y a le Tennessee, dessiné comme une poêle avec un long manche et l'Arkansas, carré et cubique.

C'était mon premier long, long voyage par la route, et j'ai immédiatement adoré cela : la carte sur les genoux ; les changements de paysages ; les Appalaches et les Ozarks ; des villes et des villages avec des noms étranges et musicaux ; et les arrêts dans les Howard Johnsons, et les tronçons de *super highways* — à l'époque, le pays n'était pas tout entier structuré en réseaux d'autoroutes monotones et soporifiques ; on changeait souvent de nationales, il y avait des vallons et des pics, des forêts et des plaines, on longeait des barrages et des haras, et des silos de grain et des terrains d'aviation, et les changements de comtés et de régions pouvaient se suivre à la lecture des plaques d'immatriculation et à l'écoute des stations de radio qui jouaient des musiques dont je ne me lassais pas.

Et j'ai adoré ça tout de suite, la route. C'est au cours de cette première randonnée dans le pays profond que j'ai eu la révélation de la *country music*, avec ses sonorités nostalgiques, ses rengaines de guitares et de violons, les nasillements de ces chanteurs ou chanteuses qui parlaient de choses de tous les jours, de la matière à feuilleton ou à faits divers : des liaisons avec des serveuses de restaurant et des divorces et des enfances brisées et des morsures du temps et des fautes que commettent les êtres humains et du café chaud du matin et de la poussière dans les yeux la nuit quand les camionneurs rentrent dans le décor parce qu'ils veulent arriver à l'heure et que le patron ne pardonnera pas leur retard, et tout cela qui s'enchaîne avec toujours une base rythmique, quelque chose comme le battement d'un train dans la nuit. Bien sûr, celui qu'on entendait le plus à l'époque, c'était Hank Williams mais mon préféré c'était Lefty Frizzell, qui chantait gorge ouverte, avec un timbre sec et sur le ton d'une confession intime, chaleureuse. Comme Bing Crosby, il avait compris ce que c'était qu'un micro, et il s'en servait bien, il semblait qu'il chantait ou même qu'il parlait à un seul auditeur, à vous, individuellement.

Et au détour d'une autre station — puisque les stations locales perdaient leur pouvoir d'écoute au bout de vingt ou trente miles, si bien qu'on naviguait en permanence d'une sonorité à une autre, mais que c'était fondamentalement la même couleur, car dans le pays profond on ne jouait que de la *country music* — j'ai réentendu le gros pianiste noir, Fats Domino, et non seulement il a chanté mais quelqu'un l'a interviewé, un disc-jockey du coin, entre une ville nommée Poma et une autre nommée Only, sur la US 40, et le disc-jockey lui a demandé : « Mais comment vous l'appelez votre musique », et Fats a répondu qu'il ne savait pas quel nom lui donner. Les Blancs commençaient à parler d'un truc qui s'appelait le rock'n'roll, mais lui, Fats, il n'avait jamais rien fait d'autre que du rythm and blues et si on voulait, on pouvait aussi parler de rockabilly, mais tout ça, c'était pareil. Et la voix de Fats Domino, et son piano reconnaissable au milieu de la nuit dans le Sud m'ont fait penser à April pendant presque tout le voyage.

Et April, et la musique et le Sud et la route, tout cela s'est imprimé en moi comme un paysage sur une toile vierge. Et cela m'habite encore, aujourd'hui.

La musique des années 50, c'était de la musique bête et simple et primitive et qui ne posait pas de questions sur le sens de la vie. Elle n'était pas écrite par des gens qui réfléchissaient, et surtout elle n'était pas faite pour l'analyse. Il n'y avait pas de publications qui disséquaient les paroles et les notes, on ne noircissait pas des pages et des pages pour expliquer le sens caché des intentions de Fats ou de Lefty. Les rôles étaient bien définis. Les garçons étaient des garçons, et les filles étaient des filles, et le mot romance signifiait que quelqu'un avait eu l'audace d'acheter des fleurs et de les offrir. Sur la piste de danse, le garçon menait, la fille suivait. Après, dans les années 60, il n'y a plus eu de meneurs ou de suiveuses, ça a été chacun pour soi, et puis on a commencé à vouloir classer les choses et on a trouvé un nom pour répertorier le son que Fats refusait d'identifier, mais c'était déjà terminé. L'innocence avait disparu. Et à partir de l'instant où l'on tente de définir les arts populaires et simples, et à partir de l'instant où les juges, les critiques ou les savants s'approprient tout cela et le mangent et le digèrent et se le resservent, ce n'est plus pareil, c'est foutu. C'est comme l'*egg-nog* de l'Arkansas à la veille de Noël, ça vous donne une méchante envie de vomir.

20

Alors, arrivés à Dallas chez la mère de Bob, parce que Bob ne me l'avait pas dit, il n'y avait pas de Mr. Kendall dans la maison, on s'est mis au lit et on a dormi vingt heures d'affilée, puisque la route avait duré à peu près ce temps-là et qu'on ne pouvait plus ouvrir les yeux. La mère de Bob nous a réveillés en chantant un chant de Noël. C'était une grande femme brune et souple, elle portait une robe de chambre de soie rouge, Bob lui ressemblait beaucoup. Ils luisaient de la même façon, toujours lustrés, toujours étincelants, portant des objets clinquants sur des vêtements de parade. Ils étaient attachés l'un à l'autre par une vision amusée de la vie. Une complicité subtile semblait les unir et ils abordaient les êtres et le monde avec le même air frivole, la même impression que tout était prétexte à sourire et à rire.

Je n'ai rien vu de Dallas. On habitait Irving, la grande banlieue riche et résidentielle, et je n'ai jamais mis les pieds en ville même. Au loin, au bout de la vaste prairie plate et jaune verdâtre qui constituait le territoire d'Irving, on voyait parfois quelques gratte-ciel mais rien d'autre, rien que des gazons ras et clairs et des immenses résidences, des maisons luxueuses et qui avaient toutes un air neuf. Nous allions de demeure en demeure, de fête en fête, nous nous couchions tard et nous dormions jusque vers le début de l'après-midi pour déguster un *brunch* tardif, et la journée se déroulait à un rythme vide et paresseux, Bob et sa mère jouant aux cartes, j'écoutais de la musique, et vers le soir, nous commencions à nous préparer pour repartir vers une nouvelle fête. A mesure qu'approchait l'heure de la soirée, l'excitation et les fous rires gagnaient Bob et sa mère, et ils baignaient dans un état d'ivresse particulier, la tête semblait leur tourner sans qu'ils aient rien bu. Ils pétillaient.

C'était Noël tous les jours, et tous les soirs. Sur les pelouses au gazon bien taillé, des sapins géants brillaient de toutes leurs guirlandes, que les propriétaires des riches demeures ne prenaient pas la peine d'éteindre, même en plein soleil, puisque décembre était chaud et ensoleillé, là-bas. Quand la nuit tombait, le paysage ressemblait à une forêt clairsemée de gigantesques sapins multicolores, et les arbres de lumière nous servaient de points de repère pour atteindre la propriété où se déroulait la *party* du moment. Il y avait toujours beaucoup de longues voitures aux carrosseries massives et colorées, des Cadillacs pour la plupart, dans les grandes allées de graviers qui menaient au bâtiment central. Sous le porche décoré de boules lumineuses de gui, de houx et de fleurs jaunes qui sont la fleur de l'État, la *yellow-rose* du Texas, les hôtes nous recevaient avec force cris, exclamations et compliments. Bob et sa mère me présentaient comme leur « invité de Noël » :

— Il vient de Paris.

— Ah bon ? Paris, Texas ? Mais de quelle partie du Texas ?

C'était une réplique invariable et j'appris qu'il y avait plusieurs villes nommées Paris au Texas, mais surtout que le Texas était une nation et que ses habitants ne concevaient pas qu'il existât autre chose, hors de ses frontières. Il fallait honorer l'invité de Noël et j'étais choyé, interrogé, transporté de groupe en groupe dans un brouhaha ininterrompu, serrant les mains de vieilles dames embijoutées et de jeunes filles lourdes et chevalines flanquées de leurs escortes masculines, des râblés rigolards qui me dominaient d'une tête. Il ne se disait rien d'important. On se demandait qui on était, de quelle ville on venait, où on allait, si c'était la première fois qu'on venait ici et si l'on aimait cela, et une fois que l'on avait répondu à ces questions, le groupe semblait s'être dispersé et vous vous retrouviez seul, mais l'hôtesse vous reprenait vite par la main et vous conduisait vers un autre groupe d'invités qui déclenchaient le même feu d'interrogations. Tout aussi ponctuellement, l'hôtesse ou sa fille ou sa cousine venaient vous faire un reproche :

— Vous n'avez rien mangé, vous n'avez rien bu.

Et l'on vous remplissait une assiette de dinde aux groseilles ou de purée de marrons ou de cake aux amandes pecan et aux raisins confits, arrosés de bourbon ou du terrible *egg-nog* dont j'avais appris à me méfier. De l'autre côté du buffet, dressé au milieu des pièces communicantes du rez-de-chaussée, je pouvais voir Bob et sa mère voltiger eux aussi de groupe en groupe, toutes dents dehors, et Bob se retournait pour me faire un clin d'œil amical et inquiet, qui semblait vouloir dire :

— Ça va ? Tu t'amuses au moins ?

Je faisais oui de la tête. J'avais mis au point une série de réponses types aux questions types des vieilles dames, et j'avais fait connaissance avec d'autres « invités de Noël », venus d'autres coins des États-Unis et qui suivaient comme moi le circuit des *parties* dans le sillage des familles qui les recevaient. Parmi ces étrangers, il y avait une jeune fille très avenante, appelée Jessica et qui flirtait ouvertement avec moi. Elle avait des cils de poupée longs et espacés, une sorte d'entrain communicatif, elle venait de la Louisiane, elle m'éloignait du buffet et m'invitait à des promenades dans le jardin ou à une halte dans les fauteuils de la terrasse, face à la piscine éclairée. Jessica voulait qu'on la prenne par la main et qu'on l'embrasse. Il était difficile de dire non très longtemps, c'eût été une insulte. Cette affaire était devenue le sujet d'une plaisanterie savamment entretenue par Bob et sa mère.

— Mais embrasse-la, embrasse-la donc, me disait Bob au retour d'une soirée.

— Mais oui, pourquoi n'embrassez-vous pas cette divine jeune fille, interrogeait la mère de Bob, tout en conduisant l'énorme Eldorado Cadillac du bout de ses doigts si pointus, aux ongles si rouges et si chargés de couches de vernis qu'ils paraissaient se recourber sous leur poids.

L'Eldo était démesurée, un nouveau modèle équipé de choses inédites comme le premier pare-brise panoramique, avec des ailerons tranchants comme des éperons et des sièges profonds, faits pour se vautrer et s'assoupir. Nous rentrions par la rocade qui relie les grandes aires résidentielles entre elles et permet d'éviter la ville basse. Bob était assis à l'avant, au côté de sa mère. Je ne pouvais voir son visage mais je devinais qu'il faisait quelque grimace à sa mère pour qu'elle en rajoutât. Elle rentrait dans son jeu, ils aimaient s'amuser ainsi, complices de chaque instant, semblant se nourrir des farces et des rires l'un de l'autre.

— Je me suis renseignée, disait la mère. Cette jeune fille appartient à l'une des meilleures familles de Shreveport, je ne vois pas pourquoi vous ne lui donneriez pas le baiser qu'elle sollicite, ce serait la moindre des courtoisies.

— Mère a raison, disait Bob en gloussant. Tu devrais l'écouter.

— Je ne veux pas insister, continuait la mère, mais je serais vous, j'embrasserais cette jeune fille.

122

Je voyais Bob tourner son buste vers sa mère et j'imaginais qu'il l'encourageait de son regard malicieux : « Vas-y, vas-y ! » Alors la mère enchaînait, enfilant les phrases dans un discours absurde et sans fin :

— Je l'embrasserais, disait-elle, parce que je ne vois pas très bien ce que vous auriez à y perdre, en dehors de votre réputation de gentleman venu du Vieux Continent. Si ! j'insiste, et je me permets de vous le répéter, mon cher garçon, je pense que cette jeune fille réclame un baiser et que vous êtes, au fond, condamné à le lui donner, d'autant plus que vous n'avez pas été indifférent jusqu'ici à ses approches, que nous vous avons observé, Bob et moi-même, roucoulant comme un pigeon de la baie de Galveston et je dois dire que vous prenez votre temps et que si c'est une stratégie, elle est excellente, car cette divine Jessica est en train de peu à peu se consumer d'impatience pour vous. Et lorsque vous finirez par lui donner votre baiser, elle le recevra avec une telle gratitude et une telle félicité que ce sera sans doute son plus beau cadeau de Noël, et elle reviendra toute transformée dans son bel État voisin de Louisiane !

Au bout de cette tirade, Bob éclatait de rire et disait à sa mère :

— Oh, mère, tu as vraiment été très bien, tu le lui as bien chanté.

— Merci Bob chéri, répondait-elle, je dois dire que je me suis surpassée.

Et ils riaient sans se retourner vers moi, mais sans méchanceté ni volonté de m'exclure de leur jeu — et l'Eldorado glissait doucement le long des arbres de Noël géants et illuminés jalonnant notre retour vers la maison Kendall qui nous attendait, vide, au milieu de la prairie interminable.

21

Refuser d'embrasser Jessica, était-ce ma façon de rester fidèle à April ? Lorsque je l'avais quittée, la veille de notre départ du campus, elle avait dit :

— Alors, tu vas connaître les belles jeunes filles blondes du Texas ? Elles sont toutes blondes là-bas, il paraît. Tu vas faire le beau, j'en suis sûr. Elles vont t'adorer. Elles vont fondre.

April parlait à voix basse. Je lui tenais les mains. La Ford était garée, la nuit, tous phares éteints, dans une impasse derrière un parking municipal, à quelques mètres de la route US 11 — et je devais rentrer à pied vers le Campus et April tournait sa voiture en direction de *nigger-town*, et j'avais réussi à lui arracher le numéro de téléphone où je pourrais la joindre, au moins une fois en quinze jours d'absence, mais elle disait :

— Il vaut mieux ne pas appeler. On s'embrasse, on se quitte, on va beaucoup se manquer, on se revoit dans quinze jours. Sois-moi fidèle.

Pendant le trajet à l'intérieur du pays profond, j'avais pensé à sa formule de départ, « sois-moi fidèle », et j'y pensais dans l'Eldorado des Kendall et aussi lorsque le lendemain matin, nous entamions notre *brunch* servi par la femme de chambre noire de Kendall. Être fidèle, à mes yeux, cela ne voulait pas seulement dire résister aux avances de Jessica, mais aussi respecter les gens qui avaient la couleur de la peau de la jeune femme que j'aimais. Depuis que je connaissais April, je ne regardais plus les Noirs comme auparavant — ou plutôt, je les regardais, tandis que jusque-là, dans l'univers si blanc de la vallée verte et blanche, j'avais été aveugle à leur existence même. Et lorsque Bob donnait un ordre à la femme de chambre, j'essayais de percevoir dans sa voix, les nuances de condescendance qu'April m'avait dit entendre infailliblement, chaque fois qu'un Blanc adresse la parole à un Noir.

— C'est en eux, disait-elle, ils n'y peuvent rien, c'est en eux, ils ne l'entendent même pas eux-mêmes. Ils ne s'écoutent pas.

Et elle avait ajouté :

— C'est pour cela que je t'ai embrassé le premier jour. Tu avais l'air seul et pris en faute et ça m'a attendri, mais surtout, tu m'avais parlé sans avoir ce ton-là, *leur* ton, et ça, tu ne peux pas savoir l'effet que ça peut faire.

La femme de chambre des Kendall s'appelait Charlayna. C'était une grande nounou sans charmes, lourde dans sa démarche, le front baissé, les jambes épaisses. J'écoutais Bob et je ne retrouvais pas ce « ton » dont m'avait parlé April et qu'elle détestait tant. Il était aimable avec elle, adoptant parfois le même jeu qu'avec sa mère. Simplement, un soir, alors que je remerciais Charlayna d'avoir repassé la seule chemise blanche que j'avais emportée à Dallas et qu'il fallait porter presque tous les soirs, Bob me regarda avec fixité, puis il me souffla à l'oreille en français, pour s'assurer que la nounou ne comprenne pas :

— Pourquoi parlez-vous ainsi à Charlayna ? Vous êtes *drôle* !

Et je me dis qu'il avait peut-être surpris quelque chose dans ce « merci », qui trahissait la relation que j'avais avec April et je pris peur qu'il en fasse un sujet de dérision, comme il faisait de tout le reste, et cette peur me mit mal à l'aise. Je devais connaître un bien plus grand malaise quelques jours plus tard lorsque, au milieu d'un après-midi chaud et désœuvré, Bob vint vers moi et me dit d'un ton qui n'admettait pas de réplique :

— J'en ai assez de jouer aux cartes. Allons faire un tour. Mère me prête l'Eldo.

Il agita les clés, nous voilà dans l'énorme Cadillac, et il me dit alors :

— On va chercher mon copain Fred. Après, tous les trois, on ira goûter du chat noir.

L'expression était si crue et si vulgaire que je ne l'ai pas comprise sur-le-champ. Nous avons embarqué son ami Fred, qui vivait dans une maison voisine, un grand garçon aux cheveux coupés ras et au visage banal, et l'Eldorado est partie dans une direction que je n'avais jamais encore prise. Le paysage avait changé, et le gazon bien entretenu avait fait place à des terrains cailouteux, aux herbes maigres et en friche, avec des maisons moins clinquantes et plus ramassées sur elles-mêmes, et nous avons abouti, après avoir traversé deux voies rapides, à un grand motel aux murs jaunes dont l'enseigne clignotait une fois sur deux : *Vacant beds* — « lits vacants » — en lettres de néon violacé. Aucune voiture aux alentours, aucun passant.

— On va d'abord aller discuter les prix, dit Bob à Fred, et puis on reviendra te chercher, dit-il à mon intention.

— Mais, Bob, dis-je, je ne veux pas.

— Tu n'as pas envie d'une bonne mama noire ? Elles sont bonnes, tu sais. La dernière fois, il y en avait une aussi ronde que Charlayna, une bonne grosse chatte bien noire, ça ne te dit rien ?

— Non, dis-je, j'ai pas envie.

— Attends-nous, dit-il, on va discuter des prix et quand je reviendrai, je suis sûr que tu auras envie.

Ils sortirent, et je les vis se diriger vers la porte d'une des chambres qui donnait à même le ciment du parking. Le cérémonial semblait très au point : ils frappèrent deux coups à la porte, un Noir en chemise de corps leur ouvrit, ils entrèrent. Quelques minutes s'écoulèrent. Puis ils ressortirent, Bob, Fred et le maquereau, et allèrent jusqu'à la porte voisine non sans que, au passage, Bob m'ait fait un signe : « Patience. » Sans doute avaient-ils discuté des prix et allaient-ils maintenant évaluer la marchandise, puisqu'au bout d'un moment, Bob ressortit, précédant une matrone en peignoir de bain rose à laquelle il demanda de faire face à la voiture. Il s'agissait de me la montrer. Elle paraissait très fardée, et sans âge. Puis, la mama regagna sa chambre, Bob et Fred et le maquereau sortirent à nouveau et les deux Texans revinrent à hauteur de l'Eldorado, le maque restant en retrait, devant la porte entrouverte. Bob se pencha vers moi par la vitre ouverte :

— Ils nous font un prix global, dit-il, si tu veux. Vingt dollars le coup, mais si on prend la même nana, ils baissent de cinq dollars à chaque fois, si bien que tu peux l'aimer pour dix si tu passes en dernier, après Fred et moi.

Je répondis faiblement :

— J'ai toujours pas envie.

Bob :

— Ou alors, il y a une autre négresse, même format, dans la même chambre. Tu n'es donc pas obligé d'aimer la même, mais alors on paiera chacun le prix fort.

Et moi de répondre, la voix défaite :

— J'y tiens pas, Bob.

Bob :

— T'as pas d'argent ou t'as pas envie ?

127

Moi :

— Les deux.

Bob :

— Je te l'offre, si tu veux. Voilà dix dollars ! C'est mon cadeau de Noël. Vingt, si tu veux.

Et moi :

— Mais je te dis que je n'ai pas envie. Je ne peux pas, c'est tout, je n'ai pas envie.

Bob :

— T'as peur d'attraper une maladie ? T'inquiète pas, j'ai tout prévu.

Et il agita un petit objet plat et incolore, d'aspect caoutchouteux, qu'il avait extrait de son portefeuille. Et je répétai :

— Je te remercie, Bob, mais je n'ai pas envie. Je ne peux pas le faire.

Lassé, Bob eut un geste de la main pour balayer la discussion et me tourna le dos. Il rejoignit le maque avec Fred à ses côtés, et je vis les deux jeunes gens tendre leurs dollars au maque qui s'effaça alors devant eux pour les laisser pénétrer dans la chambre de la matrone. Le maque regagna sa propre chambre et j'attendis, en regardant sautiller les aiguilles de la grosse montre opalescente encastrée dans le tableau de bord de la Cadillac.

Le dégoût avait monté en moi. Je voulais que tout cela se termine, et qu'on s'éloigne de cet endroit lugubre que le soleil froid de midi en décembre au Texas ne parvenait pas à transformer. Je ne pensais plus à April, je ne pensais qu'à mon embarras face à Bob et son ami, et je sentais confusément que mon refus allait modifier la bonne humeur dans laquelle s'était passé, jusqu'ici, mon séjour dans la maison des Kendall, et comme j'étais reconnaissant à Bob de m'avoir offert l'hospitalité, je me reprochais de l'avoir contrarié. Je ne le jugeais pas. Sa brusquerie et sa franchise au cours de toute cette scène ne m'avaient pas choqué, et j'estimais

128

qu'elles devaient correspondre à l'éducation que Fred et lui avaient reçue d'autres hommes, de leurs pères, et que cette éducation faisait partie de leur pays, leur époque, leur milieu.

Il m'apparaissait, aussi, que j'avais sauté d'une terre étrangère à une autre, et qu'entre le doux campus rassurant de la Virginie avec son code de bonnes manières de l'étudiant-gentleman et ce coin misérable dans l'immense prairie à vaches de la grande ceinture de Dallas, ce motel désolé et vaguement menaçant, il y avait une différence qui faisait chavirer. Depuis mon arrivée sur ce continent auquel rien ne m'avait préparé, ce n'était pas la première fois que j'étais gagné par cette sensation de creux à l'estomac, de tête qui bascule, de gouffres inconnus. A peine m'habituais-je à une couleur, un accent, un paysage, que d'autres couleurs et d'autres musiques et d'autres décors bousculaient mes connaissances. Entre les moments de beauté et de bonheur que je croyais avoir découverts, il y avait donc aussi ces abîmes et ce vide, cette nausée, cette peur dans le ventre, ce sens de n'appartenir à rien, d'être coupé de ses racines dans une Amérique illimitée et dévorante. Alors je pensais à ma famille. J'y pensais dans un ordre hiérarchique : mon père aux cheveux blancs et à l'autorité protectrice ; ma mère aux inépuisables ressources d'indulgence et qui avait encouragé toutes mes initiatives ; mon frère aîné dont j'admirais la séduction et la maturité, mon deuxième frère, timide et secret, et le dernier frère, celui qui était venu après moi, et que j'avais d'abord jalousé pour ensuite le chérir. J'évoquais nos jeux, notre langage, nos signes de reconnaissance, les repas pris en commun dans l'appartement confortable de la rue de Longchamp à Paris, et cet univers familier qui m'avait jusqu'ici préservé de toutes blessures.

Maintenant, j'étais tout seul à évoluer constamment au bord de précipices qui se succédaient. Un sentiment de mélancolie me gagnait, je languissais de revoir les frères et les parents. Mais en même temps, je voyais bien que j'avais commencé un voyage et que j'aimais trop voyager pour éprouver jamais le besoin de revenir en arrière.

22

Bob ne manifesta aucune désapprobation à mon égard, mais son attitude changea assez rapidement. L'adjectif « petit » revenait souvent lorsqu'il parlait de moi à sa mère : « notre petit invité », « notre petit Français », « le petit jeune homme », et c'est avec un léger sourire d'excuse qu'il me présentait maintenant aux nouveaux hôtes de la nouvelle *party* à laquelle nous étions conviés, comme si il n'était plus très fier de son « invité de Noël ». Son ami Fred était parfois présent et je crus les voir pouffer en chuchotant et en me regardant, et je compris qu'il me fallait agir vite si je ne voulais pas perdre le respect de ces deux garçons et devenir la victime de leurs railleries.

A la veille de notre retour vers l'université, le tour de Bob et de sa mère était enfin venu de rendre aux occupants des demeures voisines les innombrables invitations dont ils avaient bénéficié. La maison Kendall donnait sa soirée. Toute la journée, dans la résidence parcourue par les traiteurs, les fleuristes, les décorateurs et les extras, Bob, sa mère et moi avions travaillé pour que tout soit en ordre et j'avais d'autant plus payé de ma personne que je sentais monter entre Bob et moi comme un mur invisible de déception et de défiance. Alors que nous déménagions la table de la salle à manger principale vers une aile de la maison, je dis à Bob :

— J'espère que vous avez invité Jessica.

— Bien sûr, répondit-il. Pourquoi ?

— Tu trouves toujours que je devrais l'embrasser ?

Il marqua un silence avant de répondre du bout des lèvres :

— Si tu peux y arriver, petit homme, si tu peux.

Cela acheva de me confirmer dans mes résolutions. Le soir, la fête éclata de bruit, de chants et de « yaooooh » texans. C'était la dernière réjouissance de la quinzaine, demain les enfants des familles dorées regagneraient leurs collèges respectifs dans le Sud, l'Est ou le Nord, et les pères reprendraient le rythme des affaires, et les mères retrouveraient leurs activités civiques ou partiraient pour les plages du Mexique afin de se reposer de cette épuisante période qui avait porté quelques coups à la complexion de leur peau et à la souplesse de leur chevelure. On buvait donc encore plus que les soirs précédents, le bourbon et l'*egg-nog* produisaient leur effet sur les groupes qui se disloquaient à peine formés et l'on entendait déjà les éclaboussements que faisaient, en plongeant tout habillés dans la piscine, les hommes qui tentaient d'éteindre leur ivresse. Au milieu du chahut, je me suis dirigé vers Bob et comme le volume sonore augmentait avec la nuit, j'ai crié dans son oreille :

— Je vais aller dans ta chambre avec Jessica. Si tu viens dans dix minutes, tu jugeras par toi-même si j'ai pu l'embrasser.

J'ai vu une lueur d'amusement et d'excitation dans ses yeux et je lui ai tourné le dos, marchant tout droit vers la jeune fille de Shreveport qui sirotait un *mint-julep*, vêtue d'une fragile robe rose à rubans blancs. Son corps avait la posture vacillante de ceux qui ont trop bu.

— Jessica, lui ai-je dit sur un ton solennel, l'heure est enfin venue.

J'étais, moi aussi, passablement saoul.

— Quoi ? a-t-elle dit. Quelle heure ?

— L'heure de nous embrasser loin de toute présence humaine, ai-je poursuivi sur le même ton.

Elle a battu de ses cils de poupée et m'a regardé par en dessous, en disant :

— C'est une idée divine. J'attends cela depuis si longtemps !

Nous sommes montés dans les étages, nos verres à la main, et je l'ai guidée dans la chambre de Bob en prenant soin de ne pas refermer la porte et de ne pas allumer les lumières. Nous avons fini de boire en nous jaugeant comme deux duellistes avant d'engager le fer. Elle semblait prête à tout.

— Jessica, lui dis-je, vous vouliez vraiment que je vous embrasse ?

— Oh oui, a-t-elle dit, j'adore qu'on m'embrasse et qu'on m'embrasse encore et j'aime que cela dure.

Elle sentait la menthe et le shampooing, je l'ai prise dans mes bras et nous nous sommes embrassés debout contre le lit de Bob. Jessica était une embrasseuse émérite. Elle avait une petite langue fraîche et pointue qu'elle infiltrait comme un dard dans la bouche et qu'elle retirait aussi vite, tout en gardant ses lèvres pressées et ouvertes entre les miennes. Elle procédait par petits coups vifs et répétés, à la manière des chats quand ils font leur toilette, et c'était agaçant parce que cela donnait une furieuse envie de retenir au moins une fois cette chose fuyante et délicieuse mais que je n'avais pas le temps de savourer. Pour pousser mon avantage, je l'ai renversée sur le lit de Bob et elle s'est laissé faire. Elle poussait des soupirs courts et bruyants et j'ai arrêté un instant de l'embrasser. Elle avait fermé ses yeux et semblait attendre qu'on la prenne, le décolleté de sa robe découvrant une poitrine gonflée,

133

les rubans blancs flottant en désordre autour de ses jambes qu'elle avait écartées en s'étendant sur le lit après avoir relevé son jupon sur la robe. Je n'avais éprouvé aucun désir pour elle lorsque nous étions entrés dans la chambre de Bob et j'avais mentalement compté les minutes, espérant que Bob surgirait pour constater que je n'étais pas moins un homme que lui, mais il ne venait toujours pas. Et maintenant que Jessica s'offrait ainsi et que ses agaceries m'avaient provoqué, je me prenais au jeu. J'ai eu envie d'elle. J'ai pris mon élan et je me suis vautré sur elle, tentant de capturer sa bouche, et fourrageant de mes mains à travers les rubans et les jupons, saisi par une sorte d'urgence. Et comme je n'apercevais aucune résistance de la part de Jessica, j'ai voulu accélérer les choses. Soudain, alors, son corps a eu comme un sursaut, elle a mordu ma langue avec une telle violence et une telle détermination que je me suis écarté d'elle et que j'en ai crié de douleur. Je me suis retrouvé debout, la bouche ouverte, langue pendante, le cul nu, le sexe tendu sortant de mon pantalon à demi baissé et j'ai entendu Bob et Fred hurler de rire. Je me suis retourné. Les deux garçons étaient sur le pas de la porte, ils avaient laissé Jessica s'enfuir et ils se tenaient les côtes et les hanches, extasiés par le comique de la scène. Ma langue me faisait trop souffrir pour que je puisse me défendre devant un tel ridicule. Bob, entre deux hoquets, me conseilla de me rhabiller et d'aller soigner ma bouche en sang.

— Eh bien dis donc, parvint-il à dire, en baissant ses yeux vers mon sexe, toi au moins, tu es un rapide !

Je compris, malgré les rires qui continuaient de fuser entre lui et Fred, que les deux Texans n'émettraient plus désormais aucun doute sur ma virilité. Le lendemain, et pendant tout le voyage du retour en voiture vers la Virginie, j'eus du mal à m'exprimer, les dents de Jessica avaient entamé la chair de ma langue qui s'était

134

démesurément gonflée, et je dus subir les regards moqueurs et les blagues de Bob. Mais il était très satisfait de mes exploits. Il avait tout raconté à sa mère avant notre départ et ils avaient eu une matinée entière de jubilation et de complicité. Elle m'avait serré dans ses bras comme si j'étais son second fils et elle m'avait dit :

— Soyez prudents sur la route.

Puis nous étions partis, et Bob avait longuement regardé dans le rétroviseur la silhouette fine et brune de sa mère, vêtue de sa robe de chambre de soie rouge. Avant que la magnifique demeure des Kendall ne disparaisse définitivement dans la prairie derrière nous, il avait lâché sur un ton mystérieux et feutré :

— Tu sais, Mère a du sang cherokee dans les veines.

J'ai eu envie de l'interroger sur le père jamais entrevu, jamais évoqué, sur cette absence que j'avais trouvée si lourde dans cette maison si vaste, mais quelque chose m'a averti que je ne devais pas le faire et Bob n'a plus parlé de sa mère et il a tourné le bouton de la radio, et c'est ainsi que s'est achevé mon Noël au Texas.

23

Je suis retourné aux *barracks*. April n'y était pas. Le ravin était vide. J'ai téléphoné, d'une cabine publique située au milieu du campus, au numéro qu'elle m'avait donné et que je n'avais pas osé former depuis la maison de Bob Kendall, pendant mes quinze jours de vacances dans le Sud-Ouest. Le numéro ne répondait pas. J'ai fait le tour des parkings où nous nous étions dissimulés pour nos trois dernières rencontres nocturnes. La Ford bleue d'April était invisible.

Je m'interrogeais : était-il arrivé quelque chose à April ? Avait-elle quitté la ville avec sa famille ? Comment pouvais-je le savoir puisque, pour ne pas rompre notre pacte de secret, je me refusais de pénétrer dans *nigger-town* pour questionner, par exemple, les responsables de l'école où elle travaillait. Cela dura quelques jours pendant lesquels je ne fis rien de bon aux cours, prenant du retard sur les thèmes à traiter, délaissant une partie des activités auxquelles je m'étais plié pour jouer le jeu du collège : club des Relations internationales, *Gazette des Étudiants,* etc. A la fraternité où je prenais mes repas, je perdais le contact avec les autres étudiants, arrivant juste à temps pour m'asseoir en bout de table, avalant le poulet frit sans échanger un propos avec mes voisins, et partant avant qu'on serve le café. Les étudiants ne faisaient aucun effort pour me retenir. Animaux sociaux par excellence, les Américains pratiquent l'amitié avec qui leur donne l'impression de vouloir s'y engager. C'est comme au tennis : si tu n'envoies pas la balle, personne ne te la renvoie. Il me semblait que le silence inexpliqué d'April constituait un événement capital auquel je ne pouvais faire participer qui que ce soit, et que cela renforçait l'aspect tragique de ma situation. Peut-être me plaisais-je à baigner ainsi dans le doute et le cafard, traînant, esseulé, ma mélancolie sur le campus alourdi par la neige. Peut-être désirais-je m'habituer à ce que je croyais être le commencement d'un grand malheur. Mais cela ne dura pas.

Simultanément, plusieurs signaux s'allumèrent pour m'indiquer que je n'étais pas doué pour la souffrance du jeune Werther, que je n'étais pas venu ici pour me draper dans le manteau romantique du ténébreux et de l'inconsolé, pour jouer l'Olympio du dortoir des étudiants de première année.

24

Au courrier, à la boîte postale n° 13 que j'avais louée, comme tout étudiant, au petit bureau de poste situé en haut d'un monticule dans Lee Avenue, face à la boutique de vêtements pour hommes de Neal W. Lowitz, il y avait une lettre de ma famille.

Mon frère aîné, après voir passé avec succès l'école des officiers de réserve, avait été envoyé en Algérie où s'amplifiait ce qu'on n'appelait pas une guerre mais des opérations de maintien de l'ordre. Il était sous-lieutenant dans un régiment d'infanterie de marine ; il commandait un petit fortin perdu sur un piton du Sud oranais ; il ne se déroulait pas de semaines sans qu'il connaisse des « accrochages » ou l'épreuve du feu. Il écrivait à mon père qu'un de ses amis s'était suicidé d'une balle de fusil dans la gorge et que la cervelle avait éclaboussé les murs et le plafond du local où ça s'était passé ; il ne disait pas pourquoi le copain avait fait cela ; mes parents n'en dormaient plus. Ils avaient joint une photo du frère. Il portait un képi cabossé, une veste de treillis sombre sur laquelle claquaient des barrettes d'officier. Son nez cassé, autrefois, dans un match de rugby, semblait brûlé par le soleil. Il y avait sur son masque une attitude bravache, un air de défi, celui que je lui avais souvent connu, mais il était venu s'y imprimer comme un voile indéfinissable, la présence constante de la mort. Deux petits jeunes gens se tenaient à ses côtés et au dos de la photo, une croix faite à l'encre voulait signifier que l'un d'entre eux ne vivait déjà plus.

J'imaginais mon frère dans ce pays que nous avions seulement abordé jusqu'ici par les manuels de géographie et il m'était impossible de deviner ce qu'il était en train de subir. Il ne me venait pas à l'esprit que ce conflit dans lequel il avait été embarqué deviendrait celui de toute une génération et j'étais à cent lieues de croire que j'en ferais partie à mon tour, un jour. Je ne l'enviais pas, non plus, encore que je sentis combien, dorénavant, les pensées de mon père et ma mère iraient vers lui, face au danger suprême, et non plus vers moi dans mon aventure américaine. Je l'avais toujours aimé et admiré, et bien que de trois ans seulement mon aîné, il m'était apparu hors d'atteinte lorsqu'il était arrivé à l'état d'homme, alors que je n'étais qu'un adolescent complexé, introverti et malgracieux. Il avait vite mûri physiquement et j'avais levé mes yeux vers lui comme vers celui qui, le premier d'entre nous, les garçons, avait approché puis conquis ces terres inédites : la voix qui mue, le port du pantalon, le droit de téléphoner, la cigarette qu'on fume, les examens que l'on réussit, les filles que l'on aime, la liberté... Il était l'aîné — et si nos parents n'avaient jamais encouragé une rivalité ouverte entre nous, les mécanismes de la stimulation et de la compétition s'étaient très tôt mis en marche. Enfants, nous nous étions beaucoup battus, parfois jusqu'au sang, et il avait toujours le dessus. Il était « le plus fort ». J'ignorais quel effet cela avait produit chez le frère cadet, celui qui se tenait entre l'aîné et moi, mais je savais que j'en avais souvent été malade, faisant en silence le serment que je finirais par le terrasser. Et depuis plus longtemps qu'il m'en souvienne, j'avais secrètement essayé de le rattraper, ou sinon, de l'étonner et de l'obliger ainsi à m'admirer, à baisser les yeux devant moi. Lorsque j'avais gagné, de haute lutte, une bourse d'études convoitée pour un séjour d'un an aux États-Unis, j'avais eu entre autres impressions, celle, exaltante, de voler au-dessus de la tête de l'aîné. J'étais devenu l'Américain, celui qui allait partir au bout du monde. Et il resterait à la maison, attendant comme les deux autres frères de lire sous ma plume le récit de mes tribulations et de mes triomphes.

Or, voilà que, maintenant, l'aîné dormait sur un lit de camp, dans une cahute au sommet d'un rocher, sur une terre inconnue, sous la menace des balles et de l'égorgement. Cela ne provoquait en moi aucun sentiment de jalousie, mais une poussée aiguë d'amour et de crainte pour la vie de cet être si cher, et cela bouleversait mes priorités. D'un coup, il me vint assez de lucidité dans mon inépuisable narcissisme pour me détacher de moi-même et, debout à côté de mon double comme un promeneur à côté de son ombre, pour considérer ce qui arrive à quelqu'un d'autre et le comparer avec ce que je traversais, si bien que ma petite affaire clandestine avec April prit une tournure dérisoire et que j'eus cette pensée terriblement adulte : les choses n'étaient pas aussi graves qu'elles en avaient l'air.

25

Vieux Zach me convoqua dans son bureau enfumé par l'Amsterdamer et le Bull Durham.

C'était le doyen des arts libéraux, il supervisait les lettres, l'histoire, le journalisme, toutes matières que j'aimais et pour lesquelles je m'étais inscrit dès mon arrivée au collège. Il avait de beaux cheveux blancs et abondants, on l'appelait Zach à cause de son merveilleux nom et qui, pour n'importe quel autre membre de la faculté, eût été importable : Zachariah Wilehelm Gilmore. Il était une des légendes vivantes du campus. Il semblait qu'il avait toujours été là, et qu'il ne disparaîtrait jamais. Il faisait partie du paysage, autant que les colonnes doriques et les pelouses ondoyantes. Des classes et des classes entières de débutants de première année l'avaient redouté et vénéré car il distribuait la justice avec rigueur et humour, il cultivait pour le plaisir de tous son personnage de géant impénétrable et pourtant disponible. Il était le seul doyen dont la porte restât systématiquement ouverte à toute heure du jour. On passait devant son bureau d'où s'envolaient les fumerolles de sa pipe et l'on pouvait distinguer, au-delà du secrétariat, la silhouette courbée de Vieux Zach, vêtu d'un de ses inusables costumes gris clair, recevant quelque étudiant venu lui exposer ses problèmes. Il écoutait, l'œil dissimulé derrière des lunettes à quadruple foyer, tirant sur sa pipe en grommelant des adjectifs surannés, puis en construisant une sentence définitive et précieuse.

C'était un excentrique. Il avait vécu une partie de sa jeunesse dans le Montparnasse des années 20 avec la grande fournée des expatriés américains. Pendant la Seconde Guerre mondiale, Vieux Zach avait travaillé dans une section non identifiée de l'Office des Services spéciaux, sous la direction du célèbre Bill Donovan, dit Bill le Sauvage. Il en était revenu chargé de médailles mais on n'avait jamais, à ce jour, obtenu un compte rendu complet de ses exploits. Il avait conservé quelques attaches avec ce qu'on appelle « le monde de l'Intelligence », et se déplaçait irrégulièrement à Washington D.C. pour des réunions aux objectifs imprécis et dont personne, sur notre petit campus, ne pouvait découvrir le résultat. Lorsqu'il allait ainsi dans la capitale, Vieux Zach ne descendait pas à l'hôtel mais au Cosmos Club, le plus fermé et le plus exclusif de la ville, où se retrouvaient les anciens des Services ou les barons de la haute politique et de la finance. Nous le savions, car il avait emmené quelques étudiants lors d'un de ses voyages pour les confier au directeur de la rédaction d'un grand quotidien qui leur avait fait découvrir les arcanes du journalisme tandis que Zachariah Wilehelm Gilmore se consacrait à ses rendez-vous impénétrables.

De son séjour à Montparnasse il avait conservé un faible pour tout ce qui venait du Vieux Continent, en particulier la France. Je ne le voyais pas souvent en dehors des cours, mais il m'avait pris en affection et surtout depuis que, saisi par je ne sais quelle inspiration, je lui avais offert un authentique béret basque à la veille de l'hiver. C'était un vrai béret bien rond, bien français, une caricature : large, noir et modifiable, que je m'étais fait envoyer du pays, et Vieux Zach l'avait fièrement porté chaque jour et c'était un fameux spectacle que de le voir perché sur son grand vélo noir, descendant prudemment de sa maison sur la colline neigeuse, pédalant dans les allées du campus, la pipe au bec, ses lourdes lunettes tombant sur son long nez, le béret vissé sur sa masse de cheveux blancs, ses longs bras et ses longues jambes s'agitant dans le tissu gris qu'il ne quittait jamais, refusant par coquetterie le port de tout imperméable, pelisse ou manteau — nous ne le connûmes pas autrement qu'en costume trois pièces. Vieux Zach, le doyen dont l'avis nous importait le plus, le héros masqué de la guerre secrète, le sage au parler archaïque dont nous ignorions s'il n'avait pas autrefois peut-être, pratiqué la torture et le sabotage ! *Old Zach...*

Il me fit asseoir et m'examina quelques instants sans parler. Puis, de sa voix caverneuse où venaient se mêler comme des cailloux et du gravillon, il m'annonça qu'il avait décidé de me parler de moi.

— Je vous ai longuement observé, me dit-il, et j'en suis venu à la conclusion qu'il y a quelque chose qui ne va pas.

Il me laissa le temps de répondre, mais comme rien ne venait, ce qui n'eut pas l'air de le surprendre, il continua :

— Je ne sais pas ce que c'est, et d'ailleurs je ne vais pas chercher à le savoir. Mais vous ne tournez pas rond, c'est clair, cela se voit à vos notes qui se dégradent, à votre attention qui se disperse pendant les cours, à votre manque d'assiduité aux exercices pratiques dans le studio de la radio, ou à l'imprimerie de la *Gazette des Étudiants*.

Que savait-il vraiment ? N'était-ce pas une subtile méthode d'interrogation que de dire que l'on ne sait rien ? Il parlait peu. Je me taisais de mon côté. Il aspira le tuyau de sa pipe et fit s'envoler des fumées bleu et gris, puis il eut un geste que l'on n'avait pas fréquemment l'occasion de suivre : il ôta ses lunettes. D'un seul coup, il ressemblait à un autre homme, un Zachariah plus impressionnant, moins doyen et plus inquisiteur.

— Approchez-vous de moi, me dit-il. Venez au plus près. A cinq centimètres, je commence à pouvoir y voir.

Il fallut, levé de mon siège, me pencher vers lui par-dessus le bureau pour plonger mes yeux dans les siens. Il avait de toutes petites boules noires enfoncées dans sa chair comme les deux têtes d'une paire de clous, deux puces noires au milieu d'un blanc gélatineux. C'était effrayant et envoûtant à la fois ; vous ne pouviez vous détacher de ces deux petites choses rondes et dures, comme mortes, et qui semblaient s'enfoncer en votre âme comme les mèches métalliques d'un outil qui dévaste le meuble friable. Avait-il déjà, autrefois, dans son passé mythique, eu recours à ce geste pour interroger quelque espion ? J'étais paralysé. Au bout d'un moment, Vieux Zach me repoussa de la main avec une certaine férocité. Il me fit signe de reprendre la position assise et, très lentement, il réajusta ses lunettes sur l'os de son nez. Puis il reprit, pesant ses mots dans le silence d'un bureau dont je ne distinguais plus rien, tellement la force du regard de Zach, et le poids de ses phrases, avaient effacé toute chose alentour.

— Je vais vous dire quelque chose de très simple et de très primordial, dit-il sur un ton de confidence. Voici : ne vous gâchez pas. Ne gâchez pas votre année.

Il respira, puis enchaîna en détachant ses mots à la façon dont on dicte un télégramme :

— Vous êtes en train de gâcher ce qui est, peut-être, dans votre existence, une période unique, un passage inestimable. Ça n'a pas de prix, ce que vous vivez.

Et comme s'il jugeait qu'il n'avait pas assez décodé le message, il ajouta cette phrase qui devait longtemps me poursuivre :

— Ne donnez pas à cette part obscure de faiblesse

et de lâcheté, qui est en chacun d'entre nous, la satisfaction de devenir un raté.

Il attendit que la phrase s'installât en moi, contemplant l'effet qu'elle pouvait avoir sur le jeune homme qui lui faisait face. Je ne trouvai rien à répondre et il me semblait que le doyen n'attendait aucune réplique. Lorsqu'il eut décidé que suffisamment de temps avait passé, souligné par suffisamment de silence, son immense carcasse se mit en mouvement.

Il se leva, il me serra la main avec une extrême énergie, et je pris congé de Vieux Zach.

Mais de tous les signaux que je reçus en cette période de mon hiver, sans doute le plus insidieux me fut-il lancé par April elle-même.

Je la revis, en effet, dans le ravin verglacé sous les *barracks*. Je m'y étais fidèlement rendu deux fois par semaine et l'avais attendue malgré le froid et le blizzard, et April avait fini par revenir, aussi belle qu'autrefois, et la vision de ses yeux irisés d'or me fit, comme au premier jour, battre plus fort le cœur. Elle refusa de faire l'amour. Elle voulait parler. Elle répondait avec un certain détachement souriant à mes questions. Elle avait été très occupée par la rentrée de sa petite école. Des cousins du Delaware étaient venus en visite chez ses parents. Et puis, et surtout, elle avait, disait-elle, voulu voir ce que je ferais si elle ne se manifestait plus.

— Je m'attendais tout de même, dit-elle, à ce que tu traverses la ligne de *nigger-town*.

— Mais, dis-je, nous nous étions juré que je ne le referais jamais. Tu m'as toujours dit que c'était trop dangereux.

Elle eut un rire.

— Oui bien sûr, dit-elle, mais si tu avais vraiment

désiré me voir, si tu m'avais vraiment désirée, tu aurais oublié ce danger.

— Mais nous nous étions juré !

— Alors, si je te suis bien, continua-t-elle, ta réputation sur le campus t'a semblé plus importante que notre... affaire. C'est cela ?

Je ne comprenais pas où April voulait m'emmener. Quelle comédie amorçait-elle ?

— Tu as fait passer ta raison avant ton désir. Au fond, c'est normal. Je me suis demandé aussi si tu n'avais pas rencontré une autre fille, une belle Blanche à Dallas, ou bien ici, depuis ton retour.

— Mais non, protestai-je, il n'y a eu que toi. Et il n'y a que toi.

— Tout de même, fit-elle, tout de même... Tu t'es certainement bien amusé à Dallas pour n'avoir pas eu une fois l'envie de me joindre par téléphone.

— C'était difficile, dis-je, je n'étais pas chez moi.

— Tu n'as pas à te chercher d'excuse.

J'avais la sensation qu'elle jouait avec moi. Sa voix était plus douce, plus mélodieuse que d'habitude, comme si elle voulait m'envelopper tout en me maintenant à distance. Elle n'avait plus cette sonorité rauque et chuchotante qui accompagnait notre amour lorsque nous le faisions en vitesse sur la banquette arrière de la Ford, lorsqu'elle m'apprenait, bouche contre oreille, la fureur et la nudité du langage de l'acte physique, et à mesure que nous allions vers la jouissance, car nous y allions ensemble et c'était aussi ce qui nous avait liés si fort l'un à l'autre, sa voix se faisait plus âpre, plus cassée, plus primitive. Aujourd'hui April parlait sur un autre registre, et je réussis à comprendre qu'elle se jouait de moi et de mes sentiments, s'ingéniant à me culpabiliser pour ensuite mieux me tenir sous son emprise.

— Je pense, susurra-t-elle, que depuis ton retour, tu as recommencé à avoir des *dates* le samedi soir.

147

— Eh bien oui, dis-je.

— Et j'imagine, dit-elle, que déjà tu t'interroges sur le choix que tu devras faire pour ton escorte au bal du Mardi gras ? A quelle belle du Sud as-tu songé ? Sûrement, tu en as une en tête.

Il y avait trois grands bals au cours de l'année universitaire, un par trimestre, et celui du Mardi gras coupait l'hiver en deux. La majorité des garçons, à ce stade de notre vie au collège, avait noué une relation assez solide avec une jeune fille d'un des collèges des vallées voisines pour établir des plans : retenir la chambre en ville qui accueillerait l'invitée et son chaperon — se préoccuper d'inscrire son nom chez le seul fleuriste convenable pour que la traditionnelle orchidée de Floride soit livrée fraîche, deux heures avant l'ouverture du bal — et économiser la somme d'argent nécessaire pour faire face à toutes les dépenses qu'occasionnerait cet événement considérable qui durait trois jours et une nuit, celle du bal lui-même. Mais je n'avais aucune *date* en vue, et je commençais à ressentir cette même anxiété qui m'avait assailli à la veille de Noël, la même crainte de me retrouver seul, détaché de mes camarades et de ne pas participer à l'une de ces grandes occasions qui soudait une « classe ». April connaissait tout cela. « Dans mon collège, à Baltimore, nous avions les mêmes rites que vous, m'avait-elle dit une fois. Nous vivons cela aussi, nous les nègres. Nous sommes aussi américains que les Blancs. Nous avons appris à tout imiter, même ces jeux-là. »

Alors, connaissant le rythme interne de la vie du campus, elle se servait aussi de cette nouvelle barrière qui se dressait entre nous et elle m'attaquait sur l'infidélité inévitable que j'allais lui faire en me prêtant à tous les « jeux ». C'était une attitude cruelle qu'elle abandonna abruptement, brisant d'un coup sa comédie.

— Ce que nous connaissons tous les deux est complètement hors de l'ordinaire, dit-elle d'un ton calme et pondéré. Tu le sais, ou plutôt tu ne le sais pas réellement. Moi, je le sais. Et tu vois, malgré l'extraordinaire de la situation, je n'ai pas la force d'échapper à des choses banales comme la jalousie, et la possessivité, et tout ce simulacre.

Elle avait retrouvé un accent de vérité, je crus même percevoir l'intonation familière de ce qui avait été notre intimité, le réveil de notre connivence. Elle lâcha alors :

— Je te prie de m'excuser. Je me suis comportée comme une garce.

Son beau visage se contracta. Toutes mes défenses s'écroulèrent.

— Mais non, dis-je mollement.

Elle se rapprocha de moi. Ses lèvres s'ouvraient, rouges et humides.

— Tu as toujours envie ? demanda-t-elle en chuchotant.

— Évidemment, dis-je, qu'est-ce que tu crois ?

— Faisons-le, souffla-t-elle, et l'énoncé furtif de ces deux seuls mots fit surgir le même besoin impérieux de toucher sa peau noire, de plonger mes doigts dans cette chevelure à l'odeur si violente, de goûter à sa bouche sucrée et de me fondre dans son corps d'étrangère.

Et je le fis avec d'autant plus d'ardeur qu'April m'avait habilement manœuvré et que j'avais oscillé à plusieurs reprises entre la mauvaise conscience et la crainte de la perdre, et qu'elle m'était apparue plus désirable puisque j'avais cru qu'elle s'éloignait, et que l'aveu ultime de sa défaillance m'avait convaincu de la supériorité de son intelligence sur la mienne. Aussi, l'aimai-je de façon encore plus dure et vorace et précipitée et désespérée. « C'est bon, disait-elle, c'est bon, c'est comme si nous devions mourir juste après. » Mais il m'en resta fatalement comme une saveur d'amertume et de cendres — sensation nouvelle, que j'accueillis avec surprise.

Marchant seul dans l'allée du campus, je me répétais que j'avais retrouvé April et que c'était une victoire, mais le reste de moi-même semblait avoir subi une défaite, car j'avais été comme un pantin au bout de ses doigts ; j'avais fini par m'en rendre compte, et une voix en moi me disait que je n'avais plus le droit d'y revenir, et cependant j'y reviendrais. Nous nous l'étions promis, nous nous étions quittés sur cette phrase livrée à la fois comme un baiser et comme un ordre : « Tu seras là, hein ? » et je n'avais pas dit non. Il faisait nuit et c'était une nuit froide ; j'avais marché à travers les allées après qu'elle m'eut déposé au-delà du terrain vague, et je grelottais dans mon vieux duffle-coat noir à boutons de bois jaune qui flottait autour de mes jambes sans assez les protéger, et j'avais faim aussi : l'amour dans la Ford m'avait donné faim, et je n'avais pas plus de cinquante cents sur moi et il était trop tard pour aller grignoter quelque chose à la *coop* — le seul endroit où j'aurais pu me nourrir pour ce prix-là. Il me vint à l'esprit qu'il fallait que je gagne de l'argent.

27

L'argent prenait, dans ma vie, une importance grandissante. L'argent : les dollars.

Il me fallait des dollars pour mieux m'habiller. J'étais arrivé sur le campus au début de l'année universitaire avec une malle, remplie par les soins de ma mère de mes vêtements de lycéen parisien, et j'avais cru que cela suffirait pour un an. Mais, dans la société compliquée que j'habitais désormais, j'avais tôt compris que chaque saison exigeait son uniforme et qu'il y avait des styles et des modes et des mouvements et que chacun s'y pliait et que si l'on voulait « appartenir », il valait mieux porter certaines cravates et certains tissus, certaines couleurs et certaines formes. L'hiver, il fallait du tweed et de la flanelle et du cashmere et du lambswool, et j'avais besoin de dollars pour jeter mon vieux duffle-coat acquis dans un surplus de la marine britannique, place Clichy, et pouvoir acheter chez Neal W. Lowitz, la boutique qui dictait le style Ivy League pour tous les gentlemen du campus, la redingote de drap épais, droite, bleu marine à boutons bleu marine, doublée de feutrine noire. Ce manteau coûtait très cher, mais tout était cher chez Neal W. Lowitz, et tout y était beau.

Deux grands lustres éclairaient les rayons de vestes

et pantalons ; le parquet brillait ; il y avait des piles de chemises en Oxford à col boutonné sur des étagères en noisetier brun ; cela respirait le jeune homme riche, le parfum after-shave des Virgin Islands, ça sentait le dollar ! Neal W. Lowitz était un petit juif rond et chauve au crâne protubérant, toujours vêtu comme le plus élégant de ses élégants clients, il vous proposait toutes sortes de crédits, de comptes épargne, il vous ouvrait son grand livre et l'étudiant n'avait qu'à choisir parmi les chemises et les chaussures et les écharpes, et à signer dans le livre. A la fin de chaque trimestre, Neal W. Lowitz envoyait la note et c'était un horrible retour à la réalité. Les papas des jeunes étudiants du Sud étaient prêts à rembourser l'ardoise laissée par le fiston qui avait été atteint de folie vestimentaire, mais tel n'était pas mon cas. Pourtant, je voulais être aussi bien et aussi chaudement habillé que les gentlemen, j'avais, moi aussi entendu l'appel des apparences, et il me fallait des dollars pour satisfaire ce qui était à la fois un goût nouveau (la sape) et un besoin vital, celui de la conformité.

Il me fallait aussi des dollars pour payer ma part pendant les week-ends lorsque nous allions manger des pizzas géantes ou du jambon de Virginie en compagnie de nos *dates*. Il n'était pas question que les *dates* dépensent le moindre cent, il fallait payer le cinéma, les friandises à l'entracte, un petit bouquet de fleurs à la sortie du cinéma et puis, en chemin vers les fraternités, il fallait acheter l'alcool dans les boutiques d'État, et payer aussi son écot pour les *soft drinks* et les glaçons, puisque, à la fraternité, on partageait les frais de réception.

Tout cela n'avait pas été prévu dans la bourse que l'on m'avait accordée. La bourse prenait en charge mes frais d'étude — importants dans un collège privé —, ma pension au dortoir et l'achat de mes livres. La bourse décernée par un jury international n'avait pas

152

envisagé des frais pour cause de « vie sociale ». Et mon père qui, au départ de cette grande aventure, m'avait alloué une certaine somme, n'avait pas plus inscrit ces dépenses dans son budget. Il ne pouvait imaginer dans quelle tribu et au milieu de quelles coutumes j'allais être entraîné. Il fallait des dollars pour se blanchir, s'entretenir, se parfumer, se maintenir dans la course. Tout me coûtait cher, tout était matière à tentation, je découvrais la consommation américaine et sans m'y adonner complètement, puisque je n'en avais pas les moyens, je n'en étais pas moins la victime consentante.

Le dollar avait fait son impression sur moi. J'avais vu sa puissance. Je m'étais instantanément accoutumé à cette monnaie, à la simplicité enfantine de sa subdivision, à l'odeur de son papier, à sa couleur vert et blanc qui rejoignait de façon fortuite mais étrange les teintes dominantes de la vallée où j'avais été transplanté. J'avais ressenti de façon purement charnelle l'omniprésence du dollar dans notre vie quotidienne, sa nécessité fondamentale. Et comme il m'en manquait toujours un peu plus qu'à la majorité de mes camarades, j'avais développé à son égard un amour mêlé de détestation.

Aussi, et enfin, il me fallait des dollars pour payer l'essence de la Buick de Pres lorsque je parvenais à la lui emprunter afin d'aller à mes rendez-vous clandestins et nocturnes avec April. Je finis donc par juger qu'il me faudrait des dollars, beaucoup de dollars pour m'acheter une voiture d'occasion, car c'était aveuglant, lumineux : l'acquisition d'une automobile serait la solution à un grand nombre de mes problèmes. Je ne voulais pas dépendre de Pres pour aller voir April, mais je voulais encore moins dépendre de la Ford d'April. Je ne voulais plus me retrouver marchant dans la neige et la nuit à monter et descendre les collines, tremblant de froid dans mes vêtements d'ex-lycéen expatrié, parce que je sentais bien, sans toutefois en cerner les raisons,

153

que l'État d'infériorité dans lequel m'avait mis April passait aussi par là.

La Ford était sa maison. Elle m'y recevait. J'y entrais et j'en sortais. Lorsque nous nous quittions, je me retrouvais seul sur le trottoir, dans la neige, tandis qu'April repartait au volant de sa maison, modeste certes, mais mobile et chaude. La Buick n'était pas ma maison et je ne pouvais en jouir qu'occasionnellement. April pouvait déplacer sa Ford et venir ou ne pas venir dans le ravin glacé derrière les *barracks* ou dans les parkings abandonnés où je l'attendais, debout, transi, les poings dans les poches. J'étais à sa disposition. Et si j'avais voulu rendre visite à « quelqu'un d'autre », à cette belle du Sud dont elle m'avait prédit qu'elle existerait bien un jour dans ma vie, je n'aurais pu le faire, puisque je n'avais aucune autonomie de déplacement dans un pays où l'espace joue un rôle essentiel. Il me fallait des dollars pour maîtriser l'espace.

Il me fallait gagner des dollars pour être libre d'aimer qui je voulais, comme je voulais, où je voulais, quand je voulais ; pour continuer mon voyage.

Il fallait que *je m'organise*, car ça n'était pas le tout d'avoir découvert que l'on était un sensuel. Encore fallait-il que l'on dispose, dans la vie, d'une certaine organisation. La sensualité et l'organisation ! Dualité contradictoire qui m'apparut en cette nuit glacée du retour à pied par le campus désert vers la chambre de mon dortoir. Je découvrais, avec quelque âpreté, que le désir ne pouvait faire sa course s'il n'était soutenu par un effort, de la même manière que le pur-sang ne cavale nulle part s'il n'est monté par un jockey.

Le lendemain, j'avais établi un programme pour me fabriquer une trésorerie. Je le mis en application sans attendre. Avec l'aide de Rex Jennings, mon professeur favori, et de son épouse, je parvins à élargir mon cercle de clientes pour mes leçons de français et, chez lui, dans sa minuscule *barrack*, ce furent douze « épouses de faculté » qui vinrent trois fois par semaine à mes cours. Grâce aux relations de Vieux Zach, je pus travailler plusieurs nuits par semaine comme *errand-boy* dans les locaux du journal municipal. *Errand-boy*, garçon de courses, cela voulait dire que je coupais et apportais les télex des grandes agences nationales, triais les dépêches des correspondants de chaque comté et réchauffais le café des deux rédacteurs de nuit qui préparaient la copie pour les pages qui seraient composées tôt le matin, et qu'on incorporerait au reste de l'édition qui paraissait à la mi-journée. Grâce à ces deux sources régulières de revenu, aussi minimes fussent-elles, je savais que je pourrais obtenir quelques facilités de caisse à la banque locale. Ce n'était pas le bout du monde, et il me faudrait beaucoup de cours de français et beaucoup d'heures supplémentaires la nuit au journal pour acheter le manteau de drap bleu-noir de chez Neal W. Lowitz et, plus encore, pour acquérir ma propre voiture — mais j'espérais convaincre. Je gagnais de l'argent. On pourrait me faire crédit.

28

Le responsable de nuit à la *Gazette de la Vallée*
s'appelait Jack O'Herily. Il avait longtemps travaillé
comme *crime reporter* pour United Press à travers tout
le Sud et en particulier à Chattanooga, où il était resté
quelques années. Puis, répondant à une annonce du
propriétaire de la *Gazette* qui cherchait à recruter de
nouveaux cadres, il avait abandonné les commissariats
de police pour ce petit journal tranquille et prospère,
dans cette vallée sans histoires où la construction d'un
nouveau mile sur la branche ouest de l'autoroute
inter-États faisait figure d'événement cosmique. Je n'ai
jamais su pourquoi Jack O'Herily avait fait un tel
choix. Il y avait quelque chose de définitivement brisé
sur son beau visage de quadragénaire, légèrement
alcoolique, les yeux entourés de cernes profonds et
noirs. Il avait la courtoisie et la douceur d'un homme
du Sud, et semblait n'aimer parler qu'avec des gens
plus jeunes que lui. Il échangeait peu de mots avec les
deux rédacteurs de nuit, qu'il surnommait Henckle et
Jenkle, comme les deux corbeaux jacasseurs, héros
d'une série de dessins animés qui n'a pas connu de
succès. Jack O'Herily, en revanche, trouvait un plaisir
évident à me retenir pour m'expliquer ce qui clochait

ou ce qui allait bien dans la copie que je venais de lui transmettre.

— Assieds-toi là, disait-il sans lever sa tête penchée sur la feuille dactylographiée.

Il tenait un crayon rouge entre ses doigts, un de ces crayons dits de miroitier, à la mine si épaisse et grasse qu'on les entoure de papier et qui se défont comme on pèle une orange. Jack cochait chaque ligne, rayant, raturant, supprimant sans cesse.

— Trop long, là, tu vois. Ils ont encore employé un adjectif inutile. Pas d'adverbes, pas d'adjectifs, des phrases courtes, sèches. Il faut être sec, tu comprends ?

Il tendait la copie corrigée, me regardant par-dessus ses lunettes demi-lune :

— Sec ne veut pas dire plat. Sec veut dire un style vigoureux, musclé, précis, honnête.

Il souriait :

— Nom de dieu, j'ai utilisé quatre adjectifs pour t'en décrire un ! Quel crétin je fais. Allez, va refaire taper ça et reviens me voir avec du café, j'ai quelque chose à te dire.

Ce que Jack O'Herily avait à dire était vexant, mais instructif.

— Vous êtes des petits paresseux, me dit-il, vous, les gentlemen du collège. Vous êtes des endormis. Savez-vous seulement ce qui se passe à cent miles d'ici, à Charlottesville ? Vous êtes des bons à rien.

Puis, il attendit que je le relance.

— Qu'est-ce qui se passe à Charlottesville ? demandai-je.

— Il se passe, répondit-il, que l'université d'État reçoit pour une série de six conférences en résidence, un des rares génies qui existent dans ce pays, et que vous l'ignorez. En tout cas ça n'a pas l'air de bouleverser la vie de votre campus et, que je sache, vous n'êtes pas très nombreux à avoir fait le chemin pour Charlottesville. Évidemment c'est moins intéressant que les filles. Sauf que les filles, il y en a des centaines dans la région, mais des génies, dans ce pays, on n'en compte pas beaucoup.

Il prenait des poses, savourant le suspense, et ce jeu qu'il avait établi pour que, ma curiosité à vif, je me sente forcé de le relancer.

— C'est qui, le génie ?

En véritable homme du Sud, Jack O'Herily tourna encore quelque peu en rond avant de donner sa réponse.

— Si j'ai bien compris le programme, dit-il, il doit rester trois conférences avant que la visite du génie s'achève. Un jeune homme armé d'un peu de curiosité ferait bien de se dépêcher, quitte à sauter ses cours, quitte même à ne pas venir travailler un soir ici, car son patron le lui pardonnerait volontiers, et ce jeune homme pourrait ainsi se dépêcher d'aller voir et écouter le grand homme.

Un temps.

— D'autant plus que c'est l'Europe, continua-t-il, qui a dit haut et fort que cet homme est un génie. Ici, dans ce pays, les écrivains ne sont pas reconnus comme chez vous. Ils vivent isolés, perdus dans un désert. Les grands romanciers — je ne te parle pas de ceux qui vendent beaucoup de livres, je te parle de ceux qui mettent leur folie, leur passion, leur illumination dans ce qu'ils écrivent —, les grands romanciers ne sont pas toujours lus et admirés comme ils le méritent. Cela dit, ce n'est pas grave d'être lu et admiré. Ce qui compte, c'est d'avoir écrit.

Je crus comprendre que Jack O'Herily parlait de lui-même, maintenant. Son regard se perdait au-delà de moi, dans l'obscurité de la salle de rédaction.

— Tout le monde essaye, dit-il, un jour ou l'autre, de maîtriser la bête et de la faire sortir de soi sur le papier, sur la machine à écrire. On peut s'y ruiner la vie.

158

Je me taisais, le jeu des questions n'était plus tout à fait de mise.

— On peut rater dix fois, mais rien ne vous empêche de recommencer. Rien.

Il avait baissé la tête, puis il la releva pour me regarder.

— Faulkner, ça te dit quelque chose ? La bête, il l'a maîtrisée plus souvent que de coutume. William Faulkner ! dépêche-toi d'y aller, gamin. Si tu n'as pas de voiture, il y a un très bon petit train qui part tous les matins de la gare de Buena Vista.

Je n'eus pas l'outrecuidance de lui demander pourquoi il n'y allait pas, lui aussi, et bien m'en prit car avant de replonger son nez dans la copie à corriger, Jack O'Herily me confia qu'il rentrait, précisément, de Charlottesville où il avait réussi à interviewer William Faulkner et que son article paraîtrait dans la prochaine édition dominicale du journal.

29

Sur le quai de la petite gare de Buena Vista, au toit de bois et aux poutrelles de couleur ocre, il y avait Franklin Gidden. Cela ne me surprit qu'à moitié. Nous fîmes semblant, pendant quelques minutes, de ne pas nous reconnaître, car j'avais immédiatement compris qu'il faisait aussi le pèlerinage à Charlottesville et que, comme moi, il en tirait déjà quelque fierté, ce qui expliquait d'ailleurs qu'il n'ait pas pris la route, mais qu'il ait choisi le moyen, plus anonyme, du chemin de fer. Ainsi pourrait-il, dès son retour, se vanter auprès des jeunes *freshmen* qui admiraient tant sa culture, son bagout, et l'ambiguïté de son personnage. Une fois abandonnée notre courte comédie sur le quai de la gare, Franklin m'avoua qu'il aurait préféré être seul, de tout le campus, à s'être déplacé pour écouter le grand homme, mais avec moi le mal était moindre. Je ne possédais pas son ascendant sur les autres étudiants, je ne commandais pas le réseau subtil qu'il avait tissé à travers les fraternités.

Franklin Gidden avait ses hommes à lui dans chacune des quatorze fraternités du campus, brisant ainsi la convention selon quoi chaque fraternité était une « maison » en soi avec ses rites, son code, ses loyautés et ses ennemis, et surtout avec un pacte unanime de silence vis-à-vis de l'extérieur. Silence sur tout ce qui concerne la vie interne de la « maison », ses querelles, ses changements de pouvoir, ses scandales, et la façon dont on les règle. Grâce à son potentiel de séduction auprès des jeunes gens qu'il attirait, parce que la vérité profonde de sa sexualité était plus forte que celle d'associations reposant sur un jeu social temporaire, Franklin était informé du moindre ragot, de la moindre fluctuation dans l'humeur d'une maison. Il en retirait une grande jouissance, ayant mis ses quatre années sur le campus à construire cette mafia, n'aimant rien tant que la sensation d'être au courant de tout, et de pouvoir influencer jusqu'au personnel de la faculté qui n'était pas à l'abri de son habile prosélytisme.

— Nous sommes la vraie puissance, me dit-il avec orgueil dans le train, ce matin-là.

En une époque et un lieu où l'homosexualité était une tare que l'on dissimulait comme un cadavre dans un placard, Franklin Gidden avait eu l'audace d'afficher ses couleurs, ce qui le rendait admirable aux yeux de ceux qui n'osaient pas, ou ne savaient pas, ou ne pouvaient pas. Les autres, ceux qui étaient *straight*, haïssaient Franklin ou le craignaient confusément, car il fallait compter avec lui et avec les flèches qu'il pouvait lancer dans la vie étroite de notre petite communauté.

— Par le satané froid qu'il fait ce matin, cette jeune personne là-bas doit avoir les cuisses bien grelottantes.

Il avait dit cela sur le ton gourmand et parodique qu'il prenait en parlant des étudiants plus jeunes que lui et qu'il désignait invariablement par un vocable féminin : « la petite », « la jeune personne », « la chérie ». Au bout du long compartiment réservé aux Blancs et divisé en banquettes à dossiers de bois recouverts de tissu marron, était assis, en effet, un frêle jeune homme aux cheveux roux, vêtu d'un imperméable clair de tissu léger comme on en porte en une maison moins rigoureuse. Les traits de son visage étaient si fins et si efféminés qu'en l'observant avec attention, je pus faire remarquer à Frank qu'il avait commis une erreur. Le jeune homme était une jeune fille. Et ses cheveux, qui m'avaient paru bien longs s'il s'était agi d'un garçon, semblaient courts et irréguliers pour une fille, surtout pour une college girl — car c'était une college girl, à n'en pas douter. Comme si, d'un ou plusieurs coup de ciseaux, elle avait tailladé autour de la nuque, puis des oreilles, et supprimé les habituelles mèches qui paraient toujours le front de nos *dates*. Cet aspect ajouté à l'absence totale de maquillage — ni rouge à lèvres, ni rouge à joues, ni rimmel — donnait à la passagère en imperméable l'allure de quelqu'un relevant d'une sérieuse maladie. Elle lisait un gros livre dont je ne pouvais, placé où j'étais, déchiffrer le titre, et elle levait souvent les yeux de son volume pour me fixer et m'obliger à baisser les miens. Elle était belle.

Je pensais avoir déjà vu ses yeux, et ce menton, et ce nez quelque part, mais je ne parvins pas à m'en souvenir. Franklin Gidden, de son côté, avait perdu tout intérêt pour la passagère à la minute où il avait découvert qu'elle n'était pas un éphèbe. Le voyage à travers la campagne enneigée se déroula ainsi jusqu'à Charlottesville. La fille en imper clair quitta le compartiment par la porte du fond et nous la perdîmes de vue un instant pour la retrouver devant l'unique taxi à la sortie de la gare.

D'autorité, Franklin Gidden monta à bord, barrant le chemin de la fille, m'enjoignant de le suivre et donnant rapidement son ordre au chauffeur :

— Emmenez-nous à l'université d'État.

La jeune fille se retourna vers moi et parla d'une voix si faible que je dus me pencher pour entendre :

— J'y vais aussi, dit-elle. Je peux profiter du taxi ?

— Bien sûr, dis-je.

162

Franklin Gidden fit une moue contrariée, mais devant les remerciements confus de la jeune fille, il se résigna à installer son corps épais contre la porte arrière gauche du véhicule pour que nous puissions nous asseoir à trois sur la même banquette. Il s'enferma dans un silence boudeur, qu'il rompit seulement pour affirmer, plutôt qu'interroger, en s'adressant à notre passagère :

— Et, bien entendu, vous êtes venue ici pour assister à la conférence de William Faulkner.

A quoi elle répliqua dans un murmure :

— Bien entendu.

Aucune autre parole ne fut échangée pendant le trajet. Je sentais sur mon côté droit la présence de la jeune fille en imperméable clair, qui tremblait par instants, comme si elle avait eu froid, faim ou sommeil, mais je n'eus pas l'occasion de m'enquérir de sa santé. Le trajet était très court.

Il y avait une petite foule dense autour de l'amphithéâtre de la faculté des Lettres de l'université d'État, et il suffisait de suivre les étudiants et les étudiantes — ce campus-là, vingt fois plus grand que le nôtre, était mixte — pour atteindre la seule porte qui n'avait pas été condamnée et devant laquelle se tenaient deux auxiliaires qui répétaient sur le ton des guides aux grilles d'un musée :

— Les membres, étudiants ou enseignants, de l'université présentent leurs badges d'identité. Les auditeurs libres vont s'inscrire sur la liste d'attente de l'autre côté du hall.

Franklin Gidden sortit de la poche de son manteau, avec le geste aisé d'un membre de quelque club exclusif, une feuille de papier pliée en deux qu'il présenta sous le nez d'un des cerbères.

— Donnez-vous la peine d'entrer, fit celui-ci après avoir lu la feuille.

Avant de franchir le seuil, Franklin se rapprocha de moi et me dit à voix basse et décidée :

— Attends ici, je te ferai rentrer au moment opportun.

Autour de moi, on se bousculait sans hystérie, mais avec persistance. Les visages exprimaient la satisfaction et l'anxiété d'assister à ce qui était visiblement considéré ici comme l'événement de l'année. L'extrême méticulosité du filtrage, l'arrivée au pas de course de quelques hommes âgés qui faisaient partie des notables du campus, le brouhaha soutenu mais jamais vulgaire qui sourdait sous les voûtes, tout contribuait à vous faire vouloir participer à ce moment privilégié. Aucune nouvelle de Frank. J'eus un regard vers la partie du hall où piétinaient les inscrits sur la « liste d'attente » et je vis, parmi une trentaine de gens debout et impatients, la jeune fille en imperméable qui me sourit avec la même discrétion qui avait caractérisé nos brefs échanges. Il me vint à l'esprit que, comme moi peut-être dans un instant, elle aurait fait tout ce voyage pour rien, lorsqu'un type au visage rusé et aux grands yeux bleus, marchant à contre-courant des retardataires, me fit un signe de tête pour m'éloigner de la porte qui accédait à l'amphithéâtre.

— Je suis un ami de Frank, me dit-il avec des airs de conspirateur. Voici son laissez-passer, utilisez-le à la toute dernière minute afin que les surveillants ne reconnaissent pas qu'il a déjà servi.

Il me tendit la précieuse feuille et repartit. Je pris du recul, tournant le dos à l'agitation autour de la porte d'entrée, émerveillé par les relations de Frank Gidden qui avait donc ses correspondants et ses leviers de pression jusque dans une autre université, ce que la lecture du laissez-passer me fit encore mieux entrevoir. Tapé à la machine, avec en-tête du bureau du doyen de la fac de Lettres de l'université d'État, il y avait la formule : « Prière de faciliter l'entrée au porteur de cette note. C'est un *Ami* de l'université. » La signature était illisible.

On entendit une sonnerie comme pour le début d'une représentation au théâtre. La rumeur était à son comble. J'allai vers la jeune fille au milieu des éclats de voix de ceux qui protestaient parce qu'ils ne pourraient être admis. Je lui dis :

— Vous venez avec moi ? On peut toujours essayer de passer à deux.

— Oh merci beaucoup, dit-elle, merci ! Ça fait la quatrième fois que je viens et je n'ai pas encore réussi à l'entendre.

Ce fut assez facile. J'avais choisi celui des deux auxiliaires qui n'avait pas encore lu le laissez-passer de Frank, et lorsqu'il eut un regard interrogatif vers la jeune fille qui m'accompagnait, je la pris par l'avant-bras et déclarai avec mon plus fort accent français :

— C'est ma sœur. Nous sommes seulement arrivés hier par le *Queen Mary* dans votre pays pour pouvoir écouter Mr. Faulkner.

L'auxiliaire, qui était un joufflu rose et rond, fit une sorte de courbette et chantonna dans un français qu'il maniait avec une certaine satisfaction :

— Mademoiselle et monsieur, vous êtes plus que les bienvenus dans notre institution.

C'était gagné : nous étions dans l'amphithéâtre. On nous indiqua, aux derniers rangs des gradins, un espace vide sur les marches qui coupaient la salle en deux. Au passage, je vis Frank Gidden, assis comme un potentat dans les premiers rangs, encadré de quelques jeunes gens du même format que son conspirateur. Je lui fis un geste de remerciement qu'il balaya de la main, superbe, maître de son petit monde. Par bonheur, il ne vit pas que j'avais profité de son viatique pour faire entrer la jeune fille, car je savais qu'il aurait détesté cela. Mais il baignait trop dans le plaisir d'être au cœur même de l'action. J'avais lâché l'avant-bras de la jeune fille et elle avait tremblé encore une ou deux fois, comme pendant le trajet en taxi. Elle ne paraissait pourtant pas malade. À mesure que je la dévisageais mieux, tandis que nous nous installions inconfortablement sur les marches, je sentais poindre dans mon souvenir les contours encore flous d'un autre visage, celui de la jeune fille à qui elle ressemblait, que j'avais déjà rencontrée, mais quand ? Et où ? Et j'avais l'intuition que je finirais par plaquer ces deux visages l'un sur l'autre pour qu'ils aboutissent à la même image.

William Faulkner pénétra d'un pas feutré dans l'amphithéâtre, trois livres sous le bras. Un silence respectueux avait brusquement figé l'atmosphère. Contrairement aux usages, il ne resta pas debout derrière la chaise du conférencier située sur la gauche d'une courte estrade, mais il vint s'asseoir au milieu du demi-cercle au sol couvert de parquet brun, sous l'estrade, face aux étudiants qui suivaient son déplacement avec fascination. On avait disposé une chaise et une table sur laquelle se trouvaient une carafe d'eau et un verre, et il y posa ses trois livres avec délicatesse, comme s'ils étaient des vases anciens et qu'il eût craint de les briser. Il avait des gestes aussi lents et déphasés que sa démarche, ceux d'un homme que rien ne peut apparemment bousculer, non pas parce qu'il est vigoureux, mais parce qu'il est ailleurs. Il avait son rythme. Il semblait ne pas tenir compte de l'univers qui l'entourait. Ses yeux n'avaient pas une fois rencontré ceux des auditeurs, on eût dit qu'il faisait tout pour retarder le moment où il faudrait lever la tête et découvrir trois cents visages, ouvrir la bouche et prononcer des mots. Il était vêtu d'une belle veste fatiguée en tweed à chevrons gris et blancs, d'un pantalon de laine lourde

166

et grise, de brodequins sombres, et il portait une cravate en tricot sur une chemise claire à col boutonné. La cravate était d'un rouge criard et contrastait avec le reste de sa tenue.

Tout en lui respirait la distance, ou bien était-ce un reste de sommeil, ou encore était-il accablé par une sorte d'ennui, de gêne, d'interrogation sur le bien-fondé de sa présence en ces murs, devant ces inconnus ? Il ressemblait aux rares photos dont on illustrait en général le dos de la couverture de ses romans, mais autant ces portraits avaient pu renvoyer l'impression d'un personnage opaque, épais, presque massif, autant ce matin-là, William Faulkner me parut chétif, fragile, à côté de la réalité. Nous étions des êtres humains comme les autres, spectateurs déjà conquis ; il faisait partie d'un monde différent car il transportait avec lui la magie, non mesurable, de ce qu'il avait écrit et le prestige immense de sa solitude et des combats qu'il menait pour faire surgir ses obsessions.

Sans un mot, la jeune fille assise à mes côtés me tendit une petite paire de jumelles de théâtre qu'elle avait extraite de la poche de son imperméable, grâce à quoi je pus mieux observer le masque de cet homme qui avait su, comme deux ou trois autres écrivains de par le monde et dans le siècle, mettre une dimension métaphysique dans un roman d'action. Sa moustache blond jaunâtre était celle d'un vieux berger. Sous des yeux dont la prunelle noire semblait sans cesse agacée et voilée par je ne sais quelle fine couche de mica humide, il avait des poches de chair rosacées et gonflées. Les rides se promenaient sur son front, ses joues et son menton, comme des rigoles de pluie sur une terre d'argile trop longtemps asséchée. Il avait un nez fort et légèrement busqué, et il se dégageait de cette belle gueule ravagée par les nuits blanches et par l'alcool de grain une séduction qui n'était pas seulement due à ce que nous savions de lui et de son œuvre, mais à son physique même, à ce que ce physique exprimait : vous l'auriez croisé, passant anonyme dans un bar ou un train, vous l'auriez aperçu assis sur le banc d'une église qu'il aurait tout autant arrêté votre regard que dans cet amphithéâtre où sa voix, maintenant, comblait l'insupportable silence. C'était une voix douce, une voix pâle et si affaiblie que je sentis comme un mouvement unanime de trois cents corps qui se penchaient en avant pour tenter de l'entendre. On y reconnaissait l'inimitable accent du pays d'où il venait, ce Mississippi qui faisait partie du même Sud dans lequel nous vivions, et qui, pourtant, n'était pas du tout ce Sud-là. Il espaçait ses phrases, observant des poses régulières entre chacune de ses explications. Il n'était pas impossible que ce fût pour reprendre son souffle, mais sans doute choisissait-il prudemment ses termes ou bien encore, tout simplement, n'était-il pas doué pour ce genre d'exercice. Il ne s'agissait pas, à proprement parler, d'une conférence mais d'un cours de littérature comparée, une série d'analyses de textes, tous sauf les siens, bien entendu — de telle sorte que les références qu'il faisait aux trois séances précédentes de travail passèrent vite au-dessus de ma tête. De même eus-je quelque peine à suivre certaines des analogies que Faulkner établissait entre tel et tel auteur américain, dont j'avais à peine commencé l'étude, quand je ne les ignorais pas complètement. Autour de moi et surtout en dessous, puisque me trouvant au dernier rang je pouvais voir l'ensemble de l'amphithéâtre, les étudiants prenaient consciencieusement des notes, oscillant entre la position de tête penchée vers leurs blocs de papier jaune à rayures et la position du corps en avant pour capter le menu filet de voix de l'homme à la cravate rouge.

Ce qu'il fallait bien appeler la réticence avec laquelle William Faulkner nous délivrait sa leçon poussait à s'interroger, comme il avait lui-même paru le faire dès son entrée dans l'amphithéâtre, sur les raisons de sa présence dans cette université. Il ne semblait pas aimer véritablement se retrouver là, quoique son discours ne se fût jamais départi de cette politesse, cette patience suave que possèdent les hommes du Sud profond. Avait-il fini par céder à la pression insistante d'un vieil ami, doyen de la fac de Lettres de l'université, à qui il avait peut-être, un jour d'ivresse, fait une promesse imprudente ? Avait-il, plutôt, accepté de passer quatre semaines en Virginie pour gagner de l'argent, de la même façon qu'il se déplaçait sporadiquement à Hollywood pour y travailler sur des scénarios de films policiers ? On disait qu'il était toujours à la recherche de dollars, que son éditeur américain ne lâchait pas facilement les avances, et que les droits venus de l'étranger où il était probablement plus célèbre que dans son propre pays, avaient été depuis longtemps engloutis dans l'exploitation de son domaine agricole. Il n'avait offert aucune réponse à Jack O'Herily lorsque celui-ci l'avait interviewé. Jack m'avait confié qu'il n'avait pas pu extraire beaucoup de choses du grand homme, et ce qu'il lui avait dit ne pourrait pas être traduit en termes journalistiques. Comment faire passer, dans le journal d'informations régionales, les quelques sentences que Faulkner avait prononcées sur l'incohérence du vivant et sur la désintégration de l'homme blanc, et qui avaient ébloui Jack O'Herily au point qu'il me les avait citées sans avoir recours à son carnet de reporter ? Je pensais à tout cela en observant l'immobilité et le laconisme du romancier, et je me disais qu'il n'était pas grave que je ne comprenne pas réellement de quoi il parlait, ni même que je ne prenne pas de notes. C'était l'événement lui-même qui comptait, et j'aurais assurément dans l'avenir plus d'appétit pour débroussailler ses romans hantés par le temps et le remords, puisque j'avais approché leur auteur et que j'avais entendu sa voix lasse avec laquelle, vissé sur sa chaise, les jambes croisées et ses deux mains tachetées de roux posées comme mortes sur son genou, William Faulkner expliquait à des jeunes gens subjugués qu'on ne peut pas expliquer ce qui fait l'âme d'un livre.

Une heure s'était à peine écoulée quand il se leva soudain au milieu d'une phrase, murmurant qu'il était un tant soit peu étourdi, et qu'il avait besoin de se reposer et que l'on serait bien aimable de vouloir lui pardonner mais que, de toutes les manières, il leur avait donné suffisamment de matière à réflexion pour rédiger leurs essais qu'ils devraient lui remettre à la prochaine réunion. Les yeux à nouveau jetés au-delà de toute ligne du regard, il reprit les livres qu'il avait feuilletés pendant le cours, salua l'assemblée d'une imperceptible inclinaison de la tête, pivota en tournant le dos et partit, au même rythme ralenti et désincarné, dans le même silence, d'où ne devait jamais s'élever une seule remarque sur cette façon, élégante mais inattendue, d'achever la séance.

— *Beautiful*, s'exclama la jeune fille à mes côtés.

Dans le brusque vacarme qui suivit l'instant où William Faulkner avait refermé la porte de l'amphi derrière lui, la jeune fille m'arracha les jumelles des mains, articula un « goodbye » hâtif et dévala les marches vers la sortie. J'étais encore sous l'emprise de ce que je venais de vivre et la laissai partir, indifférent, encore qu'un peu dérouté par son attitude cavalière.

30

Frank Gidden me confia qu'il restait à Charlottes-ville pour la journée et que l'un de ses amis le ramène-rait en voiture. Je partis seul pour la gare.

Dans le train du retour, la jeune fille en imperméable était assise sur la même banquette au fond du compar-timent, et je vins m'installer face à elle. C'était la première fois que je pouvais la dévisager en toute quiétude, et non plus de profil comme auparavant. Elle n'avait pas un regard aussi doux que son allure géné-rale avait pu le laisser croire. Je voyais une lueur d'autorité qui se dissimulait mal dans ses yeux vifs et il y avait dans les mouvements de son menton, le dessin de la détermination, la marque de ceux qui n'aiment pas perdre. Pourtant, la jeune fille en imperméable restait frêle et agitée de courts frémissements.

— Ça ne vous ennuie pas si je m'assieds par ici ? demandai-je.

— Je vous en prie, fit-elle avec réserve.

Elle referma l'ouvrage qu'elle était en train de lire. Je crus saisir un nom inconnu d'allure germanique. Elle glissa le livre dans son dos et contempla la pointe de ses pieds comme pour me dissuader d'entamer un dialo-gue. Je n'allais pas être découragé pour si peu.

— Vous allez jusqu'où ? dis-je.

— Je m'arrête une station après vous, répondit-elle. Vous appartenez sans doute à la fabrique des gentlemen ?

— On peut appeler ça comme ça, oui, dis-je. Et si vous descendez plus loin, c'est alors que vous, vous étudiez à Sweet Briar.

Elle réprima un rire.

— Quelle extraordinaire force de déduction, fit-elle.

A peine avait-elle lancé son petit trait ironique qu'elle se mordit les lèvres.

— Je vous demande pardon, dit-elle, ça m'a échappé.

Elle redressa le buste, enfonçant ses mains dans les poches de l'imper, le visage lavé de toute perfidie, ses cheveux court coupés à la garçonne lui faisant comme un casque de chevalier en partance pour une croisade.

— Ça m'a échappé, répéta-t-elle. J'étais comme ça autrefois. Mais j'essaye de refréner l'aspect obscur de ma nature. J'ai dit adieu à l'arrogance.

Elle avait parlé vite sur le ton d'un enfant à confesse et d'un seul coup, je la reconnus. Je parvenais enfin à reconstituer la première vision que j'avais eue d'elle, de face, lorsqu'elle portait les cheveux longs et ondulés et qu'elle m'avait terrorisé et ébloui sur le campus de son collège. Mais oui, c'était elle ! Le souvenir du bout de sa langue rose entre ses dents nacrées avait habité mes premières nuits en Virginie, j'avais rêvé d'elle pendant quelques jours : « La fille belle et dangereuse du collège de Douce Bruyère et peut-être tu as ta chance avec elle et peut-être pas » — la conquérante, la souveraine, celle que j'avais vue faire blêmir et plier d'humiliation mon copain Pres Cate, le héros de notre équipe de football. Elle avait un parfum de pêche et de pomme à l'époque, et c'était en automne, et elle avait symbolisé pour moi, avec son sourire clair et sa dégaine altière, les périls et les séductions de la jeune fille américaine. Et puis je l'avais oubliée. A présent, on était en hiver, dans

172

un train quasi vide qui traversait une plaine glacée et blanche et je n'étais plus tout à fait le même, et elle non plus. Que lui était-il arrivé ?

— Je sais qui vous êtes, dis-je.

— Ça m'étonnerait, répondit-elle. Je ne le sais même pas moi-même.

— Oh si, dis-je, je connais votre nom. Enfin, votre prénom. Vous vous appelez Elizabeth et je vous ai rencontrée il y a quelques mois sur votre campus.

Elle eut une mimique qui plissa imperceptiblement sa peau dépourvue de maquillage.

J'ajoutai :

— Vous agissiez à l'époque comme si vous étiez la reine du campus.

Elle s'anima :

— Il vous a fallu tout ce temps-là pour me reconnaître, depuis ce matin dans le train ?

— Oui, dis-je.

Elle insista :

— Et même à l'amphithéâtre, vous ne m'aviez pas reconnue ?

— Non. Ça a l'air de vous faire plaisir, dis-je.

— Ah oui alors, dit-elle. Parce que ça veut dire que j'ai réellement changé.

— Ça, on peut dire que vous avez changé, vous n'êtes plus la même. Pres Cate lui-même s'y serait trompé.

Elle fronça les sourcils.

— Pres Cate ? Ah oui, dit-elle, bien sûr... Tout cela appartient à autrefois.

— Et moi, dis-je, vous vous souveniez de moi ?

— A vrai dire non, dit-elle.

Je déclinai mon nom et lui demandai le sien, puisque je ne connaissais que son prénom. Elle lâcha :

— Vous ne croyez pas que toute cette conversation est parfaitement creuse ?

— Certainement, répondis-je, un peu vexé.

173

Je détournai la tête pour regarder les sapins et les cèdres couverts de givre qui défilaient à travers la vitre du compartiment. Elle se pencha vers moi.

— Je vous demande une nouvelle fois pardon, fit-elle.

— C'est trop facile, dis-je.

— Quoi ?

— Oui, dis-je, c'est trop facile. Vous prétendez que vous avez « dit adieu à l'arrogance », alors je vous crois et j'essaie de ne pas jouer la comédie du jeune homme qui rencontre une jeune fille dans le train, et j'essaie d'avoir un rapport normal et honnête avec vous, et vous me balancez des vacheries toutes les trois secondes et après vous demandez qu'on vous pardonne ! Non, c'est trop facile.

Elle parut réfléchir, puis acquiesça.

— Vous avez raison, dit-elle. Si c'est l'effet que je vous fais, ça veut dire que je n'ai pas vraiment réussi à guérir, et cela me contrarie beaucoup.

— Guérir de quoi, dis-je ? Vous étiez malade ?

— Je... Je n'ai pas envie de m'analyser devant vous, dit-elle. Après tout, je ne vous connais pas.

— Qu'est-ce que ça peut faire, dis-je. On peut apprendre, non ?

— Je n'ai plus envie de flirter avec les garçons, dit-elle. C'est fini, ces choses-là.

— Qui parle de flirter ? dis-je.

Elle me regarda longuement, puis eut un vrai sourire, dans lequel, en faisant un effort, on pouvait retrouver ce qui avait été sa féminité avantageuse mais qu'un nouvel élément transformait en une sorte de sérénité crispée, mais de la sérénité tout de même.

— Il ne faut pas m'en vouloir, dit-elle, j'ai perdu l'habitude de parler avec les garçons. J'ai tellement voulu dire adieu à mon horrible — ho-rrible ! — arrogance, que je me méfie de tout contact verbal.

L'humilité que je recherche passe forcément par le silence, conclut-elle d'un ton un peu sentencieux.

Je me demandais si elle avait découvert toutes ces formules dans le mystérieux livre allemand qu'elle serrait contre son corps aminci, lorsque, à ma grande inquiétude, je sentis que le train commençait à sensiblement ralentir. Je n'avais aucune envie d'abandonner Elizabeth. Le temps avait filé trop vite. Mes mots se précipitèrent. Je voulais en savoir plus sur elle, et sur le bouleversement de son apparence. Comment cette créature impeccable, dominatrice et lumineuse, avait-elle pu se métamorphoser en quelques mois en ce personnage insolite, parcouru de frissons, et qui cherchait à se punir ou se détruire ?

Je voulus la piquer au vif.

— Vous m'avez quand même curieusement laissé tomber à la fin de la conférence de Faulkner. Pour quelqu'un qui prêche l'humilité...

Elle prit son temps pour répondre.

— J'étais sûre que vous alliez me faire ce reproche, sûre ! Mais je ne peux pas vous dire pourquoi j'ai agi ainsi, parce que si je vous le dis, vous allez penser que j'ai l'esprit complètement tordu.

— Mais pas du tout, dis-je. Pas du tout. Répondez-moi, s'il vous plaît.

— Non, non, dit-elle, je veux rester aussi lisse que le galet dans la rivière.

Elle eut un regard vague, au-delà de la banquette. J'avais l'impression de perdre son attention.

— Dites-moi ce que vous avez pensé de la conférence de Faulkner, dis-je, pour tenter de renouer l'échange.

— Vous me décevez, dit-elle. Des moments pareils, on n'en parle pas sur-le-champ, on les enregistre et on les laisse grandir en soi, lentement, comme des plantes.

— C'est vrai, dis-je, bonne leçon !

A ma grande surprise, les larmes lui montèrent alors

brusquement aux yeux. Son corps se reprit à trembler.
Elle bredouilla :

— Mais je n'ai pas voulu vous donner de leçon !

Le train ralentissait de plus en plus. Et ma crainte de voir se briser le fil fragile, que j'avais pu tendre entre elle et moi, augmentait à mesure que nous nous rapprochions de la gare de Buena Vista.

— Ce n'est pas grave, dis-je, je prends ça très bien. Je trouve même que c'est très beau ce que vous venez de dire.

La voix brouillée par les sanglots qu'elle essayait de contenir, elle protesta à nouveau :

— C'est affreux si vous avez pu croire que je voulais vous donner une leçon, affreux ! Je ne donne plus de leçon à personne, croyez-moi, à per-sonne !

— Elizabeth, dis-je, vous ne m'avez pas compris.

Elle parut se calmer et les tremblements diminuèrent. Le train entrait en gare. J'avais séché trois cours afin d'aller assister à la conférence de Faulkner et j'étais attendu aux *barracks* par mes douze élèves de français. Il était impossible de continuer le trajet avec la jeune fille jusqu'à la prochaine station. Et pourtant, je ne pouvais me détacher d'elle et de l'énigme qu'elle posait.

— Est-ce que je peux vous revoir ? dis-je.

Elle n'avait pas semblé entendre. Elle répétait, avec résignation, cette fois :

— Vous voyez bien que les rapports entre les deux sexes c'est toujours un affrontement, c'est toujours à qui gagnera le combat du plus arrogant. Oh, comme je hais l'arrogance !

— Est-ce que je peux vous revoir, répétai-je. Est-ce que vous pouvez m'accorder une *date* ?

Le train était à l'arrêt, et je dus me lever.

— Je ne connais plus le sens de ce mot, dit-elle à voix plate.

176

— Oh, je vous en prie, Elizabeth, dis-je, cessez de jouer !

— Mais je ne joue pas, dit-elle.

— Moi non plus, dis-je. Mais ça m'intéresse sincèrement de vous revoir. Écoutez, faites-moi confiance, je ne suis pas comme les autres college boys. On n'appellera pas ça une *date*, on ne sort pas, je ne vous fais pas la cour, on parlera tout simplement, on ne va même pas boire un verre dans une fraternité. O.K. ?

Elle me sourit sans malice :

— Vous allez rater l'arrêt, dit-elle. Il faut descendre.

J'eus une réaction d'amertume et me dégageai de la banquette en la bousculant sans m'excuser.

— Alors salut, dis-je, et ne me remerciez surtout pas de vous avoir permis d'écouter William Faulkner. Si j'avais su que j'avais affaire à une petite snobinarde prétentieuse comme ça, je n'aurais pris aucun risque.

Je partis en courant sur cette mauvaise réplique, pour sauter sur le quai de la gare alors que le train s'ébranlait et qu'un employé noir claquait les portières les unes après les autres avec dextérité. A travers la vitre du compartiment qui s'éloignait, je voulus faire un signe de la main à Elizabeth ; elle était assise de l'autre côté et je ne pus l'apercevoir, mais cela ne me contraria pas trop. Je savais où l'on pouvait la retrouver, et j'étais fermement décidé à le faire.

31

Le surlendemain, je reçus une lettre de la jeune fille. L'écriture était gauche et serrée, ramassée sur elle-même, les phrases et les mots se bousculaient au milieu de la page, comme des gribouillis d'écolier. Ce qui frappait l'œil, c'était la présence, à chaque ligne ou presque, d'un adverbe qu'elle avait souligné.

« La raison pour laquelle je vous ai, comme vous disiez, laissé tomber à la fin de la conférence, c'est que je redoutais *affreusement* de vous devoir quoi que ce soit et d'être, par conséquent, obligée de vous faire bonne figure, de marcher *candidement* avec vous jusqu'à la gare, de bavarder *mièvrement*, d'établir un vague rapport artificiel qui aurait *naturellement* abouti à ce que vous me demandiez une *date* et que je ne puisse vous la refuser, puisque vous aviez été si *doucereusement* bienveillant à mon égard.

« Je vous concède que c'était *salement* égoïste et mesquin de ma part. Médiocre, même. Mais je n'ai pas tout à fait réussi à écraser en moi les réflexes de manipulation et de calcul auxquels j'ai *absolument* déclaré une guerre absolue. Tout cela n'a servi à rien en fin de compte, puisque je vous ai quand même revu et que vous m'avez *évidemment* demandé un rendez-vous. Mais comme vous êtes parti à votre tour sur une remarque que j'ai trouvée *franchement* mesquine et même médiocre, il me semble que nos deux médiocrités se sont annulées *simultanément*.

« Toutes choses considérées, je veux bien que l'on se revoie, mais *définitivement* dans l'esprit que vous aviez suggéré. Ce ne devra pas être une *date*.

« Sincèrement vôtre,

« Elizabeth Baldridge. »

Il y avait un P. S. à la lettre, qui était écrite sur du papier gris lavande :

« Vous êtes *probablement* différent des autres, puisque vous ne m'avez pas une seule fois appelée Liz, un diminutif que j'abhorre *immodérément*. »

Cette missive me ravit l'âme et je fis quinze brouillons avant d'aboutir à la réponse suivante :

« Je ne crois pas que vous avez l'esprit complètement tordu, mais la seule façon de vérifier, c'est effectivement de prendre le thé en votre compagnie, ce que je ne manquerai pas de faire en venant vous chercher dimanche après-midi, à 16 h 15, une heure dont vous conviendrez qu'elle ne correspond pas du tout au rituel de la *date*. »

Et j'avais, moi aussi, ajouté un P. S. dont j'étais particulièrement satisfait :

« Même dans les rivières les plus limpides, tous les galets ont deux faces. »

Je gloussais en relisant cette métaphore et courus poster ma lettre dans un état d'exaltation, les pieds touchant à peine le sol. J'avais rendez-vous une heure plus tard avec April, dans le ravin sous les *barracks.*

Je pensai : April a eu raison bien à l'avance et je ne lui suis déjà plus loyal. Alors, je me sentis mû par cette naïveté qui habite les cœurs encore jeunes, et je fus convaincu que ma vie sentimentale ne pouvait abriter deux intrigues à la fois. J'étais poussé, en outre, par je ne sais quelle intime impossibilité de mentir à April. Nous ne possédions rien ensemble. Rien d'autre que la banquette arrière d'une voiture. Rien — aucune activité sociale, aucun contact avec d'autres êtres humains ; aucune expérience de vie à deux : un spectacle, un repas, un problème d'argent, les humeurs du ciel ou de la ville ; nous n'avions jamais passé du temps dans une chambre réelle, assis derrière une vraie table, ou bien couchés dans un vrai lit. Nous ne nous étions jamais éprouvés face au monde extérieur. Nous n'avions pas évolué ou discouru sous le regard de nos contemporains. Il n'était entré dans notre relation que la seule vérité, crue et nue, de notre sexualité. Nous n'avions pas eu à donner le change, pas plus à nous-mêmes qu'aux autres, et les subtils aménagements ou glissements successifs vers le mensonge et l'omission qui s'opèrent entre couples adultes ou pas, baignant au sein d'un système social, familial ou professionnel, n'avaient pas pu amorcer le chemin qui mène, dans bien des cas, vers l'hypocrisie, le compromis et le malentendu librement consenti. Nous n'étions pas des animaux sociaux. Le mensonge, dès lors, ne servait à rien et nous n'y avions pas eu recours. Aussi, je me sentais tenu de tout lui dire, dès que je pénétrerais dans la Ford, sans même l'embrasser ou la toucher, mais je n'avais pas assez compté sur l'appétit que nous avions l'un de l'autre, et je lui fis d'abord l'amour, et le mal après, comme savent faire les grandes personnes.

Elle ne réagit pas. Elle eut un bref pincement aux

commissures de ses lèvres habituellement si promptes au sarcasme et elle baissa la tête. Puis, elle la releva.

— C'est très honnête de ta part de me dire cela, chuchota-t-elle. De toute façon, ce genre de choses ne peut pas durer, ou alors ça se termine dans le drame ou la honte.

— Tu as déjà employé le mot honte, dis-je, la première fois que nous l'avons fait, dans la Buick.

— Eh bien tu vois, dit-elle, j'avais eu tort sur ce point, car nous aurons au moins évité cela.

Un flot d'affection me submergea et me jeta vers elle et je voulus la prendre dans mes bras. La tristesse de sa voix, la fragilité qui semblait avoir gagné chacun de ses membres, me la rendaient plus chère au moment où je lui annonçais que nous nous quittions, ce qui réveillait en moi une insigne et caractéristique faiblesse : je me sentais coupable. On blesse d'abord, puis on dit que l'on n'a pas voulu blesser, puis, devant l'étendue du désastre, et par une curieuse déviation de son égoïsme, on propose alors de tout effacer et de faire comme si le coup n'avait jamais été porté. On continuera comme avant.

April était trop aguerrie pour se laisser entraîner en ce cercle. Eût-elle voulu me retenir qu'elle y serait sans doute parvenue. Mais elle coupa court à toute reculade et me repoussa avec fermeté, en répétant, la voix bientôt durcie :

— Si tu ne l'avais pas fait, si tu n'avais pas amorcé la rupture, c'est moi qui un jour t'aurais dit : « On arrête, ça ne peut plus durer, on ne peut pas passer son temps à baiser dans une voiture, l'hiver, au fond d'un ravin merdique. »

Et elle ajouta tout aussi durement :

— Encore heureux que tu ne m'aies pas fait un enfant. Tu n'as jamais pris beaucoup de précautions !

Elle eut un rire cassé :

— Tu ne dis rien ? demanda-t-elle.

181

J'étais muet, en effet. Pas très fier de moi et gagné, cependant, par un soulagement lâche et que je ne comprenais pas.

— Tu es peut-être en train, dit-elle, de m'imaginer enceinte de toi ? Qu'est-ce que tu aurais fait, mon pauvre étudiant étranger ? Comment aurais-tu fait face à cette crise ? Et qu'est-ce que j'aurais fait, moi ? Te l'es-tu seulement demandé ?

— Tu ne l'es pas, au moins ? murmurai-je en haïssant ma propre petitesse.

Elle rit à nouveau :

— Non non, rassure-toi, il n'y a aucun danger que je le sois jamais !

April avait parfois avancé des mots, des allusions, utilisant un double langage, qui m'avait laissé soupçonner qu'elle avait déjà connu, dans un passé récent, une aventure comme la nôtre. Elle avait si facilement organisé les lieux de nos rendez-vous. Elle avait, par deux fois au moins, fait référence aux conséquences, dangereuses d'une éventuelle découverte de cette liaison bi-raciale. Elle avait, enfin, une telle connaissance de mon campus que je ne pouvais attribuer toute cette science à sa seule maturité, à ses quelques années supplémentaires aux miennes. April, l'étudiante noire, avait-elle déjà été aimée par un gentleman blanc dans les parkings désaffectés de la petite ville ? Qu'en était-il réellement ? Maintenant que nous étions sur le point d'achever ce quelque chose d'indéfinissable qui avait été notre chose, je lui posai la question tout à trac.

— Non, répondit-elle, rien de tout cela ne m'est jamais arrivé. Pas plus qu'à toi. Ça sort trop de l'ordinaire. Mais je vais te dire le vrai du vrai : j'ai toujours désiré que cela m'arrive, j'y ai souvent pensé, et le jour où j'ai vu que ce désir pouvait être une réalité, je n'ai pas hésité un instant. Tu as été très audacieux, toi aussi, mais je t'attendais sans que tu le saches.

Elle fit glisser son index fin à l'ongle nacré le long de

ma joue. Cela fit un léger crissement dans le silence caverneux de la Ford.

— Mon petit amour de l'hiver, *my little winter love*, tu étais si facilement prenable. J'aurais pu faire de toi ce que je voulais.

Puis, elle rit, et reposa les mains sur le volant.

— Enfin... Dans les limites du possible, bien sûr.

Je me taisais, concentrant mon regard sur les mains brunes dont la paume à la teinte plus claire s'ouvrait lorsque nous nous aimions. Elle fermait les poings peu à peu, puis au moment où nous accédions à notre plaisir, ses deux mains se desserraient et s'épanouissaient comme les ailes d'un oiseau. Il me vint, comme à elle sans doute, un poignant sentiment de regret. Pourquoi m'étais-je ainsi forcé à lui déclarer que j'étais attiré par quelqu'un d'autre ; quel besoin avais-je éprouvé de démolir ce qui se passait entre nous, et n'appartenait qu'à nous ? Rien ne m'indiquait que mon unique rencontre avec Elizabeth puisse jamais aboutir à ce qu'April et moi avions connu dès notre première étreinte. Tout annonçait, plutôt, un rapport difficile avec une jeune fille apparemment fort névrosée et qui n'avait, jusqu'à preuve du contraire, manifesté qu'un intérêt restreint à mon égard. La curiosité que j'avais d'Elizabeth, pas plus que mon louable scrupule de toujours dire la vérité à ma maîtresse secrète ne suffisaient à expliquer la rupture avec April. Il était intervenu d'autres éléments qui avaient, de façon obscure et instinctive, décidé pour moi de ce que nous étions en train d'accomplir.

Il était encore trop tôt pour prévoir le « manque » d'April qui viendrait probablement un jour m'assaillir — le « manque » au sens où l'entendent ceux que la drogue a soumis, et qui la quittent, et dont le corps crie famine parce que ça leur a fait trop mal d'arracher le singe qui s'accrochait à leur dos. Et peut-être, d'ailleurs, ne connaîtrais-je pas ce « manque ». Mes pensées n'allaient pas dans cette direction. Mais il était trop tard pour tenter de préserver l'impossible relation qui avait occupé les heures cachées de nos vies. April l'avait dit de manière si juste, et tout se résumait en cette formule courte et banale dont les hommes et les femmes usent pour justifier toute chose quand elle s'achève et que ça leur échappe parce que cela s'achève : ça ne pouvait plus durer.

— Partons, dit-elle. Je te dépose de l'autre côté des *barracks*, à la lisière du terrain vague.

C'était la nuit. Les phares de la Ford trouaient les ombres du ravin, puis balisaient le chemin qui passait sous les *barracks*, et menait au terrain vague, que je traverserais à pied dans la neige glacée pour raccourcir mon itinéraire vers le campus endormi.

— Ne m'embrasse pas, dit-elle. Et ne parlons plus. Faisons en sorte que nous gardions le souvenir de ce qui a été beau et que rien ni personne ne pourra gâcher. Au revoir.

Elle m'embrassa rapidement sur le haut du front.

— Au revoir, dis-je, la voix faible.

J'eus du mal à sortir de la voiture. Je me sentais vide et sans attaches avec la réalité de la nuit, le froid, les crevasses dans le sol. Je vis les feux arrière de la Ford s'éloigner de moi, puis il y eut comme un arrêt, sans doute April avait-elle freiné. Réfléchissait-elle, cherchait-elle dans le rétroviseur ma silhouette qu'à cette distance, et dans cette obscurité, elle ne pouvait déjà plus distinguer ? J'ai couru, alors, de toutes mes forces, vers la voiture, j'ai couru vers April. Mais les feux se sont remis en mouvement et la Ford a disparu dans un virage.

32

Vieux Zach entra ce matin-là dans Reid Hall où nous l'attendions pour « Propagande et guerre psychologique-Journalisme II », avec, sur son visage de vieil espion, un air plus futé encore que d'habitude.

— Gentlemen, nous dit-il en aménageant son squelette revêtu de gris dans le rocking-chair en acajou blond de Louisiane qu'il faisait transporter dans chaque salle où il donnait ses cours afin de préserver une colonne vertébrale défectueuse, gentlemen, nous devons aujourd'hui commenter un événement qui revêt quelque importance.

Il s'interrompit et parcourut les rangées du regard, ménageant son effet, ses yeux indéchiffrables derrière les épais carreaux de ses célèbres lunettes. Il exigeait de nous qu'avant chacun de ses cours, quelle qu'en fût la matière traitée, nous ayons fait notre revue de presse et écouté le bulletin radio de sept heures du matin sur la station locale WREL qui, prenant le relais d'un grand réseau national, nous permettait de savoir où en était le monde et pas seulement l'État de Virginie. Vieux Zach commençait immanquablement son cours par une série de questions pour mettre à l'épreuve notre esprit de synthèse, et juger la manière dont nous séparions ce qui était significatif de ce qui était superficiel. Il appelait cela « le tamis du matin ».

— J'imagine, continua-t-il, que vous êtes tous pour une fois d'accord sur ce qui constitue, à mes yeux, l'information la plus vitale de cette journée qui démarre.

Des mains se levèrent, mais Vieux Zach refusa de donner la parole à tel ou tel autre de ses étudiants.

— La maison que j'habite, nous dit-il en commençant un lent mouvement de bascule sur son fauteuil chéri, est une maison très vaste comme certains d'entre vous le savent peut-être, et j'ai eu la chance d'acquérir quelques hectares de broussailles et de forêt que, volontairement je refuse d'entretenir.

Nous l'écoutions, captivés comme toujours par le simple son de sa voix, la rythmique de ses phrases, mais incapables de comprendre où il voulait en venir.

— J'observe régulièrement tout au long de l'année, au moins trois variétés de faune dans cet espace naturel. Il y a d'abord les insectes : les cousins, les abeilles ou les bourdons, les moustiques, des mouches de lumière ou des mouches banales. Viennent ensuite les oiseaux.

Il s'arrêta et fit entendre devant nos visages ahuris comme un trémolo de jubilation.

— La population habituelle, reprit-il, comprend des corbeaux, le junco à coloris rayés, le pinson pourpre, le roitelet de Caroline, le moineau à gorge blanche, le gros bec bleu dit bec du soir, le chardonneret de l'Est, la poule à cape noire, le rouge-gorge, le cardinal, le colapte doré, le geai bleu et la mésange huppée. Des oies sauvages passent parfois au-dessus de nos têtes, et les canards et les hérons viennent aussi se reposer sur le lac Leverty de l'autre côté de mes terres, et il arrive qu'avec Mrs. Zach, nous épouvantions quelques grouses au plumage de miel qui se réfugient dans les fourrés et qui s'enfuient à notre approche en faisant futt — futt — futt — futt.

Ses longs bras se levèrent au-dessus de lui pour mimer le vol effarouché du gibier. Nous saisissions de moins en moins dans quelle direction Vieux Zach comptait nous embarquer, mais nous le suivions sans un bruit, enchantés par son don de conteur et par la musique de son pur accent du Sud, qui embellissait les noms et les couleurs évoqués.

— Tout ceci, dit-il, n'a rien à voir, bien sûr, avec la querelle qui se développe ce matin entre démocrates et républicains à propos des îles de Quemoy et de Matsu — au large de Formose. Rien à voir, non plus, avec les nouvelles révélations sur le manteau de vigogne offert à l'assistant spécial du président de la Maison-Blanche, Mr. Sherman Adams, que j'ai eu le privilège de souvent rencontrer, mais à qui ce petit cadeau maladroitement accepté va sans doute, à long terme, coûter son job et son pouvoir, lequel, vous le savez, était démesuré.

Il toussota, sortit l'une de ses pipes de la poche de sa veste et entreprit de la bourrer d'un mélange qu'il triturait de ses doigts dans le fond d'une blague à tabac en peau de porc tannée.

— La troisième variété de faune, dit-il après cette longue pause, ce sont ce que je pourrais appeler les bêtes, et je dois dire, là, que j'ai été occasionnellement déçu par l'étendue de ma réserve. Certes il y a des écureuils, des lièvres, des ragondins, des putois, des sangliers nains, des souris, des taupes, des grenouilles, des crapauds, des ratons laveurs, des écrevisses et quelques spécimens de reptiles. La plupart sont noirs et habituellement invisibles. Nous n'avons pas de serpent à sonnette par chez nous et le seul de l'espèce dite « tête de cuivre », que nous ayons pu identifier, a été tué par mes soins sur-le-champ.

Certains d'entre nous commençaient à remuer sur leurs chaises, non pour manifester quelque ennui, mais

187

plutôt parce qu'une telle digression, qui avait déjà entamé une partie de notre heure de cours, nous intriguait et nous forçait à plus de concentration qu'à l'ordinaire. Nous attendions la chute, si chute il devait y avoir. Et Vieux Zach, qui avait à présent allumé sa pipe, en avait tiré trois bouffées et s'était ainsi auréolé d'un nuage suffisant de fumée bleuâtre pour qu'il apparaisse plus distant et plus mythique que jamais, ne laissait pas encore deviner quand et comment il achèverait sa talentueuse description des créatures qui habitaient la vallée où nous vivions notre jeunesse.

— On voit aussi des cerfs, dit-il, qui viennent brouter la fougère. Mais c'est à peu près tout pour les bêtes. Cependant, il existe quelque part, près d'un étang, une tribu de renards gris dont je ne suis pas certain qu'elle n'ait pas élu domicile chez nous par un étrange phénomène de mimétisme. On comprendra ce que je veux dire.

Il y eut des rires. Vieux Zach, entre autres appellations, recevait souvent celle de *Old grey fox* et c'est vrai qu'il y avait chez lui, avec son long nez finaud, sa démarche ondulante et son obsessionnelle recherche de la couleur grise dans tous ses vêtements, quelque chose de l'animal sur lequel il semblait, désormais, vouloir étayer sa démonstration.

— Au fil des années, dit-il, les renards et nous-mêmes avons établi un rapport prudent mais fort courtois, et j'ai noté, entre autres particularités, que les renards ne traversaient jamais la partie de la pelouse qui est la plus proche de la véranda, et que j'appellerai la partie civilisée. Que ce soit le père ou la mère ou je ne sais quel renardeau d'une portée récente, ils contournent toujours notre demeure lorsqu'ils veulent se déplacer d'est en ouest. Ils respectent notre territoire. A une exception près, néanmoins. J'ai vérifié, année après année, cette insolite dérogation à leur règle immuable, et les dates, je dirais presque les heures, concordent parfaitement. Il arrive un jour où, émergeant des boqueteaux situés à l'est de nos terres, le renard avance tout droit sur le gazon, s'arrête à vingt pieds de nos baies vitrées et nous fixe pendant quelque temps pour ensuite continuer de son allure princière vers la broussaille et les bois du côté ouest.

Vieux Zach reprit son souffle et, en acteur consommé qu'il était, il maintint le silence quelques secondes de plus que nécessaire.

— En accomplissant ce geste inhabituel mais fatidiquement annuel, mon voisin le renard gris vient me dire quelque chose. Il m'envoie un message. Ce message n'a pas été transmis par la radio ce matin. Les journaux ne l'ont pas rapporté. Et vous n'avez donc pas pu le prendre en compte dans votre revue de presse.

Il accéléra le débit, son visage illuminé par une intense joie de vivre.

— Mais si vous ne croyez pas avec moi que c'est effectivement la nouvelle la plus formidable de la matinée, alors vous n'êtes pas dignes de figurer parmi mes étudiants. Car vous ne connaissez pas encore le prix réel des choses.

Il se leva, comme pour quitter la salle. L'heure, pourtant, était loin de s'achever.

— Gentlemen, dit-il avec solennité, venu de l'est et allant vers l'ouest, le renard gris a traversé mon gazon ce matin et nous nous sommes regardés par la baie de la véranda. Cela signifie qu'un événement irrésistible est en train de se produire, plus lourd de conséquences que la crise en Extrême-Orient ou les scandales à la Maison-Blanche et cela se résume comme tous les beaux titres en quelques mots : *Spring is here*. Le printemps est là. Le printemps est arrivé.

Là-dessus, il ramassa ses affaires, bondit de son rocking-chair et nous salua d'un geste de main extravagant et enthousiaste et qui semblait nous encourager à sortir de Reid Hall à sa suite pour aller humer cette odeur inédite qui envahissait le campus depuis déjà quelques heures, mais dont nous n'avions pas su déceler l'origine.

TROISIÈME PARTIE

Le printemps

33

Le directeur adjoint de la banque du Rock Bridge County était un homme chauve aux jambes et au torse interminables, et dont la voix fluette ne cadrait pas avec son allure d'ancien pivot d'un « cinq » de basket-ball. Son visage était la neutralité même. Rien ne bougeait sur sa peau rose comme une escalope de veau.

— Je comprends bien, fit-il après avoir entendu mon exposé, le plan de remboursement que vous m'assurez pouvoir respecter. Mais je ne saisis pas l'objectif de votre demande.

Il avait parcouru le relevé de mon compte, enregistrant d'un couinement approbateur l'arrivée systématique depuis plusieurs semaines, dans la colonne des recettes, des sommes gagnées grâce à mes cours de français et mes heures de travail de nuit dans les locaux de la *Gazette* régionale. La colonne du débit était maigre. J'avais coupé de façon radicale sur toutes dépenses inutiles. Je n'étais pas riche, mais la situation était saine.

— A ce rythme-là, avait commenté le directeur adjoint, vous allez effectivement disposer d'une petite somme, suffisante pour justifier un prêt. Et, en toute logique, nous devrions vous l'accorder.

Il avait continué, de la même voix haut perchée.

— Nous faisons souvent crédit aux étudiants pour leur permettre d'arrondir leurs fins de mois, en attendant l'approvisionnement de leurs comptes, par leurs familles. Ça s'arrête là. Vous êtes un cas différent, puisque vous venez de l'étranger et que personne ne vous a approvisionné — en tout cas pas régulièrement. Il est vrai que vous gagnez des dollars, vous êtes solvable.

Il s'anima pour formuler sa question :

— Mais pourquoi ? Que voulez-vous faire de cette somme ? Une banque, cher monsieur, a besoin de savoir où elle va.

— C'est simple, dis-je. Je veux acheter une voiture d'occasion.

— Ah, fit-il.

Et il répéta, satisfait d'avoir obtenu ma réponse :

— Ah.

Dans ses deux gros yeux ronds qu'il roulait vers les miens, brillait enfin une lueur. C'est qu'il avait trouvé quelle serait la prochaine question :

— Et avec cette voiture, dit-il, que comptez-vous faire ?

Mon ami Bob Kendall, l'étudiant qui m'avait invité quelques mois auparavant à passer Noël chez sa mère à Dallas, m'avait dit, lorsque je lui avais fait part de mes intentions :

— Apprends une chose : quand tu vas voir le banquier, tu n'es pas obligé de lui dire la vérité. Mais il faut toujours lui laisser croire qu'il est beaucoup plus intelligent que toi.

Et Bob avait expliqué :

— On le connaît tous à l'université, c'est un gros tas de viande qui s'ennuie, il adore bavarder avec les étudiants.

Je répondis donc au directeur adjoint :

— Avec la voiture, je pourrai me déplacer plus

rapidement d'un de mes jobs à un autre et j'économise-
rai du temps et de la fatigue.

— Oui ? dit-il, pour m'encourager à continuer.

— Et je pourrai même, dis-je, peut-être, à ce
moment-là, me trouver un troisième emploi.

— Pour quoi faire ? demanda-t-il sans attendre.

— Euh... pour gagner plus d'argent et vous rembourser plus vite, dis-je à court d'arguments.

— Ah, fit à nouveau le directeur adjoint.

Et il m'examina encore, tout en digérant ce que je
venais de lui dire.

— Voyons les choses dans l'ordre, fit-il avec cette
voix de serin à laquelle je ne pouvais m'habituer.
Voyons : vous gagnez de l'argent pour avoir assez de
crédit pour acheter une voiture, laquelle voiture vous
permettra de gagner plus d'argent, ce qui vous permettra de rembourser plus vite votre crédit. C'est cela ?

J'approuvai de la tête, incapable de déterminer si
Bob Kendall s'était trompé et si le « gros tas de
viande » n'était pas un redoutable coupeur de cheveux
en quatre ou si, au contraire, je me trouvais en face de
l'homme le plus obtus qu'il m'ait été donné de rencontrer depuis longtemps. Mais peut-être n'était-il rien de
tout cela. Peut-être, simplement, le directeur adjoint de
la petite succursale de la banque de Virginie aimait-il
conduire ses affaires à ce train-là. Et peut-être aussi
s'ennuyait-il à mourir derrière son bureau avec les
photos de ses années de basketteur clouées au mur de
couleur beige.

— Cela ne me dit pas, reprit le directeur adjoint,
pourquoi, à l'origine, vous avez voulu acquérir une
voiture ?

Il se recula sur son siège, le rose escalope de sa peau
virant vers le rouge au fur et à mesure qu'il retournait
la question et qu'il en appréciait le bien-fondé.

— Eh bien, dis-je sans hésiter, mais parce qu'on ne
peut pas faire autrement.

Il fronça les sourcils.

— On ne peut pas faire autrement que quoi ?

— On ne peut pas, en Amérique, dis-je, faire autrement qu'avoir une voiture.

J'étais un peu irrité qu'il faille énoncer une telle évidence. Mais il partit d'un rire aussi aigu que sa voix, un rire saccadé et content.

— J'aime beaucoup votre façon de raisonner, dit-il. C'est très bien vu. Et c'est très vrai. Il y a combien de temps que vous vivez dans notre pays ?

— Depuis le début de l'année universitaire, répondis-je.

— C'est vraiment bien vu, et nous avons toutes les raisons de nous en féliciter. L'automobile a fait, en effet, de grandes choses pour notre civilisation. Elle a tranformé la nation.

Ému par la dimension de son propre discours, le directeur adjoint observa un silence. Les phrases avaient sonné comme si elles avaient déjà servi dans des allocutions au cours de congrès ou de réunions locales du Rotary Club. Il en était fier et il vérifia, d'un regard par en dessous, l'effet que ses pensées avaient eu sur moi. Servile, j'approuvai gravement de la tête. Alors il se fit plus familier. Il se pencha vers moi, tout à fait amical, cette fois :

— Est-ce que vous savez jouer au bowling ?

— Non, dis-je, décontenancé par la question.

— Vous devriez, chuchota-t-il avec passion. C'est un passe-temps très agréable.

— Bien sûr, dis-je en manifestant autant d'intérêt que possible.

Je me sentis brusquement condamné à devoir tout abandonner pour accompagner ce grand flandrin chauve à la peau de bébé et partager avec lui et ses amis les joies indicibles du bowling. J'avais vu une fois, à l'occasion d'une sortie en bande, la seule Bowling Alley de la petite bourgade, et ses clients : des quadragénaires en bras de chemise, buvant de la bière et mangeant des bretzels, provinciaux sans histoires et qui lançaient leur boule vers les quilles avec un air consciencieux, la mine appliquée, et l'expression de qui s'est organisé pour tromper le vide de sa vie. Il m'était resté de cette vision une leçon diffuse mais repoussante et si je n'avais pas su la définir, elle m'avait permis d'effleurer l'expérience du Grand Ennui Américain. Privilégié, je n'avais frotté ma jeune cervelle qu'à celle de mes professeurs, certains moins brillants que d'autres, mais tous ouverts et généreux, prêts à converser avec nous, tous tendus vers le même but : nous aider à parfaire nos esprits avec, en prime, un merveilleux génie comme Vieux Zach, et je cohabitais avec des jeunes gens venus des meilleures familles du Sud ou du Sud-Ouest, et chaque instant avait été source de surprise, d'exaltation, de découverte. Ainsi le cocon de notre précieux petit collège nous préservait-il de pénétrer dans un monde parallèle au nôtre, un monde habité par ce que les statisticiens appellent l'Américain moyen. C'était cette sorte d'homme que j'avais entr'aperçu en train de faire rouler, sur des lattes de bois clair et laqué, des grosses boules noires qui faisaient un bruit lisse avant d'aller pulvériser les rangs de quilles en matière plastique renforcée blanche. Lorsque le coup était réussi à cent pour cent, les hommes exécutaient parfois une courte danse de victoire puis, la bedaine en avant, se congratulant avec leur partenaire, ils sirotaient leur boisson et commentaient le coup dans une espèce de ravissement bête.

Le directeur adjoint de la banque de Rock Bridge County appartenait à cet univers que j'avais regardé avec effroi. Le soir venu, dans la chaleur des discussions au dortoir ou dans les fraternités, nous nous jurions que nous n'intégrerions jamais ce monde-là et que nous connaîtrions des destins exceptionnels. Le professeur de littérature nous avait cité une phrase de

Thoreau : « La plupart des hommes mènent des existences de désespoir tranquille », et nous n'avions pas très bien compris la vérité de cet aphorisme. Pouvait-on appliquer la formule au directeur adjoint de la banque de Rock Bridge County ? Il me semblait que non, car la grande escalope chauve respirait le bien-être. Ou alors Thoreau n'avait pas été complet et encore eût-il fallu ajouter en fin de citation : « Et ils ne le savent pas. »

Par chance, je ne fus convié à aucune séance de bowling. Le directeur adjoint estimait sans doute que l'entretien avait été assez long et complet. Il m'offrit un visage approbateur.

— J'ai été heureux de rencontrer un jeune homme de votre acabit, me dit-il en se levant et en m'offrant sa main épaisse.

— Moi aussi, dis-je.

— Et naturellement, dit-il en me raccompagnant à la porte de son bureau, vous aurez de longs semestres devant vous pour nous rembourser, puisque je crois avoir compris que vous n'êtes qu'un *freshman* et que nous vous compterons parmi nos fidèles clients pour encore trois bonnes années.

— Naturellement, dis-je d'une voix qui se voulait ferme.

C'était un mensonge, car déjà une date approximative, lointaine mais inéluctable, se profilait à ma grande angoisse : la date du bateau du retour, quelque part en été, dans si peu de temps ! C'était le deuxième mensonge de mon entrevue car si j'avais été honnête, j'aurais répondu au directeur adjoint que je voulais acheter une voiture pour aller voir à ma guise Elizabeth au collège de Sweet Briar, et que je voulais acheter la Buick verte de Pres Cate parce qu'elle était décapotable, et parce que c'était le printemps.

34

Le printemps, ça voulait dire qu'on repliait les
capotes des voitures et qu'on filait, décoiffés, vers le
pont naturel de Goshen Pass pour se tremper les pieds
dans l'eau glacée d'un torrent à truites. Le printemps,
ça voulait dire que la boutique pour gentlemen, Neal
W. Lowitz, vendait aux étudiants les plus coquets et les
plus fantaisistes des canotiers en paille jaune avec
bandes noires, des shorts des Bermudes en madras
multicolores, et des *cumberbund* en tissu rouge qui
serviraient de ceintures sur le spencer crème prévu
pour le grand bal de la saison et dont tout le monde
parlait déjà ; il durerait toute la nuit, et l'on avait
obtenu l'accord d'un des plus grands orchestres, celui
de Jimmy Dorsey.

Le printemps voulait dire que les cerisiers noirs
produisaient des fleurs blanches, moins blanches que
celles du *dogwood*, la fleur officielle de l'État de
Virginie, moins blanches que le blanc des aubépines,
du chèvrefeuille, et des magnolias géants. Le *redbud*,
lui aussi très caractéristique de la vallée de Shenandoah, donnait des fleurs menues mais éblouissantes, au
rose pourpre et brillant. L'arbre à tulipe et l'arbre à
concombre embaumaient l'air du campus. Certains
matins, quand les odeurs étaient trop fortes, on voyait,

étalés sur l'herbe vert clair dans leurs costumes en *haspel cord* à fines rayures bleues et blanches, la tête reposant sur un paquet de livres et cahiers entourés d'une sangle, quelques étudiants de dernière année, le visage vers le ciel, qui savaient que le *graduation day* approchait à grands pas et que, dans peu de mois, lorsqu'ils auraient reçu leurs diplômes, ils quitteraient pour toujours cette enclave bénie. Alors, ne faisant qu'un avec la terre et le gazon, les parfums et le ciel, ils s'imprégnaient de toutes ces splendeurs qui ne dureraient pas.

La radio jouait des airs nouveaux, qui correspondaient à l'humeur du temps : *The Tender Trap*, crooné par Sinatra, *Unchained Melody* créé par Roy Hamilton qui avait aussi fait connaître *Don't let go*, probablement la première chanson de rock'n'roll enregistrée en hi-fi stéréo — et aussi *Memories are made of this*, balancé avec nonchalance par un Italo nommé Dean Martin :

> *Les souvenirs sont faits de ça...*

C'était une jolie rengaine.

Au porche des demeures, on voyait surgir des hamacs à franges. Sur les murs en briques rouges des bâtiments, on avait placardé les discrets panneaux électoraux qui invitaient à choisir le prochain président du gouvernement étudiant, le *student body*. Venu de loin, de l'autre côté du viaduc, des autres terrains de sport, le craquement de la batte contre la balle du jeu de base-ball se confondait avec le ploc-ploc des échanges du tennis, ou les bruits des crosses de hockey qui se heurtent. Le club des Sazeracs, vingt-huit garçons qui s'étaient formés en une chorale et qui n'avaient, à leurs débuts à l'automne, connu aucun succès faisait désormais salle comble comme si les étudiants et leurs *dates*, les professeurs et leurs épouses, avaient éprouvé le besoin de recevoir plus de musique et de se réunir pour la recevoir.

A cette beauté poignante dans laquelle je me trouvais entièrement immergé, venait s'ajouter l'épanouissement de mes études. Je commençais enfin à maîtriser toutes les nuances de la langue et à entrevoir le bénéfice des cours que l'on m'avait, à mon arrivée, conseillé de choisir. Vieux Zach et ses professeurs, assistants de la fac de Lettres et de journalisme, nous avaient propulsés dans un programme fait de défis et d'expérimentation. La tolérance était le mot clé : nous faisions ce que nous voulions faire. Nous fabriquions nos propres émissions de radio diffusées aux heures creuses par la station locale. Nous adaptions des nouvelles pour en faire des scénarios. The Ring-Thum-Phi, petite feuille de quatre pages imprimées par nos propres soins dans les sous-sols de Reid Hall, nous avait été entièrement confié, et j'y occupais un poste au titre ronflant d'*assistant editor*. L'histoire des grandes batailles de la Guerre de Sécession me faisait réellement comprendre la terrible déchirure du Sud, et il m'était possible d'exposer en Éco-Pol-I les conséquences de la grande sécheresse en Oklahoma dans les années 30. Je pouvais appeler par leur prénom tous ceux que je croisais et saluais dans les allées. Le nombre des étudiants était suffisamment réduit pour que, au bout de deux trimestres, chaque visage soit devenu familier. Je m'étais intégré.

J'appartenais — comme ils disaient sur le campus. *To belong* : appartenir. Faire corps avec. Même si je n'étais pas comme eux. Cette différence, d'ailleurs, au lieu de demeurer un handicap, était devenue un atout qui faisait que l'on m'invitait dans toutes les fraternités sans discrimination (je n'étais membre d'aucune coterie), et qu'aux cocktails donnés par les épouses des professeurs, il était agréable de convoquer ce jeune étudiant étranger qui s'était si bien lové dans le moule de l'université et dont les leçons de français remplissaient des après-midi parfois très creux pour la communauté de ces dames. Je jouais, à présent, de ma particularité. On apprend à plaire. On aime paraître. On profite de cette situation qui donne aux étrangers la posture des acteurs dont l'importance du rôle apparaît aux trois quarts de la pièce. Leur nouveauté, leur manque de racine à l'intérieur de la comédie qui a précédé, les distingue du groupe. J'étais là depuis l'automne, mais soudain au printemps, voilà que l'on me découvrait et que j'y prenais grand plaisir.

J'avais acheté à crédit la Buick verte décapotable de Pres Cate. Acte majeur pour moi, acte d'adulte. Pres avait été assez généreux pour ne pas abuser de cette saison pendant laquelle on vend les cabriolets au prix le plus élevé. Il m'avait dit, l'air solennel :

— Prends-en bien soin, car si elle et à toi maintenant, elle restera toujours *ma* Buick.

Et il avait exhibé, quelques jours après, le modèle le plus récent, développant 236 chevaux fiscaux, une Roadmaster bicolore, rouge et noir, dont le système de transmission était le premier dans l'histoire de l'industrie à s'inspirer des moteurs d'avions. Pres était un inconditionnel de Buick et en me tendant les clés il me répéta avec conviction le slogan qui avait, cette année-là, hissé les ventes de cette marque au sommet de la réussite :

— Quand on construira des meilleures voitures, c'est Buick qui les construira.

Et dans un geste inhabituel et si peu américain, il m'avait donné l'accolade. Je me sentis libre derrière le volant de ma première automobile. C'était le mot : j'étais un homme libre.

Voilà tout ce que voulait dire le printemps. Mais il y avait plus encore, car j'apportais à mes activités universitaires et sentimentales la frénésie de celui qui sait que les jours lui sont comptés.

35

Elizabeth Baldridge porta la tasse de thé à ses lèvres, puis la reposa.

— Je m'en doutais, dit-elle. Ce thé est pourri.

— Comment ça pourri ? dis-je. Je l'ai goûté, et il m'a paru tout à fait buvable.

— Non, dit-elle avec certitude. Il n'est pas buvable. Il est pourri du tout au tout.

— Ah bon, dis-je. Mais pourquoi ?

Elle eut l'air étonné par mon ignorance. Elle était vêtue d'une sorte de vareuse jaune délavé aux formes indéfinies, d'une jupe en chambray, ample, et qui descendait jusqu'à ses chevilles, de ballerines couleur marron, usées aux semelles. Elle n'était pas plus maquillée que lors de notre rencontre dans le train de Charlottesville et ses cheveux, coupés ras et irréguliers, commençaient à repousser de façon désordonnée. Pour dissimuler en partie sa tignasse, Elizabeth avait noué un foulard à mi-tête. Il allait de soi que le foulard, comme le reste, semblait sorti de chez le chiffonnier. Elizabeth avait pris un très grand soin de se débarrasser de toute féminité pour notre première sortie qui n'était pas une *date*, nous en étions encore convenus dès que j'étais venu la chercher à son collège.

— L'eau est pourrie, expliqua Elizabeth. Elle n'est

pas de source. Quant au thé lui-même, il est manifeste qu'il ne provient que d'un vulgaire sachet industrialisé acheté en gros au supermarché voisin.

— Parlez-moi du lait et du sucre, dis-je avec une suavité exagérée. Dites-moi qu'ils sont aussi complètement artificiels.

— Ne vous foutez pas de ma gueule, répliqua-t-elle. Je ne vous suivrai pas sur le sentier du sarcasme.

Nous avions élu comme lieu de conversation — puisque c'était à cela que devait se limiter notre rendez-vous : une conversation — le salon de thé le plus inoffensif situé aux abords de Sweet Briar. L'endroit avait du charme, il était vide ; seul un couple âgé auquel nous tournions le dos, faisait face à la rue, une allée peu passante, bordée de noisetiers. C'était un coin reposant, silencieux, et j'avais cru qu'il conviendrait à l'approche, que j'avais prévue délicate, de cette jeune fille qui m'intriguait tant.

— Je ne vous suivrai pas dans cette sorte de joute, continua Elizabeth, parce qu'elle mène invariablement à une implication affective. Les chats griffent d'abord, et caressent ensuite. Nous ne sommes pas des chats.

— Non, dis-je. C'est vrai.

— Nous sommes au moins d'accord là-dessus, dit-elle. Vous me l'avez dit dans le train, j'ai un souvenir précis de votre promesse : « Je ne vous ferai pas la cour. »

— Oui, oui, bien sûr, dis-je. Je me souviens très bien.

Mais j'avais déjà envie d'offrir ma main à travers le petit guéridon pour prendre la sienne. Je la trouvais si vulnérable. Les tremblements de son corps dont j'avais été témoin lors de notre rencontre à Charlottesville, puis à nouveau dans le train, avaient éveillé une émotion que je ne pouvais soupçonner, et qui s'appelait peut-être la tendresse.

— Vous avez l'air déçu, fit-elle.

— Pas du tout, dis-je. Tout va très bien. Je suis très heureux d'être ici.

— C'est difficile tout de même, non ? dit-elle.

— Pas plus pour vous que pour moi, dis-je.

— Non, dit-elle, je voulais dire c'est difficile de ne pas jouer la comédie. Vous avez beau être différent des autres garçons, et c'est vrai que vous l'êtes, sinon je n'aurais jamais accepté de vous voir, vous avez tout de même été pourri par la comédie entre les deux sexes. Je suis sûre que vous avez tout appris et que maintenant vous êtes conforme.

— Vous vous trompez, dis-je. Tout ce système des *dates*, j'ai eu beaucoup de mal à le comprendre et à l'appliquer.

— Mais vous vous y êtes conformé, dit-elle. Oh ! rassurez-vous, personne n'y échappe.

— Pardon de vous reprendre, dis-je, mais vous n'avez pas « accepté de me revoir ». C'est vous qui m'avez écrit une lettre, ça m'a beaucoup surpris et ça m'a drôlement fait plaisir.

Elle eut un sourire hésitant et doux, et ne répliqua pas.

— De toute façon, ajoutai-je, avec ou sans lettre, je serais venu jusqu'à vous. Si vous voulez tout savoir, c'est même dans ce but que j'ai acheté une voiture.

J'eus peur d'être allé trop loin, trop vite, de m'être trop livré. Mais elle ne broncha pas.

— Vous auriez pu choisir une couleur moins criarde, dit-elle. Vert vif ! c'est terriblement outré. C'est...

Elle chercha la meilleure définition. Elizabeth Baldridge, dans ses lettres comme dans son dialogue, savait utiliser les mots qui la séparaient des autres jeunes filles de son âge, au langage banale et sans surprise.

— C'est californien, finit-elle pas dire.

— Ah, dis-je. Ça veut dire quoi, être californien ?

— Ça veut dire, répondit-elle, être délivré de tout tabou au point de se vautrer dans le vulgaire, tout en sachant que c'est vulgaire, mais que ce n'est pas grave.

— Vous connaissez la Californie, Elisabeth ? dis-je.

— Non, dit-elle. Mais je connais son contraire radical.

— D'où êtes-vous ? demandai-je.

— Ah, dit-elle avec indulgence, c'est là que vous êtes différent des autres et que vous m'amusez. Vous n'aviez pas deviné ? Vous n'aviez pas reconnu mon accent ? Je viens de l'Est, voyons, de Nouvelle-Angleterre, de Boston, d'où j'ai ramené cet accent pourri.

— Je n'avais jamais entendu l'accent de Boston jusqu'ici, dis-je. Comment puis-je savoir ? Et que font vos parents ?

Elle eut un court tremblement, comparable à ceux que j'avais observés auparavant mais dont elle n'avait pas été victime depuis le début de notre entretien dans le salon de thé. La facilité apparente avec laquelle nous venions de parler et mon sentiment que nous avions commencé d'ébaucher une sorte d'échange disparurent à ma question. Elle se raidit pour contrôler le frémissement qui l'avait parcourue. Elle était pâle.

— Ne prêtez aucune attention à mes défaillances passagères, dit-elle. C'est mon corps qui résiste à la guerre que je lui mène. Parfois, je ne sais pas très bien s'il va tenir.

Je voulus l'interrompre, mais elle ajouta :

— Je ne répondrai pas à votre question sur mes parents pour deux raisons. La première est d'ordre contractuel.

— Comment ça ? dis-je.

— Oui, dit-elle en accélérant son débit. Nous avons passé un contrat tous les deux : pas de comédie garçon-fille. Alors, les questions du genre gnagna, mièvrasse, et la pourriture d'approche habituelle et fastidieuse : « D'où venez-vous ? » et « Qu'est-ce qu'il fait dans la vie votre papa ? » sont à bannir de notre dialogue. Ça ne figure pas au contrat. Clair ?

— Oui, oui, si vous voulez, dis-je.

— La deuxième raison, dit-elle, c'est que je refuse, dans tous les cas, de décrire la pourriture putride et putrescente de mon environnement familial.

Elle se tut, renfermée sur elle-même. Je fus assez maladroit pour dire :

— Elizabeth, vous vous rendez compte que depuis qu'on parle ici, vous avez dû employer au moins sept fois l'adjectif « pourri ».

Son visage se défit comme celui d'une poupée qu'on disloque. Ça part de partout, il n'y a plus de construction. Elle murmura en serrant les dents :

— Mais c'est parce que tout est pourri. Tout !

Elle se dressa alors brusquement, entraînant dans son mouvement le napperon sur lequel étaient posées la théière et nos deux tasses, qui tombèrent au sol en se brisant. Le thé coulait, le couple de consommateurs âgés fit entendre un murmure scandalisé, la serveuse noire accourut de derrière la caisse. Elizabeth, debout, paraissait sur le point de vaciller. Je fis le tour de la table et la pris par les avant-bras pour l'emmener en direction des toilettes. Elle chuchota :

— Il n'est pas impossible que je sois prise de vomissements.

Arrivée dans la *ladies-room* qui se constituait, comme c'est souvent le cas dans cette région, d'un petit salon meublé d'une coiffeuse avec son pouf, et des toilettes elles-mêmes séparées du boudoir par une porte aux motifs fleuris, Elizabeth put s'asseoir sans mon soutien. Elle ferma les yeux, portant la main à son cœur, respirant profondément à plusieurs reprises. Cela dura une longue minute. Puis, elle me dit :

— Laissez-moi seule. Les gentlemen ne sont pas censés rester dans les toilettes pour dames.

— Vous êtes sûre que vous allez bien ? dis-je. Ça

m'est complètement égal d'être là où je ne dois pas être. Je veux vous aider.

— Merci beaucoup, dit-elle. Vous êtes gentil, tout ira bien maintenant. Je vous retrouverai dans un instant.

Je rejoignis le salon où la serveuse noire avait déjà nettoyé le sol. Nous étions seuls, le couple âgé avait dû prendre la fuite. La Noire me dit avec sérieux :

— Votre jeune amie ne mange pas assez.

— Vous croyez ?

— Bien sûr, monsieur, dit-elle, cela se voit aussi gros que le nez au milieu du visage. Est-ce que je peux me permettre d'aller lui préparer deux ou trois bons toasts de pain perdu, nous y rajouterons du miel.

— Je ne sais pas, dis-je. Je ne sais pas très bien si je peux lui imposer cela.

— On peut toujours essayer, fit la Noire, et elle me gratifia d'un sourire rassurant.

— Tant que vous y êtes, refaites donc du thé, mais pas en sachet, si possible.

Je m'assis derrière le guéridon que la serveuse avait aussi remis en ordre. Elle avait changé les tasses et les soucoupes et le napperon. Elle travaillait vite et bien et partit vers les cuisines en chantonnant à bouche fermée, comme si cet incident et le surcroît d'effort qu'il signifiait lui procuraient une satisfaction authentique.

J'attendais Elizabeth. Cette jeune fille n'a rien qui puisse normalement te séduire, me disait une voix intérieure. A mon arrivée dans ce pays, j'avais été attiré parfois jusqu'à l'obsession, par les filles les mieux roulées comme nous disions alors, par celles dont les hanches, les cheveux, la silhouette et le teint exprimaient tout ce que l'Amérique possède de riche, opulent, lisse, appétissant, sucré, voluptueux. Comme un gamin gourmand devant la vitrine du pâtissier, j'avais désiré tous ces gâteaux à la crème. Sans doute avais-je évolué. Mon aventure avec April m'avait-elle donné le goût des êtres différents, des situations difficiles et insolites ? Elizabeth avait été une jeune fille imposante et belle, royale, lorsque je l'avais aperçue en automne. A présent, bien qu'elle ait conservé son allure élancée et la distinction inhérente à chacun de ses gestes, sa démarche et le délicat tracé de son visage, elle ne correspondait en rien au modèle de beautés dont nous abreuvaient les magazines. Car elle avait volontairement détruit sa parure, elle avait considérablement maigri, elle était pâle et secouée parfois de ces inquiétants frissons. Cela ne me rebutait pas, au contraire. Elizabeth avivait ma curiosité, éveillait ma compassion. Son vocabulaire et sa façon de parler augmentaient mon intérêt pour elle, et je ne savais par quel biais entamer avec elle une amitié ou, mieux, un amour, mais je ne calculais pas. Je l'attendais.

Elle revint dans le salon en même temps que la serveuse qui portait, non sans fierté, un plat débordant de morceau de pain enrobés de lait et de jaunes d'œufs cuits jusquà la dorure, parsemés de cannelle et accompagnés d'une cruche de miel des Appalaches. Elizabeth avait retrouvé une expression calme, un semblant de rose lui était revenu aux joues. Je me levai pour l'accueillir. Elle me fit signe de me rasseoir et s'installa à son tour de l'autre côté du guéridon.

— Quelles sont ces étonnantes victuailles ? dit-elle en désignant les toasts d'un mouvement de menton.

— Comment vous sentez-vous ? dis-je.

— Un peu moins pourrie qu'à l'ordinaire, répondit-elle.

— Attention, dis-je. On ne prononce plus cet adjectif dans cet établissement.

Elle mit sa main devant la bouche et pouffa de rire et je me mis à rire à son unisson, et nos rires emplirent le salon de thé toujours miraculeusement vide. La serveuse, apparemment enchantée par le changement d'ambiance, s'approcha de notre table, une théière à la main.

— Goûtez-moi ça, dit-elle avec décision.

Puis, elle nous laissa seuls.

— Je trouve cette femme merveilleuse, dis-je. Vous devriez essayer ce qu'elle a préparé pour vous.

Elizabeth versa le thé, le but, parut l'aimer. Elle entama une tranche de pain perdu d'abord avec une infinie circonspection, puis à mesure qu'elle en découvrait la qualité, ses bouchées se faisaient plus franches, presque voraces.

— C'est excellent, dit-elle. Je n'ai jamais rien consommé d'aussi remarquable depuis trois siècles. Enfin, pour nuancer ma pensée, depuis mon dernier repas, il y a de cela trois jours.

Elle s'interrompit pour finir la première tranche de pain aux œufs et s'attaqua à la suivante, qu'elle arrosa d'une nappe de miel clair.

— Pardon de ne plus vous livrer autre chose que le spectacle d'un être humain en train de s'alimenter, mais on m'a appris à ne jamais parler la bouche pleine, dit-elle.

— Je vous en prie, dis-je.

Elle acheva la deuxième tartine sans s'interrompre. Il en restait deux autres dans le plat, elle entreprit de les dévorer, entrecoupant son offensive par de courts arrêts pour s'abreuver de thé. C'est seulement lorsqu'elle eut tout fini qu'elle secoua la tête, comme pour se ressaisir, porta la main à son front avec vigueur et dit :

— Égoïsme des égoïsmes, autocentrisme des autocentrismes, je n'ai pensé qu'à moi et vous n'avez rien mangé.

— Je n'avais pas faim, dis-je.

— Cessez de jouer à l'infirmière, dit-elle. Vous êtes trop exemplaire et trop altruiste, trop effacé et trop patient. Vous n'êtes pas vous-même. Je dois vous exaspérer à la longue.

— Pas du tout.

— Voyez, dit-elle, comme je suis nulle et archi-nulle, et archi-corrompue et comme je ne me suis pas encore vraiment corrigée. Nous ne nous sommes occupés que de ma petite personne et de mon anorexie et de mon petit mélodrame, mais jamais de vous. Ça fait plus d'une heure que je vous fais partager les horreurs de la vie quotidienne d'Elizabeth Baldridge. Et nous n'avons pas parlé de vous un seul instant.

— On fera ça la prochaine fois, dis-je.

Elle me regarda avec une lueur de cette coquetterie dont elle avait, dans un passé récent, si bien su se servir, et qu'elle avait tenté d'éliminer mais qui revenait insensiblement et de façon sans doute plus naturelle.

— Parce qu'il y aura une prochaine fois ? dit-elle.

— Nous passons là un nouveau contrat, dis-je, en tentant d'imiter sa manière de formuler les choses.

Elizabeth sourit et se leva, marchant avec moi jusqu'à la caisse où nous attendait notre admirable serveuse. La note (dégâts matériels pour cause d'énervement inclus) était si modeste que je dus réclamer un nouveau calcul, mais la serveuse noire ne voulut rien savoir et nous la quittâmes en lui promettant de revenir pour un nouveau festin de pain perdu, de miel, de cannelle, et de thé non artificiel.

Il était six heures du soir. Une brise fraîche descendue d'une colline boisée de pins venait caresser nos visages dans la Buick décapotable qui glissait lentement vers le collège d'Elizabeth. Au moment où les toits pointus de l'établissement apparaissaient au-delà des arbres et de la courbe de la route, Elizabeth me dit :

— Arrêtons-nous là, sur le terre-plein. Je n'ai pas envie de rentrer tout de suite.

J'ai engagé la voiture sur la droite et l'ai immobilisée le long d'une rangée de chênes blancs et de sycomores

210

dans une aire de graviers parsemés d'herbes folles. Elizabeth a ri :

— Nous ne connaissons même pas le prénom de cette serveuse. Elle doit s'appeler Wilma. Je suis sûre qu'elle s'appelle Wilma.

J'ai ri aussi. Elle a reposé sa nuque aux cheveux roux saccagés par je ne sais quel ciseau fou furieux, sur l'appuie-tête en cuir du siège avant, elle a poussé un long soupir d'aise et a dit :

— Si seulement je vivais toujours des heures aussi simples. On était si bien ! Mais mon esprit est plein de confusion, et je me sens si confuse !

Deux larmes silencieuses et diaphanes coulaient maintenant le long de ses joues et je ne pus déterminer si elles provenaient de la détente qui semblait l'avoir envahie, ou de l'évocation de cette « confusion » dont elle se disait victime. Tout au long de cet après-midi avec Elizabeth, j'avais cru avancer à petits pas sur de la glace fragile, prête à se rompre à chaque instant. Là, dans le silence de la voiture arrêtée sous les chênes, j'ai pensé que nous venions de pénétrer en un terrain plus rassurant. Alors, je lui ai posé la question que j'avais eu tant de peine à retenir :

— Elizabeth, qu'est-ce qui vous est arrivé ?

36

La mère d'Elizabeth Baldridge, une Bostonienne pur sang, était tellement fière de sa fille qu'elle lui avait, dès ses premières années d'école préparatoire, assigné un programme de réussite et d'accomplissements sociaux qui devaient mener sa petite chérie jusqu'au statut de Jeune Fille La Plus Photographiée de Nouvelle-Angleterre et, si possible, des États-Unis. La mère d'Elizabeth avait connu les mêmes satisfactions et la même gloire ; il était exclu que sa fille ne suive pas ses traces. Au collège de Sweet Briar, dès la première année, Elizabeth, rompue à toutes les règles et arcanes de ce qu'ils appellent le « jeu social », avait respecté le tableau de marche établi par sa mère. Elle avait même pris de l'avance puisque, déjà élue la Plus Prometteuse Débutante de l'Année par ses camarades de classe, Elizabeth, parallèlement à une myriade de A (la note d'excellence), dans toutes les disciplines, avait aussi gagné, grâce à un concours organisé par une agence régionale de « modèles », un séjour de deux semaines à Paris. Là, malgré la présence d'un chaperon professionnel, elle avait perdu sa virginité entre les bras du photographe qui accompagnait les trois premières de la compétition pour enregistrer leurs découvertes de la Vieille Europe. L'incident n'était pas prévu dans le plan de carrière organisé par la mère et Elizabeth n'avait jamais osé lui en parler. Elle avait détesté cette affaire. Elle s'était détestée d'avoir cédé.

Ça s'était mal passé. L'homme avait été brusque et niais à la fois. Elizabeth en avait conçu une répulsion pour toute approche physique : embrassades, flirts, main dans la main et autres rites, et elle avait consacré sa deuxième année de collège à se venger de cette blessure, sur tout ce qui portait pantalon et blazer, sur tous les étudiants qui piétinaient devant la porte de la sororité dont elle était déjà la vice-reine, pour quémander d'elle une *date* du samedi soir. Sa mère lui avait un jour dicté les commandements indispensables pour faire des hommes ce que l'on veut en faire : des victimes, des comptes en banque, de futurs maris soumis et avertis de ce qu'il leur en coûtera à la moindre incartade.

— Ma fille, lui avait-elle dit, il faut les agresser, jusqu'à ce qu'ils plient genoux au sol et qu'ils t'implorent de cesser. Tu dois habiller ton agression du charme le plus suave, et de la féminité la plus engageante. Tu dois avoir l'air nette, délicate et rare, comme une orchidée. Simplement voilà : les contours de la fleur doivent être faits d'acier tranchant.

La mère avait ajouté :

— Agresse tout de suite, dès la première rencontre. Fais tout de suite valoir ton autorité. C'est toi qui mènes les chevaux.

Une philosophie dont Elizabeth, dès son adolescence, avait observé l'application dans les gestes, allées et venues, scènes quotidiennes de la vie familiale et mondaine que menait sa superbe maman. Il lui était d'autant plus facile de suivre ces préceptes qu'Elizabeth ne rencontrait aucun obstacle sérieux dans sa conquête du monde. Elle associait désormais la domination de cette communauté adverse — les hommes — au plan plus universel de maîtrise de son destin.

Participant à toutes les activités de son campus, admirée, respectée, crainte des autres étudiantes — pour qui elle était devenue un exemple —, manipulant les jeunes gens autant que les professeurs, Elizabeth était arrivée au début de l'hiver de sa troisième année de collège lorsque tout ce splendide édifice s'écroula comme un immeuble qu'on dynamite de l'intérieur.

Elle avait enregistré le premier craquement, la première faille, lorsque, rentrée à Boston pour les vacances de Noël, elle avait eu l'impression fulgurante, un soir, au cours d'un dîner particulièrement huppé, de se voir — me raconta-t-elle — au milieu de « toute une troupe de singes », et d'en être « une des guenons ». C'était étrange. Elle était assise là, dans une robe de velours sombre qui mettait en valeur l'émeraude de ses yeux et l'auburn de sa chevelure et elle s'était vue à côté d'elle-même, une ignoble petite guenon. Les conversations continuaient, elle s'entendait parler et rire, mais elle se voyait aussi, animal absurde et désastreux au sein de ce zoo grotesque.

Cela avait duré toute la soirée. Elle en était ressortie très troublée mais elle n'avait pas eu peur. Elle avait fait ce que sa mère n'avait sans doute pas envisagé dans le tableau de route vers l'accession au zénith social : Elizabeth avait commencé à réfléchir. Elle s'était mise à se regarder, s'écouter, et à évaluer tout ce qu'elle avait vécu jusqu'ici et qu'elle commença, dès lors, à considérer comme une comédie sans intérêt, la poursuite perpétuelle et vaine d'un objectif indéfini. Une singerie.

Elle m'expliqua que ce qui la troublait beaucoup, c'est qu'elle ne trouvait rien qui justifie le début de cette métamorphose. Elle balayait d'un geste l'épisode du photographe à Paris. Certes, à cette époque, les jeunes filles bien ne perdaient pas aussi tôt ni aussi facilement cette virginité dont toute une civilisation cultivait le sacro-saint maintien. Elle avait fait une énorme bêtise. Mais ça ne lui avait pas procuré des cauchemars, et, en outre, bien avant cet accroc, Elizabeth avait déjà décidé que les choses du corps, des sens et de la chair, étaient des choses mineures. Un corps, ça se commande, comme le reste.

La certitude qu'elle avait de ce corps, son maintien, la santé de son âme, la résistance et la morgue qui avaient été imprimées en elle à dose continue depuis l'enfance, ses ressources qu'elle croyait illimitées lui dictaient une conduite simple : continuer comme avant. Il lui semblait inconvenant, voire risible, de consulter un médecin. Elle refusait de parler de tout cela à son père ou à sa mère. Au troisième jour du début du trimestre, Elizabeth fut l'objet d'une deuxième hallucination.

Elle me raconta la scène, qui s'était déroulée lors de la cérémonie inaugurale de la nouvelle salle de concert. La présidente du collège de Sweet Briar avait invité l'orchestre de chambre de Richmond qui interpréterait quelques morceaux devant les six cents jeunes filles du collège ainsi que les membres de la faculté, doyennes et responsables des départements. Il revenait à la jeune fille la plus à l'aise dans le discours public, la plus attractive et promise à la réussite, Elizabeth Baldridge, de lire un petit texte consacré à l'influence de la musique sur les mœurs et les civilisations.

Le texte faisait trois feuillets dactylographiés. Elizabeth le connaissait presque par cœur, mais baissait parfois son regard vers les feuilles disposées sur le pupitre. Elle tourna la deuxième page et, passant à la dernière, releva les yeux vers l'auditoire. C'est alors qu'elle vit six cents guenons qui lui rendaient son regard et grimaçaient en silence. C'était une apparition horrible, insoutenable. Elle braqua ses yeux vers la feuille dactylographiée, ne releva plus les yeux, acheva son discours et rentra immédiatement dans sa chambre à la sororité.

Elizabeth se regarda dans le miroir de la salle de bains. Elle pensa que la seule solution, pour ne plus jamais rencontrer les guenons, consistait à changer radicalement d'allure d'abord, et de comportement ensuite. Mais d'abord, l'allure. D'abord la parure, les savantes constructions des cheveux, le fard sur la joue, les accessoires de la séduction, les boucles d'oreilles, le vernis à ongles, toute cette pourriture. Sans plus attendre, elle taillada ses cheveux au moyen d'une paire de gros ciseaux avec lesquels elle découpait, dans les magazines d'art, des reproductions de tableaux de maîtres.

Après avoir détruit sa parure, Elizabeth s'endormit et se réveilla au matin avec 40 °C de fièvre et une double angine pulmonaire. Elle fit jurer à ses camarades qu'on ne préviendrait pas sa famille. Elle demanda qu'on l'hospitalise dans le dispensaire du collège d'où elle ressortit au bout de huit jours, ayant maigri de près de dix kilos. Elle décida d'annuler toutes ses activités sociales, de les couper, comme elle l'avait fait de sa chevelure auburn.

— Et j'ai coupé les *dates* aussi, me dit-elle. Plus de *dates* avec aucun garçon, sous aucun prétexte, plus aucune occasion d'agressivité, plus aucune raison de me faire haïr. Plus aucune agacerie, plus jamais ce jeu pour allumer et provoquer, soumettre et casser.

Elizabeth se tut. J'étais resté silencieux pendant son récit. J'ai demandé :

— Est-ce que vous avez revu les guenons ?

— Non, et je n'ai pas l'intention de les revoir.

— Mais, comment avez-vous expliqué cela à la doyenne, et aux professeurs et à vos propres amies, comment ont-elles pris tout cela ?

— Je n'ai rien expliqué. J'ai dit que j'avais besoin de respirer. J'ai dû terriblement les désappointer. Il est fort probable qu'elles souhaitent ne pas me revoir pour ma dernière année à l'automne prochain. La doyenne a voulu avoir un entretien avec moi. Je lui ai menti et j'ai raconté que je voulais réserver mes forces pour les examens prochains et ne plus me disperser en futilités de toutes sortes. Elle m'a rétorqué : « Mais, Elizabeth, la vie sociale n'est pas futile. » Je lui ai répondu qu'elle avait certainement raison mais que j'avais eu envie de souffler un peu. Nous sommes convenues de nous revoir et je lui ai demandé un sursis, j'ai surtout demandé qu'on n'avertisse pas Boston.

— Boston, dis-je ? Votre mère ?

— Oui, dit-elle. Ma mère ne sait rien. Je ne l'ai pas revue depuis Noël. Il est fort probable qu'elle aura une attaque lorsqu'elle me reverra. Ça va être abominable. Je me demande comment je vais faire pour éviter cela. Peut-être dois-je ne plus jamais la revoir. Mais ce n'est pas ma préoccupation actuelle. Ce qui compte, c'est comment je me sens et comment j'arrive à éliminer ce que j'ai été. Après, je prendrai mes décisions.

— Mais, dis-je, comment vous sentez-vous réellement ?

— Oh, dit-elle en riant, mais je vais très mal, très mal ! Vous n'aviez pas remarqué ?

— Mais pourquoi ne voulez-vous pas vous faire aider ? dis-je. Pourquoi ne parleriez-vous pas à un docteur ?

— Parce que, fit-elle.

Le jour tombait. Il faisait frais. Je crus avoir droit à une autre question avant de la quitter.

— Pourquoi avez-vous accepté de tout me raconter, d'un seul coup, comme ça ?

Elle prit le temps de réfléchir. Elle détacha sa nuque de l'appuie-tête et secoua son corps comme un dormeur qui s'éveille.

— Rentrons, dit-elle.

Je mis la Buick en marche, conduisant à vitesse réduite, pour déboucher devant les pelouses du collège de Sweet Briar, saupoudré d'une lumière de jour qui s'achève.

— Je ne sais pas, finit-elle par dire. Peut-être que vous êtes arrivé au bon moment et que vous avez une qualité que n'ont pas tous les dadais qui me racontaient leurs fadaises. Vous savez écouter. Mais peut-être, surtout, que ça m'est facile de vous raconter tout cela parce que vous êtes un étranger. Vous monterez bientôt dans le bateau du retour et ça ne coûte rien de se confier à quelqu'un qui ne fait que passer.

Elle eut un geste du dos de la main pour chasser ses explications.

— Je descends là, dit-elle. Merci pour tout, sincèrement merci. Ça a été bien parce qu'on est arrivé à aller au-delà des grimaces.

— Est-ce que nous pouvons nous revoir ? dis-je.

— En éprouvez-vous l'envie ? demanda-t-elle.

— Bien sûr, je le souhaite de tout mon cœur.

— Le pain perdu de Wilma était si savoureux, dit-elle. Il faudra revenir y goûter.

Cette réponse me combla de satisfaction. Nous étions arrivés à hauteur de la sororité d'Elizabeth, une maison sudiste traditionnelle, réplique des fraternités de mon propre collège. Avant d'ouvrir la portière pour me quitter, Elizabeth se retourna vers moi, tendant son visage pour sacrifier au rituel du court baiser d'adieu qui ponctue toutes les *dates*. Mais son souci de lutter contre ce qui constituait l'un des éléments de la « grande singerie », dont elle avait été l'une des plus éblouissantes actrices, la fit instantanément reculer. Cette avancée, puis ce retrait, ce conflit entre l'habitude du mensonge et l'exigence de la vérité la firent sourire, car elle avait vu que je n'étais pas dupe de ses hésitations.

— Confusion, dit-elle, confusion du tout au tout !

Elle fit au revoir de la main, ouvrit la portière et me tourna le dos pour franchir l'allée qui menait au porche de la maison. Je restai à regarder sa silhouette, espérant qu'elle se retournerait pour un petit geste comme c'est aussi l'usage, mais elle n'y pensait plus sans doute. Elle marchait en voûtant les épaules, ses deux frêles chevilles semblant à peine porter son corps épuisé, dissimulé dans la jupe trop large et sous la vareuse sans formes. De loin, comme ça, dans la nuit qui avait fini par tomber et sous la lampe qui éclairait faiblement la véranda, Elizabeth avait l'air d'un mannequin de paille et de chiffon que le moindre souffle du vent aurait pu volatiliser.

37

Au retour, dans cette Buick que j'avais achetée dans le seul but d'aller faire la cour à la jeune fille de Sweet Briar, je sentis mon corps atteint par une indicible fatigue, comme si l'on m'avait privé de toute ma force. A y réfléchir, c'était Elizabeth qui m'avait ainsi vidé. Je m'étais concentré pour l'écouter et pour me taire quand elle se confessait, pour éviter de parler de moi, effacer mon propre narcissisme. J'avais fait un grand effort pour ne pas commettre de maladresse et gâcher le climat de confiance qui s'était créé ; j'avais enfin si clairement entrevu, sans toutefois être capable d'établir un quelconque diagnostic, les profondeurs du schisme qui s'était opéré dans la personne d'Elizabeth, que je me retrouvais nettoyé, laminé, sans ressources. Cela ne dura pas. Mais cette sensation m'étonna. C'était la première fois que je l'éprouvais avec une telle intensité. Fallait-il donc autant s'oublier pour laisser venir à soi les autres ? Je rencontrais cette évidence qu'il n'y a pas d'amour digne de ce nom sans quelque sacrifice de son précieux et coriace égoïsme. Cela ne s'était pas passé de la même façon avec April. Là, pour la première fois, ce qui m'arrivait me captivait moins que ce qui était arrivé à l'autre, et le spectateur complaisant que j'avais toujours été de moi-même se transformait en partie.

220

Une petite vanne s'ouvre dans le barrage, les clapets palpitent sous la pression, il pourrait y avoir deux courants dans la circulation du liquide. Pour la première fois, le cœur ne bat plus seulement pour soi.

La première fois... Les gens qui font profession de parler de la jeunesse oublient souvent à quel point tout est important à cet âge de la vie. Tout ! Par ignorance de leur propre passé, manque de mémoire ou fossilisation des sens, ils laissent apparaître le récit des événements comme un déroulement facile, insignifiant, léger. Rien n'est insignifiant ou aisé entre l'âge de seize à vingt ans. Il faut tout faire, tout essayer pour que ne s'évanouisse pas la réalité violente de sa jeunesse, lorsque tout était « la première fois ».

La première fois que l'on tombe amoureux, la première fois que l'on vous ment, la première fois qu'on fait l'amour, la première fois qu'on perd une illusion, la première fois qu'on rencontre la beauté et son contraire. Les adultes et l'existence finissent par vous imposer le vieux précepte indispensable pour survivre : on efface, et l'on continue. Mais rien n'efface la première fois, pas plus que sur le blanc immaculé d'un drap ne peut tout à fait disparaître la tache de sang d'une vierge qui ne l'est plus.

38

J'avais formé le projet d'inviter Elizabeth au bal du Printemps, la *Spring Dance*, je voulais que ce fût elle ma cavalière. J'avais imaginé que cela ne serait pas simple et qu'il faudrait ruser pour lui arracher un accord.

Le bal du Printemps était, désormais, le sujet de conversation le plus courant sur le campus. Dans les fraternités, les garçons établissaient des listes, on nommait des sous-comités pour aider les comités, une fièvre d'organisation et de planification s'emparait de chacun. Après le bal, il y aurait le dernier coup de collier pour les examens de fin d'année, puis les cérémonies de remise des diplômes, puis cette fin que je ne voulais même pas envisager : juillet, le campus se vide, on rentre chez soi, les étudiants pour un été, moi pour toujours. Mais entre cette inéluctable conclusion de l'année universitaire et maintenant, il y avait la perspective du bal.

— Qui emmènes-tu ? Où vas-tu la loger ? A quelle party irez-vous ? Le Jimmy Dorsed Band osera-t-il briser sa tradition du jazz confortable et dansant pour jouer quelques airs de cette nouvelle musique qui déferle sur le pays et qui s'appelle le rock'n'roll ?

Toutes ces questions, dont la frivolité était balayée par la fébrilité avec laquelle les étudiants les formulaient, surtout ceux de première année, traduisaient un espoir : que l'événement soit à la hauteur de sa réputation. Les anciens disaient que c'était le moment clé de l'année. Ils y avaient parfois scellé leur destin à celui d'une jeune fille, échangé des serments de fidélité et de loyauté avec leurs meilleurs amis, et au cours du long week-end dont le bal était le pivot central, les conversations avec les membres de la faculté qui vous receviaent dans leurs jardins et sous leurs porches-terrasses, avaient souvent décidé d'un tournant professionnel et tracé la ligne d'une vie. Car les professeurs s'ouvraient à nous plus encore que précédemment. Toutes choses et toutes personnes semblaient participer d'une sorte d'harmonie.

Je vivais pleinement ce phénomène mais, à l'époque, je ne le comprenais pas. C'est bien plus tard qu'il m'est apparu comme l'évidence que voici : la vertu de notre petit collège reposait sur quelque chose d'indéfini, qui n'avait jamais été inscrit dans les statuts de l'historique institution mais qui était aussi immuable que le contour des montagnes de l'Arête Bleue dominant la vallée vert et blanc. Le rythme de la formation des esprits suivait celui de la nature. L'automne est une mutation, l'hiver une lutte, le printemps un épanouissement. Au fond, ma propre vie sur le campus avait palpité à ce rythme. Mais de telles vérités ne traversaient pas alors mon esprit. Je faisais plutôt le bilan de mon rôle dans les bals. Jusqu'ici, il était pitoyable. Pour celui de l'automne, le bal du Commencement en octobre, je n'avais pas osé demander à mon amourette de l'époque, Sue Ann, de m'accompagner. Je m'étais contenté de louer un smoking chez Art Silver, un petit boutiquier entre Jefferson et Main Street, ce qui m'avait permis de déambuler sur la « promenade », le balcon au-dessus de la grande salle de gym et de basket-ball transformée en piste de danse, et de contempler, le cœur et les mains vides, les couples qui tournoyaient. Pour le deuxième bal de l'année, celui du Mardi gras en février, je n'étais même pas sorti de ma chambre. J'étais alors en plein dans mon affaire avec April et je n'avais pas eu le goût d'y aller. Je me souvenais de cette nuit morose dans le dortoir déserté des *freshmen*. Jusqu'à mon compagnon de chambre, l'Autrichien à la physionomie ingrate que je n'aimais pas et qui avait pourtant trouvé une *date* à sa convenance ! Or, je ne voulais pas connaître à nouveau un tel sentiment d'isolation et d'abandon. Je ne pouvais pas rater le bal du Printemps, celui de juin. J'avais une voiture, des amis, de l'argent de poche, je voulais jouir de chacun des instants importants qui faisaient la trame quotidienne de la vie de ce campus auquel je me sentais à présent si profondément attaché. J'avais décidé qu'Elizabeth m'accompagnerait. Et comme tout ce que j'avais décidé de faire s'était jusqu'ici accompli, je ne doutais pas que je franchirais cet obstacle, comme les précédents.

— Ce que vous me proposez là, me dit-elle, relève presque de l'insulte.

— Ah bon ! pourquoi ?

— Eh bien mais, dit-elle, parce que cela signifie que tout ce que je vous ai confié lors de notre dernière rencontre sur mon refus de la comédie sociale, et que vous avez semblé approuver, vous n'en tenez aucun compte. Vous ne m'avez pas écoutée. Je suis atterrée. Je vous le dis franchement, je suis atterrée. Effondrée. Vous êtes un jeune homme effondrant.

Nous avions repris le chemin du salon de thé. Il y avait plus de monde que le dimanche précédent. La serveuse qui ne s'appelait pas Wilma mais Althea, mais que nous persistions à surnommer Wilma, nous avait installés à la même table, celle qui permettait de tourner le dos au reste des clients. Elizabeth avait commandé du pain perdu et j'avais voulu y voir un signe de complicité.

— Mais je ne veux vous faire entrer dans aucune comédie, dis-je. Ce sera mon seul et mon dernier bal de l'année, je repars ensuite, cela ne créera chez vous aucune obligation, cela ne signifiera rien pour vous.

Pour moi, ce sera un immense plaisir. Il n'y a pas d'engagement, il n'y a pas de contrat.

Elizabeth avait transformé sa tenue. Elle portait un chemisier blanc à col rond, une jupe droite en toile bleu foncé, elle avait noué les manches d'un cardigan rose autour de son cou. Je l'avais trouvée plus belle et moins vulnérable. On eût dit qu'elle avait regagné une partie de ce qui avait été sa solidité. Elle m'avait confirmé que sa semaine avait été, dans l'ensemble, « relativement positive ».

— J'ai pu achever trois repas sur six. Je n'ai agressé personne, et personne ne m'a provoquée. Je n'ai trahi aucun sentiment lorsque ma mère a passé son coup de téléphone hebdomadaire de vérification de sa merveilleuse et méritante fille, Elizabeth Baldridge.

Avec son langage et cet humour dont je n'arrivais pas encore à déterminer s'il était ou non volontaire, elle avait reproduit la conversation entre ce qu'elle appelait « Boston » — c'est-à-dire sa mère — et elle-même, assise devant l'appareil de téléphone, dans le vestibule de la sororité de Sweet Briar. Pour incarner la mère, elle avait imité à la perfection l'accent si snob des hautes couches de Nouvelle-Angleterre. Pour restituer ses propres répliques, elle avait pris le ton de la jeune fille nette et distante qu'elle avait été et qu'elle était toujours censée être aux oreilles de sa mère — ce double ton d'autorité innée et d'apparente indolence que seuls savent maîtriser les gens riches. Elizabeth s'était servi de sa tasse de thé vide comme de l'écouteur du combiné, tandis que la soucoupe jouait le rôle du diffuseur.

— Liz ma chérie, avait dit la mère, comment vas-tu ?

— Très bien, Mère.

— Où en sommes-nous, Liz ?

— Nous en sommes au mieux, Mère.

— Non, Liz chérie, je veux dire où en sommes-nous de nos répétitions au théâtre, de notre candidature au concours de photos, de nos invitations au bal du

Printemps du collège des garçons, et qui avons-nous décidé d'accompagner, et comment allons-nous faire pour décommander les autres jeunes gens qui nous ont fait des propositions sans toutefois compromettre nos bonnes relations avec chacune des familles ?

— Nous allons faire comme d'habitude, Mère.

— Bien sûr, Liz chérie, mais tu ne réponds pas à mes questions. Où en sommes-nous sur tous les fronts que je viens de mentionner ?

— Mère chérie, la situation est sous contrôle sur chacun de ces fronts, soyez sans crainte.

— Tu m'en vois ravie, Liz chérie, mais n'hésite pas à me téléphoner si l'une ou l'autre de ces situations devait te poser un problème inattendu. Je sais bien, Liz chérie, que tu es tout à fait à même de résoudre quelque crise que ce soit, mais tu dois savoir que je suis là malgré mes nombreuses obligations, et que je suis toujours prête à me concerter avec toi sur la stratégie à suivre ou à infléchir s'il y avait lieu d'infléchir.

— Il n'y a pas lieu d'infléchir, Mère.

— Tu m'en vois encore ravie, Liz chérie, mais j'aurais préféré que tu me fasses un rapport détaillé avec chiffres, dates et noms et identités divers, plutôt que ces quelques formules rassurantes, certes, mais pour le moins vagues.

Elizabeth s'était interrompue. La reconstitution de cette conservation l'avait amusée, elle avait aimé me faire rire mais soudain, le souvenir de son dialogue avec « Boston » parut obscurcir son visage. Elle se ferma.

— Je vous prie de m'excuser, fit-elle. Je n'ai plus envie d'être drôle, parlons d'autre chose. De quoi parlions-nous, au juste ?

— Vous me disiez que, dans l'ensemble, vous aviez eu une semaine relativement positive.

— Et vous ? dit-elle.

— Moi ? Je vous demandais de m'accompagner au bal du Printemps.

226

— Ah c'est cela, dit-elle. Mon dieu, mon dieu, vous êtes bien obstiné.

— Vous n'aviez rien à perdre, dis-je. Et puisqu'on parlait de stratégie...

Elle leva la soucoupe qui lui avait servi de téléphone et m'interrompit vivement.

— Je n'ai plus de stratégie, dit-elle, je ne connais pas le mot stratégie. Je ne sais pas ce que c'est que ce vocabulaire pourri de guerre et de tactique et d'agression et d'attaque. Ce n'est pas moi qui ai prononcé ce terme pourri, c'est Boston. C'est ma mère ! c'est Boston !

Sa voix devint aiguë. Je crus un instant qu'elle allait crier. Je lui pris la main par-dessus la table.

— Je vous en prie, dis-je. Calmez-vous, je suis votre ami.

Elle ne retira pas la main, baissant le ton.

— Êtes-vous vraiment mon ami ? N'essayez-vous pas simplement de me séduire ?

J'eus un petit rire ; au fond de moi, je savais que je n'avais pas envie d'elle.

— Pourquoi riez-vous ? dit-elle.

— Parce que, dis-je, vous avez tort de vous méfier de moi. Je n'essaie pas de vous faire la cour, je vous l'ai déjà dit, j'aime être à vos côtés, c'est tout.

— C'est incompréhensible, dit-elle, je ne présente plus aucun intérêt pour un garçon normalement constitué.

— Eh bien, dis-je, ça veut dire que je ne suis pas un garçon normal.

— Voilà, dit-elle, qui me semble d'une logique aussi monumentale que les structures du mont Rushmore.

Elle rit, et comme je riais à mon tour, ce fut elle, cette fois, qui saisit mon autre main par-dessus la table et me dit, les yeux humides :

— On s'entend bien, non ? Vous ne trouvez pas que c'est proprement sidérant d'en être arrivés aussi vite à ce stade ? Oh, comme j'aurais aimé vous connaître

227

avant de tomber aussi malade ! Nous aurions eu des moments très agréables !

Elle s'interrompit, retira ses mains, se mordant les lèvres.

— Mais je ne suis pas malade, ajouta-t-elle. N'est-ce pas que je ne suis pas malade ? Dites-le-moi, je vous ordonne de me le dire.

— Vous n'êtes pas malade, dis-je.

— Ce sont les autres, tous et toutes qui sont malades, dit-elle. Malades de la course aux rats, la course aux garçons, la course au succès, la course aux apparences, la course aux premières places. N'est-ce pas ? N'est-ce pas ? N'est-ce pas que j'ai raison ?

— Vous avez sans doute raison, dis-je.

— Vous n'avez pas l'air convaincu, dit-elle.

— Si, si, dis-je. D'une certaine façon, je pense que vous avez raison.

Puis je me tus, car je ne savais pas si j'étais en train de lui mentir. Je comprenais sa phobie, mais je ne pouvais pas la suivre. Le « système », tel que nous le définissions sur le campus, la vie sociale à l'américaine avec son réseau compliqué et ses usages, ses rites de passage, j'avais voulu de toutes mes forces y participer lorsque j'étais arrivé de mon pays lointain. Je m'y étais adapté, j'avais réussi, on m'avait accepté, et cela ne me déplaisait pas. L'extraordinaire détestation que la jeune fille de la haute société de Boston avait développée venait de son enfance sans doute, venait de plus loin qu'il ne m'était donné de comprendre. Il eût fallu être élevé comme elle dans les sphères fermées et fortunées de la Nouvelle-Angleterre pour mesurer son dégoût, sa volonté de casser le moule fabriqué par la mère. En un sens, j'approuvais sa révolte, mais une autre part de moi la refusait. J'étais attiré, ému, légèrement fasciné par ce personnage pathétique et imprévisible, et je m'étais mis à l'aimer pour ce qu'elle avait de fou et de fragile ; elle ne ressemblait à personne.

J'éprouvais le besoin de la réconforter, l'écouter, la protéger comme un oiseau aux pattes brisées et aux ailes sectionnées. Je l'aimais, voilà le vrai, je m'en rendais compte en regardant son beau visage fin et torturé de l'autre côté du guéridon, et je ne pouvais pas lui mentir et lui dire qu'elle n'était pas malade, puisque je venais de découvrir que si je l'aimais, c'était précisément parce qu'elle était malade. Alors, pour cesser de mentir, je voulus réitérer ma proposition.

— Accompagnez-moi au bal du Printemps, dis-je, s'il vous plaît.

Je vis une coquetterie amusée s'éveiller dans ses yeux et parcourir son visage.

— Et qu'y ferions-nous ensemble, mon dieu ? Danser ? savez-vous seulement danser ?

— Non, dis-je, je danse comme un canard, je n'ai aucun sens du rythme. Je danse toujours à côté de la musique, c'est une infirmité chez moi.

— Alors, dit-elle, que fait-on dans un bal du Printemps quand on est un vilain canard infirme ?

— On se moque totalement des autres, dis-je. Les canards aussi ont le droit d'être heureux.

Elle parut réfléchir et se concentrer, puis admirer mon insistance et mon insolence.

— Vous y tenez tellement que ça ? demanda-t-elle.

— Je tiens à ce que vous m'y accompagniez, dis-je. Ce sera mon premier et mon dernier bal américain.

Elizabeth leva le doigt en signe d'admonestation.

— Attention ! pas de romantisme ! vous vous servez de tous les arguments pour arriver à vos fins ! Vous êtes un personnage redoutable.

— Non, non, dis-je.

Elle sourit.

— Parlons d'autre chose, dit-elle. Qu'avez-vous lu de réellement pas trop pourri récemment ?

39

J'eus envie de revoir April.

Cela me vint de façon insidieuse au retour de Sweet Briar. J'avais laissé Elizabeth à la porte de sa sororité. Elle avait fini par donner son accord pour être ma *date* du grand week-end du bal du Printemps et j'aurais dû être heureux. Pourtant, en la quittant, en cette fin d'après-midi d'un dimanche de printemps, je sentis une nouvelle insatisfaction me parcourir.

Quelque chose en elle freinait l'amour que je croyais avoir pour elle. J'avais parfois l'impression qu'elle se jouait de moi, qu'elle me manipulait, qu'elle se complaisait dans sa maladie. Alors, pour effacer cette sensation, j'aurais voulu l'aimer de façon physique. Mais en regardant la silhouette légèrement cassée d'Elizabeth en haut des marches, elle me parut tellement désincarnée qu'il m'aurait fallu des mois et des mois avant d'obtenir un baiser d'elle. Peut-être ne parviendrais-je jamais à la caresser, à la prendre dans mes bras. Cette idée me sembla à la fois éloignée et vulgaire, elle ressemblait à l'une de ces « insultes » dont Elizabeth m'accusait, une insulte à son vœu de pureté, à sa retraite, à sa lutte contre le corps. J'imaginais ce corps devenu si gracile et peut-être squelettique sous les vêtements flous et amples dont elle se déguisait. Elizabeth, nue, était-elle désirable ? Je me souvins alors des cuisses d'April, de ses seins entre mes mains lorsque nous faisions l'amour, affamés l'un de l'autre sur la banquette arrière de la Ford, et j'eus de nouveau envie de sa vitalité, il me fallait la toucher et lui prendre la bouche, et me laisser prendre par la sienne. Le goût de vin sucré sur ses lèvres humides me revint en mémoire comme une tentation, ténue mais persistante.

Les jours rallongeaient. J'atteignis les abords de *nigger-town* alors que la lumière d'un soleil rose orangé commençait seulement à disparaître derrière les toits des maisons qui formaient la première ligne à traverser, lorsqu'on venait de la ville blanche. Où vivait-elle ? April ne m'avait jamais donné son adresse. La Buick arriva presque naturellement dans la petite rue en pente où se trouvait son école. Je savais bien que je n'avais aucune chance de l'y rencontrer puisqu'on était dimanche, mais je pensais que cette rue où je l'avais attendue un jour d'hiver, pourrait me servir de point d'observation, et que le hasard faciliterait la suite des événements. Je trouvai logique de garer la Buick au même endroit, à hauteur de la petite boutique de disques, fermée elle aussi, et où j'avais entendu pour la première fois la voix rauque et séduisante du gros Fats Domino, avec son merveilleux *background* de piano désaccordé. C'était l'artère principale de *nigger-town* et j'espérais sans trop y croire qu'April, venue de je ne sais quelle promenade à l'extérieur de la ville, y passerait pour rentrer chez elle. Quatre gamins en uniformes rouges de base-ball jouaient d'un trottoir à l'autre. Quelques véhicules remontaient la rue à intervalles espacés. Tout était paisible. L'habituelle laideur du quartier nègre, que je n'avais pas revu depuis l'hiver, semblait s'estomper grâce à trois touches de blanc, de jaune et de vert dans les arbres et les boqueteaux qui entouraient l'école.

Je n'éprouvais aucune urgence, aucune frénésie,

aucune rage désespérée à retrouver April. Mais je me disais que, si elle devait passer par là, ce serait agréable, après tout, de l'entraîner vers l'une de nos anciennes cachettes pour donner libre cours à mon désir qui ressemblait à celui d'un enfant sevré. Dans ma complaisance, je savourais déjà un plaisir sexuel dont je ne doutais pas qu'il me serait donné sans réticence. Aussi, le cœur me battait un peu plus fort comme à chaque fois que j'avais pénétré dans un territoire interdit. Une ombre, soudain, passa sur le côté droit de la Buick, occultant la lumière tombante du jour qui avait chauffé mes joues et je sentis une masse s'écraser à mes côtés sur le siège du passager, et j'aperçus d'abord de la toile de serge beige avant de lever les yeux vers cette chose énorme et bruyante qui venait d'investir ma voiture. C'était le shérif Mc Lain, Big Jim Mc Lain. La peur me prit au ventre. Il était harnaché comme lors de notre première entrevue, quand j'avais brièvement eu affaire à lui dans les couloirs du dortoir, après la découverte du suicide de mon ami Buck.

— Et alors, morpion, qu'est-ce que tu branles par ici ? lâcha-t-il avec son fort accent local.

La crosse de son pistolet ressortait de l'étui plaqué sur sa grosse cuisse gauche, il portait une chemise kaki à boutons nacrés, la rutilante étoile de métal à cinq branches épinglée au milieu de sa volumineuse poitrine. Des auréoles de sueur surgissaient de dessous ses biceps, tachant sa tenue et dégageant une odeur âcre et nauséabonde qui se mélangeait à celle de son haleine corsée. Il mâchait un gros carré de tabac à chiquer, ce qui faisait couler un mince filet brunâtre le long de sa lèvre inférieure.

— Faudrait répondre, continua-t-il, ou alors faut donner ses papiers d'identité.

Je me sentais paralysé.

— Allons allons, bougonna-t-il sans forcer la voix,

tu es en pleine ville nègre, c'est pas des choses qui se font. J'aimerais bien en savoir un peu plus sur tout ça.

Il parlait lentement, semblant savourer mon embarras, mon effroi. Je sortis ma carte d'étudiant de première année de la poche de ma veste.

— Ah, dit-il, on se connaît déjà, je crois. Tu es l'étudiant étranger.

— Oui, répondis-je. C'est exact.

— Ah, fit-il, comme pour ponctuer sa réflexion.

Puis il se tut. Il pivota son corps vers moi et, prenant mes épaules entre ses deux mains de boucher, il m'obligea à le regarder en face. Ses yeux d'un vert étrange avaient des reflets assombris par la visière de son large chapeau pointu. La jugulaire de cuir brun durcissait un peu plus sa trogne couleur brique.

— Lâchez-moi, dis-je, vous me faites mal.

Mais il ne desserrait pas son étreinte. Il me regardait, l'œil allumé par je ne sais quelle gaieté.

— Qu'est-ce qu'un gentleman du petit collège blanc de l'autre côté de la ville, dit-il, vient foutre par ici ? Hein ? Et un étudiant étranger, en plus !

— Lâchez-moi, dis-je, mes papiers sont en règle et je n'ai rien fait d'illégal, rien !

— Et un dimanche soir en plus, continuait le shérif Mc Lain sans se préoccuper de mes protestations.

Je me sentis le besoin de parler pour qu'il cesse de labourer mes bras.

— Je me suis égaré, dis-je, j'ai perdu ma route et je me suis retrouvé ici et j'étais fatigué. J'ai fait un petit arrêt, j'allais repartir quand vous êtes arrivé, il y a aucun mal à cela. Vous n'avez pas le droit de me brutaliser comme ça.

Il ôta ses mains de dessus mes épaules et sourit avec malice.

— Je t'ai brutalisé, questionna-t-il, en faisant l'étonné. Tu es blessé ? Tu veux porter plainte ?

— Non non, dis-je, tout va bien.

— Ah, dit-il, j'aime mieux ça.

Il se tut à nouveau. L'angoisse ne m'avait pas abandonné. Dans le rétroviseur de la Buick, je pouvais voir la voiture-patrouille avec sa sirène sur le toit, garée juste derrière nous. Comment ne l'avais-je pas entendue arriver ? Comment le shérif s'était-il approché de moi sans que je m'aperçoive de sa présence ? Il avait dû couper son moteur en haut de la pente et laisser doucement glisser sa voiture vers la mienne. Mais pourquoi n'avais-je rien vu ? L'apparition de ce gros bonhomme porteur d'objets clinquants — menottes, sifflet à roulette, pistolet et bottes à semelles ferrées — m'avait saisi par surprise comme un voleur en plein délit. Sans doute m'étais-je assoupi. Le soleil peut-être, la fin du jour, le vide qui m'avait gagné l'espace d'un instant.

— Voilà ce qu'on va faire, finit par dire le shérif. Je vais monter dans ma voiture et je vais te dépasser et tu vas rouler derrière moi et on va sortir de chez les nègres. On se garera sur le campus et tu monteras dans ma voiture et je t'emmènerai faire un tour. J'ai envie de te montrer quelque chose. D'accord ?

— D'accord, dis-je, incapable de comprendre ce que tramait le gros flic.

Je suivis ses instructions, l'esprit traversé par toutes sortes de frayeurs, les jambes molles, le corps habité par la peur et la mauvaise conscience. J'envisageais les pires alternatives, un interrogatoire à la Police Station, une comparution chez le doyen Zachariah, le début d'un scandale. Cependant, la même voix qui m'avait souvent dicté mes conduites aventureuses, cette voix qui m'avait exhorté à faire ce que je m'étais toujours cru incapable de faire, me disait : « Calme-toi, il ne sait rien, il ne se passe rien, contrôle-toi, tu peux mentir aussi bien qu'un autre, il faut préserver ton statut, ce type n'est qu'un gros connard, tu n'es pas moins fragile

234

que lui, il essaye de t'intimider, il ne sait rien, il veut jouer avec toi, reste froid. Ne sois pas un enfant. »

Et je répétai ces derniers mots à haute voix :

— Ne sois pas un enfant.

A mesure que je reprenais courage, seul dans la Buick, dans cet habitacle où je m'étais si souvent parlé à moi-même, les mots se transformaient pour aboutir à une formule plus combative et qui voulait annihiler l'emprise qu'exerçait sur moi le représentant de la loi :

— Tu n'es plus un enfant.

235

40

L'enfant que je n'étais plus descendit de la Buick et ouvrit la porte de la Dodge du shérif pour s'asseoir à ses côtés. La voiture-patrouille partit et se dirigea vers les collines qui entouraient le campus. Le shérif ne parlait pas. Il continuait de chiquer son tabac, il sentait toujours aussi mauvais, il conduisait lentement, ses yeux perçants et mobiles parcourant les allées et les pelouses baignées d'une lumière lunaire qui était subrepticement venue se fondre dans le crépuscule orangé de ce qui avait été une glorieuse journée de printemps. C'était la nuit maintenant, et le shérif, tout en évoluant sans hâte dans le quartier résidentiel proche de l'université, m'emmena, sans que je m'en aperçoive immédiatement, vers les *barracks* où vivaient les professeurs. Je ne reconnus que tardivement ce lieu que je connaissais si bien, car Big Jim Mc Lain avait emprunté un chemin inverse à celui qui avait été si souvent le mien pendant l'hiver de mon amour clandestin avec April.

Ce fut seulement lorsqu'il déboucha de l'autre côté des *barracks*, par ce qui ressemblait plus à un sentier qu'à une route, que je compris où j'étais. Je sentis alors mon énergie m'abandonner. Mc Lain, toujours muet, arrêta la voiture au-dessus du ravin et braqua le phare à main situé à l'extérieur de la portière avant gauche pour éclairer l'endroit, cette cuvette terreuse, ce décor sinistre et ingrat où nous avions, April et moi, vécu nos rendez-vous secrets. L'angoisse revint en moi.

Il ne faut rien dire, pensai-je, il ne faut rien faire. Tant que tu ne parles pas, rien ne peut arriver. C'est une épreuve, c'est un duel, tu ne dois pas perdre, il ne faut pas céder. A mes côtés, le shérif semblait attendre. Le silence dans la voiture était seulement interrompu par sa mastication du tabac et les légers cliquetis métalliques de tout son harnachement policier dès qu'il remuait son grand corps. Cela dura longtemps. Puis, il parla à voix lente et douce, comme seuls savent le faire les gens du Sud, et plus ils sont gros et musclés et forts, et plus cette douceur est assassine.

— Je viens souvent ici le soir, dit-il. Je passe par le chemin que nous venons de prendre. Personne ne le connaît. J'attends. Parfois, rien ne se pointe. C'est comme à la chasse, tu sais, parfois rien ne se présente. Parfois, je vois quelque chose. Ou quelqu'un. Au bout d'un moment, je repars.

Il se retourna vers moi.

— Tu ne dis rien, dit-il.

Je haussai les épaules.

— Une fois, reprit le shérif, une fois seulement cet hiver, vers cinq heures du soir, j'ai cru voir la voiture que tu conduis, la Buick verte, dans le bas de ce ravin. Je m'apprêtais à descendre pour vérifier quand, tout à coup, on m'a appelé sur l'intercom. C'était un appel général, un appel à toutes les voitures, il fallait tout de suite rejoindre la route US 11 pour établir un barrage routier. Des pillards de ferme venus du Maryland et qui avaient passé la frontière de l'État. Ça m'a pris tout l'après-midi et une partie de la nuit. Quand je suis revenu, la Buick n'était plus là, bien sûr. Ça fait combien de temps que tu conduis cette voiture ?

— Je l'ai achetée au printemps, dis-je.

— Ah, dit le shérif. Bien sûr...

Il cracha un long jet de salive jaune foncé par la vitre ouverte de la voiture.

— Quand j'ai vu cette même Buick, reprit-il, tout à l'heure chez les bamboulas, ça m'a frappé. Je me suis dit, tiens j'ai déjà vu cette Buick quelque part. Tu n'étais jamais venu par ici ? avec ta voiture, je veux dire.

— Non, dis-je.

— De toute façon, dit-il, tout le monde a le droit de se balader par ici. Y a pas de loi contre. On est en démocratie. Ce pays est libre.

Ne réponds rien, pensai-je, ne rentre pas dans son jeu. Tu n'as rien à dire, autre que « oui » ou « non ». Il essaye d'amorcer une conversation. Ne t'y prête pas. Le danger est là.

— Par contre, continua-t-il, s'il n'y a pas de loi qui interdise de traînailler chez les nègres un dimanche après-midi de printemps, il y a des coutumes ici, tu vois, mon garçon. Et la coutume veut qu'on ne mette pas les pieds chez ces enculés de nègres, sous aucun prétexte, vois-tu, mon garçon. Ce n'est pas la loi, mais c'est la coutume.

Le shérif ne me quittait pas des yeux. Le chapeau toujours vissé sur la tête, la jugulaire en partie humidifiée par les traînées de jus de tabac, il avait, dans la pénombre de la voiture, une gueule encore plus redoutable et je croyais lire dans son regard une interrogation amusée et soupçonneuse, la recherche de quelque chose d'autre. Il continua de sa même voix douce, lente, faussement paresseuse :

— Et la coutume, ici, mon garçon, c'est beaucoup plus important que la loi.

Sur cette phrase, par laquelle, involontairement sans doute, le shérif Jim Mc Lain venait de résumer la réalité profonde du Sud, le silence retomba dans la voiture. Je me taisais, obstinément. Il attendait. Une tentation sourde, inexplicable, survenait en moi — celle de la confession. Je n'avais jamais livré le secret de ma liaison avec April, mes amours avec une Noire. Cela avait pesé sur moi comme une barre d'acier et si je n'en avais éprouvé aucune culpabilité, puisque je ne venais pas du Sud et que je n'étais pas américain et que l'héritage du racisme ne m'avait en aucune façon marqué, le secret n'en avait pas moins créé un sentiment diffus, l'ébauche de la mauvaise conscience. Et à mesure que je m'étais intégré à la vie de ce pays et à ses traditions, j'avais compris l'audace, voire la folie, qui avait présidé à tout cet épisode de ma vie. Big Jim McLain m'offrait peut-être une occasion de me soulager. C'était un gros bonhomme brutal mais rassurant aussi, car il savait manier la rudesse et la bienveillance, il suscitait la vérité plutôt qu'il ne la réclamait. Il tournait autour du problème, reniflant que je portais avec moi comme une sorte d'énigme. Alors, le jeu l'amusait. Il n'était pas chasseur par hasard. Je sentais s'affronter des forces contradictoires : le désir de l'aveu, le devoir de silence.

Le conflit fut bref. Entre ce désir et ce devoir, mon orgueil l'emporta, ainsi que la loyauté que j'éprouvais à l'égard d'April. Nous avions fait le serment de ne rien dire à personne, sous aucun prétexte. Un serment, c'est sacré. Et si j'avais souhaité ne plus être un enfant afin de faire face à la terrible épreuve que m'imposait le shérif, il faudrait désormais que je me félicite d'avoir conservé intacte la pureté de cœur de l'enfance. Car un secret est un secret, et les enfants préfèrent mourir que trahir. En ce sens, les enfants sont plus forts que les hommes. J'étais plus fort que le fort shérif. Je sus, dès lors, que je garderais pour moi seul le souvenir d'April, qu'il formerait un noyau indestructible au plus profond de moi, ce qui ne s'abandonne pas, ce par quoi on surmonte la peur, l'angoisse, la solitude. Je pus enfin ouvrir la bouche, sûr de moi, léger, prêt à toute comédie :

— Et vous avez réussi à les attraper ? demandai-je.

Big Jim Mc Lain parut interloqué. Il me regarda, l'œil vide.

— De quoi tu parles ?

— Eh bien, dis-je, des pillards. Les pillards du Maryland sur la route cet hiver, vous étiez en train de me raconter. Vous avez fini par les avoir ?

Il partit d'un rire étonné, gras et suffisant.

— Ah oui, dit-il, je n'y étais plus du tout, vois-tu. Évidemment qu'on les a coincés, qu'est-ce que tu crois, mon garçon, ça a été une belle putain de fusillade, même. Il y avait trois polices de trois différents États, figure-toi, et on s'est payé un sacré carton, ça avait mérité qu'on les attende. On n'a pas économisé sur les cartouches, je peux te dire. Jésus d'enculé de Christ, ils sont sortis de leur bagnole en pleurant, à genoux, ils nous suppliaient d'arrêter, ils en chiaient dans leurs frocs, ces enfants de putain.

Il souffla, parut réfléchir, puis ajouta :

— Des embuscades comme ça, je connais des flics qui ont attendu toute leur vie pour s'en taper une. Quelle soirée, mon garçon !

— Ça, dis-je, j'imagine que ça a été quelque chose.

Je me surprenais à flagorner, et je m'apercevais que ce n'était pas très difficile. J'y pris même quelque plaisir.

— Tu ne peux pas imaginer si tu l'as pas vécu, dit-il, sentencieux. Ce que je peux te dire, c'est que ça donne soif, des trucs pareils. Qu'est-ce qu'on a pu boire, après !

Il tourna la clé de contact, puis amorça une marche arrière.

— C'est pas le tout, conclut Mc Lain, faut que je me rentre.

Il me raccompagna jusqu'au campus. Tout au long

du retour, le shérif manipulait l'intercom pour vérifier avec son Q. G. s'il n'y avait eu aucun appel pour lui. Je compris qu'il avait coupé tout contact avec sa base pendant notre petite visite au ravin et j'en eus comme un frisson rétrospectif. Car ce geste signifiait qu'il avait réellement envisagé notre promenade comme un interrogatoire, pendant lequel rien ni personne ne devrait le déranger. Maintenant que l'intérieur de la voiture-patrouille était habité par le grésillement continu de l'appareil, je devinai que le danger était écarté et McLain n'avait plus la même stature silencieuse et menaçante. Arrivé devant le parking du campus où j'avais laissé la Buick, il me tendit sa lourde patte. Je crus que c'était la fin.

— Au revoir, mon garçon, dit-il.

— Au revoir shérif, répondis-je avec satisfaction.

Je ne sais pas pourquoi, un mot m'échappa, un petit mot qui était presque un aveu :

— Merci.

Alors, il cligna un œil et répliqua vivement :

— Merci pourquoi ?

J'eus une hésitation. Il fallait continuer de mentir.

— Euh... Merci de m'avoir raconté votre embuscade. C'était passionnant.

Mc Lain sourit avec vice, un sourire de connaisseur.

— Flatteur avec ça, dit-il. Malin... Tu es un petit malin, l'étudiant étranger. Mais fais attention, mon garçon. Si j'ai un conseil à te donner, ne prends jamais rien pour acquis. *Don't take anything for granted.* Ne *me* prends pas pour acquis.

— Je n'oublierai pas, monsieur, dis-je.

— Songes-y, dit-il, et que je ne te reprenne plus à traîner chez les nègres. Y a rien de bon pour toi là-bas.

Comme je ne répondais pas, il insista, conservant ma main encastrée dans sa pogne.

— N'est-ce pas, mon garçon ?

— Bien sûr, dis-je.

241

— Comment vous les appelez, vous, les nègres, dans votre pays ? demanda-t-il encore.

Je sentis qu'il me mettait une dernière fois à l'épreuve et qu'il fallait que je mente à nouveau pour me libérer de lui.

— On les appelle comme vous le faites, dis-je.

— C'est-à-dire ? Dis-le-moi, je veux te l'entendre dire.

J'eus du mal à lâcher l'expression :

— On les appelle des nègres, dis-je.

— C'est ça, dit-il, c'est exactement ça. O.K., ça va.

Il retira sa main de la mienne, comme on défait une paire de menottes, d'un coup sec.

— Bonne nuit mon garçon, dit-il.

Et cette fois, je sus que je pouvais ouvrir la portière et sortir. Je m'en voulais d'avoir prononcé le mot, mais je me disais que cette petite lâcheté était compensée par ma victoire ultime : je n'avais pas cédé, je n'avais pas rompu. Il ne m'avait pas entamé. J'étais entier, pensai-je.

La voiture-patrouille fit demi-tour et je la regardai partir sans oser bouger, persuadé que le shérif Mc Lain me surveillerait dans le rétroviseur jusqu'à ce que sa voiture disparaisse au détour du gymnase. Quand ce fut fait, je me mis immédiatement à parler à haute voix dans la nuit du campus.

— Je l'ai eu, je l'ai eu, j'ai gagné la bataille !

Mais je ne me sentais envahi d'aucune fierté. Sensiblement, au contraire, je commençais à mesurer ce qu'avait voulu dire April quand elle m'avait répété au cours de notre liaison qu'un jour, moi aussi, comme elle, ou à cause d'elle, comme ses frères de race, je finirais par savoir ce que c'était, la honte.

41

Pendant les jours qui suivirent, je me sentis diminué. Mc Lain m'obsédait. Phénomène étrange, j'aurais voulu le revoir. Le shérif m'avait tant impressionné que je ressentais le besoin insidieux de me retrouver sous sa coupe pour reprendre notre dialogue ambigu. Mais cela passa, grâce au charme des jours dorés de ce printemps. Les activités étaient si nombreuses, la période des examens coïncidant avec l'approche du bal, il faisait si doux, et si beau que je pus mettre cet épisode de côté. Mais quelque chose de cette confrontation devait rester en moi. A partir de cette période, l'apparition au coin d'une rue d'une voiture-patrouille de la police avec le gyrophare sur le toit allait déclencher une petite secousse désagréable, un effet de tenaille à hauteur de la gorge. Et cela aussi, il faudrait que je le taise, comme le reste.

42

De l'autre côté de l'Océan, à Paris, mon père n'allait pas bien. Il craignait pour la vie de son fils aîné, mon frère, qui faisait la guerre en Algérie. Il n'en dormait pas. Il étouffait. Des chaleurs subites l'assaillaient de toute part. Chaque soir, ma mère entourait sa poitrine d'un grand drap qu'elle avait rafraîchi en l'enfermant, plié, dans le réfrigérateur. Elle appelait ça « faire des enveloppements ». Si le courrier n'avait pas apporté, une fois au moins dans la semaine, des nouvelles rassurantes du sous-lieutenant, il fallait alors procéder à deux séances quotidiennes d'« enveloppements », une le matin et une le soir.

J'appris tout cela par une lettre de ma mère. Il ne m'était jamais apparu que mon père, cette grande silhouette de juge aux cheveux blancs et aux yeux gris-bleu derrière ses lunettes d'écaille pourrait autant se tourmenter pour l'un de ses enfants. Nous l'avions toujours connu sévère et rassurant, droit comme un peuplier, la voix égale, le geste sobre. Quand nous étions gamins, il suffisait qu'il apparût au bout du couloir où chahutaient ses quatre fils pour que le silence se fît. Il n'avait pas besoin de crier, menacer ou sévir, sa seule présence était une force devant quoi on ne pouvait que se plier. Nous le craignions, le respections, l'adorions, nous inventions à son propos des surnoms irrévérencieux, à la façon de lycéens qui tremblent devant celui qui gouverne leur établissement. Je n'arrivais pas à imaginer mon père, étouffant d'anxiété, dorloté par sa femme qui n'avait trouvé comme autre solution à ce phénomène imprévisible, qu'un remède de paysans.

C'était déconcertant. Il était donc aussi sensible et fragile qu'un enfant, aussi émotif que je pouvais l'être ! Quelque chose vacilla, et pour la première fois j'envisageai que l'idée qui me faisait horreur — le retour au pays — pourrait ressembler à une sorte de devoir. Devrais-je rentrer pour aider mon père ? Malgré la tendresse accrue que je ressentais pour lui, cette perspective ne m'enchantait pas, et je la rejetais.

Il se développe, chez ceux qui sont partis jeunes pour un voyage lointain, une forme de durcissement de cet égoïsme qui repose en chacun d'entre nous. On est seul au milieu de l'inconnu. On se fabrique des priorités, on dresse des plans, on apprend à survivre. On combat la solitude à coup de défis et de conquêtes. Tout ce qui peut entraver le déroulement du voyage est, dès lors, perçu comme une menace. J'avais mes plans, désormais. Je ne voulais pas rentrer à la maison, mais rester au moins une année de plus sur le campus. Je voulais aussi transformer Elizabeth, la guérir par la vertu de mon amour, et faire en sorte qu'elle redevienne l'impeccable jeune fille qui avait marqué notre première rencontre. Peut-être, alors, m'aimerait-elle également et pourrions-nous vivre ensemble une année universitaire complète avec ses rendez-vous et ses rites, comme n'importe quel couple d'authentiques étudiants, une année lumineuse, riche en événements heureux.

Je repensais à mon père et aux lectures qu'il nous faisait, le soir, après le repas, quand nous étions enfants et que la télévision n'existait pas. Il avait pour habitude de nous lire, régulièrement, un des livres qui avaient enchanté sa propre enfance. Un de mes préférés avait été *Les trois mousquetaires*, et je m'étais toujours souvenu du beau conseil que le père de d'Artagnan prodigue au jeune homme lorsque celui-ci va partir : « Ne craignez pas les occasions et cherchez les aventures. » Je souhaitais d'autres occasions, j'aspirais à d'autres aventures.

Mon appétit d'Amérique n'était pas satisfait, ma curiosité croissait avec le temps. Je n'avais pas encore assez reçu de ce pays, de ses villes, ses États, ses routes, ses surprises, ses paysages et ses rencontres. Je commençais seulement à en saisir l'ampleur, la férocité et la poésie, il m'importait d'en savoir plus. Dans mes nuits, revenait de plus en plus fréquemment le mauvais rêve du bateau du retour et cette phrase que me répétaient des inconnus vêtus de noir qui m'attendaient, debout comme une rangée de pingouins sur le quai du Havre, et qui me disaient en ricanant : « Tu as manqué quelque chose, tu as manqué quelque chose. » Je ne voulais rien rater. Je pressentais que m'attendaient mille découvertes sur ce territoire à peine entamé.

Ainsi, soutenu par mes rêves les plus affreux (le bateau du retour) comme les plus romantiques (la guérison d'Elizabeth), je refusais d'un bloc les frayeurs de mon père, la dangereuse épreuve que vivait mon frère et qu'allaient bientôt connaître mes anciens camarades de lycée — ce conflit incompréhensible et distant qui ne me concernait pas. Ce n'était pas mon affaire. Ce n'était pas mon destin. Je ne voulais plus rentrer à la maison. J'avais mes plans.

43

Vieux Zach eut un geste désolé et vaguement irrité.

— Nous ne pouvons rien faire pour vous, me dit-il. Notre petit collège n'est pas équipé pour payer une année de plus à un étudiant étranger. Vos notes sont excellentes, certes, et vous vous êtes tout à fait intégré à la vie du campus, vous y jouez même un rôle, tout le monde vous apprécie. Je comprends parfaitement votre désir, mais je ne vois pas comment y accéder.

Il sourit avec bienvaillance de derrière son bureau. Une rage de le convaincre montait en moi.

— Monsieur le Doyen, lui dis-je, les mâchoires serrées, et la voix grave, j'ai mes plans !

— Ah, fit Vieux Zach, amusé.

— Oui, dis-je. Sur les conseils d'un étudiant de troisième année, Clem Billingsworth, qui a déjà fait cela, j'ai envoyé une lettre de candidature en dix exemplaires aux dix responsables du US Forest Service dans dix États de l'Ouest et du Nord-Ouest qui offrent régulièrement en été des emplois temporaires très bien rémunérés : abattage d'arbres, nettoyage de routes et de forêts, construction de ponts, etc.

— Vous cherchez un *summer job*, si je comprends bien, dit Vieux Zach. Ce n'est pas très original.

— Monsieur, insistai-je, j'ai écrit dans le Montana,

le Nebraska, le Colorado, le Dakota du Nord et du Sud, le Washington, le Wyoming, l'Utah, l'Oregon et le Nevada.

L'énoncé de ces noms merveilleux et lointains renforçait mon acharnement, ma volonté de démontrer que j'irais jusqu'au bout.

— Il n'y a pas beaucoup de forêts dans l'Utah et le Nevada, interrompit Vieux Zach, doucereux.

— Détrompez-vous monsieur le Doyen, dis-je, j'ai étudié les cartes chaque nuit avant de faire mes lettres. Et d'ailleurs, s'il n'y avait pas de forêts, il n'y aurait pas de responsables du US Forest Service dans chacun de ces États.

Il rit.

— Comment avez-vous déniché leurs adresses ? demanda-t-il.

— Je travaille la nuit à la *Gazette de la Vallée*, dis-je, pour gagner de quoi rembourser le crédit de ma voiture. J'ai accès à suffisamment d'informations pour être sûr que les lettres arriveront au bon endroit et je suis sûr que sur les dix, j'aurai une réponse positive.

Depuis plusieurs nuits, la carte routière Rand MacNally était devenue ma lecture principale. Sous la lumière de la petite lampe à l'abat-jour d'opaline verte qui, sur le *desk* de la salle de rédaction de la *Gazette*, symboliserait toujours pour moi un début dans le journalisme, j'apprenais par cœur les itinéraires qui devraient me conduire dès la fin de la session universitaire vers l'endroit où j'aurais été accepté. Les emplacements des représentants officiels du département d'agriculture dont dépendait le Service des Forêts avaient exalté mon imagination. Une localité, en particulier, où j'avais envoyé mon acte de candidature, et qui s'intitulait Missoula dans le Montana. C'était beau à prononcer, ça sonnait comme un poème de Carl Sandburg :

Mi-ssou-la
Mon-ta-na

Ce devait être un nom indien, à coup sûr. Je le scandais pour moi seul quand je rentrais en voiture dans les ruelles silencieuses qui menaient de la *Gazette* au campus endormi.

— Vous vous imaginez, véritablement, abattant des arbres dans les forêts de l'Ouest ? interrogea Zach, toujours aussi suave. C'est un rude boulot. A ma connaissance, vos meilleures notes, vous ne les avez pas obtenues en poids et haltères.

— J'y arriverai, répondis-je, vexé et étonné du scepticisme affiché par Zach, cet homme qui nous avait pourtant tous habitués au dialogue, qui avait encouragé toute initiative individuelle.

Il m'observa, songeur.

— Bien, jeune homme, dit-il au bout d'un court silence. Supposons que vous l'obteniez, cet emploi. Vous allez gagner quoi en deux ou trois mois ? Six à huit cents dollars au maximum. Tout juste de quoi payer une chambre en ville, puisque l'an prochain l'université ne pourra vous octroyer une place gratuite dans le dortoir comme cette année. Votre successeur, un autre étudiant étranger, a déjà, quelque part en Europe, reçu notification de son acceptation chez nous. Eh oui, vous faites l'étonné, mais c'est comme cela, c'est la vie.

Je sentis une boule amère monter dans ma gorge.

— Continuons, dit Zach. La chambre, et peut-être une partie de la nourriture sans compter le remboursement de votre crédit à la banque. Mais le reste ? Les frais d'études, d'enregistrement, nous sommes un collège privé vous le savez bien. Ça équivaut facilement à trois ou quatre mille dollars. Où les trouverez-vous ?

— Eh bien justement, dis-je, j'attendais de l'université qu'elle me les offre.

La réponse tomba, coupante.

— Vous attendiez trop, mon ami.

J'en avais les larmes aux yeux.

— Mais monsieur le Doyen, dis-je, vous ne pouvez pas au moins porter mon cas devant le Conseil d'administration et défendre ma cause ?

Vieux Zach fourragea dans un paquet de feuilles et de dossiers qui se trouvaient sous ses mains, sur le bureau. Puis il leva les yeux vers moi, l'air lassé d'un seul coup.

— Figurez-vous que je l'ai fait, dit-il, après que vous avez pris rendez-vous avec moi. Figurez-vous que j'avais anticipé votre démarche.

J'étais à moitié surpris.

— Ah ! dis-je.

— Oui, répondit le Doyen. J'espère que ça ne vous étonne pas. Votre Vieux Zach sait lire dans la tête de ses étudiants et je vous voyais venir depuis quelque temps. Vous vous plaisez ici, je sais. Et vous avez retenu mes leçons de cet hiver. Ça, c'est bien, bravo. J'ai donc prévu que vous vouliez rester plus longtemps, c'est déjà arrivé avec un ou deux étudiants étrangers comme vous auparavant, mais votre bourse ne porte que sur une durée d'un an. Alors j'ai posé la question, théorique. L'avis du Board est négatif. Cela n'a rien à voir avec votre personne, c'est une question de principe. On ne l'a jamais fait. C'est une question de budget, aussi. Il est serré pour l'an prochain. Il faut être réaliste, jeune homme.

Il marqua un temps.

— L'Amérique est un pays de réalités, reprit-il. Et la réalité ici, c'est que le Doyen le plus malin et le plus ancien et le plus écouté de ce petit campus ne pèse pas d'un grand poids devant un Board qui manie les chiffres et qui fonctionne selon ces chiffres. Vous n'êtes pas inscrit dans les chiffres de notre petit collège.

— Le collège est petit, protestai-je faiblement, mais il est riche. Nous le savons tous.

Vieux Zach soupira, retenant son impatience.

— Vous ne savez rien, dit-il. Nous projetons de construire trois nouveaux buildings dans les trois ans à venir. Une bibliothèque, un labo, un nouveau dortoir. La masse considérable des dons des anciens élèves, les Alumni — masse par laquelle vit et survit notre collège — y sera entièrement consacrée. Ce n'est pas parce qu'on est riche qu'on doit éparpiller son argent.

Une vague de découragement me gagna, et je me levai. Vieux Zach se leva à ma suite.

— Je serais vous, me dit-il, si je recevais un accord de l'US Forest Service, j'irais passer de toutes les façons mon été dans les forêts de l'Ouest. De retour en Europe, vous serez bien content d'avoir ce petit pécule et d'avoir vécu une expérience de plus.

— J'y compte bien, dis-je, sans que sa phrase parvienne à me consoler. Je peux vous poser une question ?

— Allez-y, mon vieux.

— Pourquoi avez-vous été aussi dur avec moi ?

Il eut un petit rire sec, fort peu dans sa manière.

— Je n'ai pas été dur, répondit-il.

— Oh si, monsieur, dis-je, le cœur gros, à cet homme pour qui j'avais tant de respect.

Alors Vieux Zach fut pris comme par un accès de colère. Sa voix s'enfla et avec elle, son accent du Sud. Il déploya l'un de ses deux grands bras.

— Il faut apprendre, jeune homme ! Il faut apprendre ! Il faut que vous appreniez que les choses n'arrivent pas comme ça simplement parce qu'on les énonce ! Ça ne suffit pas, vous comprenez ? Ça ne suffit pas ! Ça serait trop beau.

Il se calma vite et son bras, en se baissant, vint entourer mes épaules.

— Vous allez au bal du Printemps ce week-end, me

dit-il. Profitez-en, c'est toujours un événement important. Vous avez une *date* au moins ?

— Oui monsieur, dis-je, j'en ai une.

Je ressassais la nouvelle leçon de Vieux Zach. A l'amertume vint s'ajouter l'inquiétude. Je ne pouvais en effet m'empêcher de voir dans le refus du Board autre chose qu'un simple calcul budgétaire. S'était-on renseigné à mon sujet ? En savait-on plus sur moi ? Le shérif Mc Lain avait-il dressé un rapport sur mon comportement suspect dans le quartier nègre ? Une petite paranoïa venait ainsi s'ajouter à ma vanité blessée, et je marchais dans les allées du campus fleuri avec le poids du monde sur mes frêles épaules. Ce monde envers lequel je nourrissais, soudainement, une vindicte muette.

44

Le bal du Printemps s'ouvrait par l'arrivée, dès le vendredi après-midi, des jeunes filles accompagnées de leurs chaperons ou d'un membre de leurs familles. On les installait dans les auberges et les motels avoisinants ; nombreuses aussi étaient celles qui couchaient en ville chez l'habitant. Le rite voulait que le vendredi soir fût consacré à des *drinks* rapides dans les fraternités diverses. On s'endormait tôt, car il fallait être frais et dispos pour le lendemain, le plus long samedi de l'année.

Cela commençait par des *brunches* en plein air, sur les pelouses des fraternités, avec des tentes de toiles striées de vert et blanc, dressées au sommet des pentes qui, à l'arrière des grandes demeures, dominaient les vallons voisins. Les serveurs noirs distribuaient du *mint-julep*, des boissons faiblement alcoolisées, du thé glacé et des assiettes en carton pleines d'œufs brouillés, de saucisses rouge sombre, courtes et piquantes, et de *pancakes* brun doré imbibés de sirop d'érable. Il flottait autour des buffets des odeurs mêlées de cannelle, de noix de pecan, de miel et de poivre des Caraïbes. On était en veste légère, *haspel cord*, en pantalon de coton et chaussures blanches ; certains portaient des canotiers ; les jeunes filles étaient en chemisiers à fleurs et en jupes larges descendant aux chevilles. Vers treize heures, partis des différentes demeures à pied ou en voiture, les étudiants escortés de leurs *dates*, se dirigeaient par grappes vers la pelouse centrale du campus, ce monticule à l'herbe immaculée dont la douce inclinaison vers la chapelle était alors envahie. On installait des couvertures, on déployait les vestes — c'était la seule occasion de l'année où vous aviez le droit d'être en chemise dans l'enceinte officielle du campus — et chacun s'asseyait sur un tissu ou une étoffe, ou s'étalait à même le gazon. Vue de haut, vue de la « colonnade », cette assemblée de jeunes gens et de jeunes filles avec leurs vêtements vert pomme, blanc du Sud, bleu ciel, jaune pâle ou rose fuchsia, faisait penser au tableau d'un peintre pointilliste, dont les myriades de petites taches donnent à l'œil qui se plisse l'illusion d'une couleur uniforme et cependant indéfinissable, parce que volontairement contrariée. C'était un spectacle parfait, sans fausse note, et qui vous remplissait d'un bonheur calme. Le concert de l'après-midi pouvait débuter.

Il était de tradition que l'orchestre qui, le soir, ferait évoluer les couples en smokings et robes longues dans le grand gymnase, donne une aubade du jour aux mêmes étudiants et à leurs *dates* et fasse preuve de la multiplicité de ses talents en jouant, précisément, une autre sorte de musique que celle qui prévaudrait pour le bal. Moins rythmée, moins trépidante, moins « dansante ». Cette musique constituait un long rappel de tous les airs qui avaient figuré au hit-parade des dix dernières années, ce qui correspondait en réalité à la préadolescence, puis l'adolescence et puis la jeunesse de toutes celles et tous ceux qui écoutaient, assis ou allongés sur l'herbe de Virginie. Ils appartenaient à une civilisation et un système où la musique tient lieu de référence sentimentale et sociale à la fois. Véhiculée par la radio, puis par les premiers bals à l'école, quand on a tout juste dix ans, puis s'égrenant à travers les années d'ascension dans le lycée, les compétitions sportives, les premières rencontres avec le sexe opposé, le jeu des *dates* qui préfigure le jeu de l'amour et du mariage, relayée par la télévision qui commençait d'investir les foyers, cette musique leur racontait leur propre passé. Elle leur permettait de revivre tout ce qui les avait amenés jusqu'ici dans ce collège où, maintenant, se dessinait leur avenir d'adulte. Aussi recevaient-ils les rengaines et les mélodies comme autant d'évocations de leur premier flirt, premier succès, premier chagrin, si bien que malgré leur jeune âge, ils se trouvaient submergés par ce sentiment doux et poignant et qui n'appartient habituellement qu'aux grandes personnes, la nostalgie.

Des vagues de satisfaction, parfois des rires, souvent des applaudissements, parcouraient l'assistance au passage de chaque air nouveau, c'est-à-dire ancien. Les titres volaient sur les lèvres. On reconnaissait la *Tennessee Waltz* et l'on tapait des mains en cadence pour une scie particulièrement idiote qui avait fait fureur juste à la fin des années 40, en 1949 : *Bibidi-Bodidi-Boo*. Il m'était impossible d'identifier ces signes d'un passé que je n'avais pas vécu, mais Elizabeth, assise à mes côtés sur le gazon, fut assez généreuse pour le faire. Ainsi défilèrent, agrémentés d'un commentaire propre à l'humour d'Elizabeth, toute une brassée de chansons sans paroles, mémoire collective de mes camarades et de leurs *dates*, rétrospective musicale où la ballade romantique se mêlait au genre plus cadencé, le rythme se modifiant au fil des années pour atteindre le grand tournant, les premières apparitions du rock'n'roll :

— *Mona Lisa*, sirop sirupeux, c'était Nat King Cole qui l'avait créée, murmurait Elizabeth. Ah celle-là, ça doit quand même vous dire quelque chose : *Les Feuilles mortes*, elle vient de chez vous ? C'est le début de la décennie. Tiens, une belle imbécillité celle-là, on a dû la vendre à des millions d'exemplaires : *Si j'avais su que tu venais, j'aurais fait faire un gâteau.* Peut-on imaginer paroles plus ineptes ? *Tzena, Tzena,* très pourri ça aussi, écrit par des primates pour des primates ! Oh, comme elle était jolie, celle-ci : *Des baisers plus doux que le vin,* Jimmy Rodgers l'avait chantée, je m'en souviens, à l'époque j'allais conquérir le monde... Ça a été une année fertile en génies artistiques, vous ne trouvez pas ? Une année qui nous offre *Le Petit Nuage blanc qui pleurait, La Lune en guimauve,* et *Le Rossignol au sommet des arbres* doit être retenue comme un moment fort de la civilisation chrétienne occidentale. Autre contribution à l'héritage culturel américain : *Faut être deux pour le tango,* belle affirmation, vous ne trouvez pas ? Et qui va plus loin qu'on ne peut croire...

Elle se tut quand l'orchestre entama *Your Cheatin' Heart,* qui avait deux ans seulement d'existence et que je parvins à reconnaître. En ce temps-là, les chansons à succès vivaient une longue durée, un titre pouvait figurer sur les *charts* pendant plusieurs années. Pourquoi Elizabeth arrêta-t-elle son commentaire moqueur à partir de ce titre ? Me retournant vers elle, je vis son front se rider, elle me regarda, sourit mécaniquement, puis s'étendit sur le dos, les yeux au ciel, et reprit la litanie des titres mais sans plus y ajouter de remarques acides. Je m'étendis à ses côtés, fermant les yeux, n'osant prendre sa main, gagné cependant par les parfums des arbres du campus auxquels venait s'ajouter la touche d'essence de jasmin dont la jeune fille avait aspergé sa robe.

> *Ne laisse pas les étoiles envahir tes yeux*
> *Jumbalaya*
> *Baiser de feu*
> *Sing a little song*
> *J'ai vu maman embrasser le père Noël*
> *Hilili-Hilo*

You you you
Avril au Portugal
Rock around the clock

Quelques couples se levèrent pour esquisser une figure de rock à l'écoute de ce qui avait été le signal d'une révolution, la première intrusion blanche dans une musique nègre, mais ils reprirent vite leur position couchée sur le gazon. Tout incitait à la paresse, l'abandon, le temps semblait s'être arrêté. Je me félicitais en silence d'avoir persuadé Elizabeth de m'accompagner. Tout se passait bien et j'oubliais sans difficulté mes inquiétudes sur mon avenir.

Elle était arrivée le vendredi sans chaperon par la micheline de l'après-midi en gare de Staunton où je l'attendais au volant de ma Buick.

— Entre nous deux, pas besoin de chaperon, avait-elle dit, puisqu'il est entendu, contrat oblige, que vous ne me faites pas la cour et que je viens seulement vous aider à vivre votre fantasme du bal du Printemps.

— C'est entendu, avais-je dit, mais je l'avais prise par la main et elle n'avait pas refusé le contact.

Tous les couples se comportaient ainsi. L'amitié complice que nous avions entamée me donnait, estimais-je, quelque droit de faire « comme si ». D'autant que nous vivions ensemble une véritable comédie.

Ainsi, nous avions échafaudé un mensonge à l'intention de la vieille dame qui la logerait pour deux nuits dans une maison de Jefferson Avenue, derrière le bureau de poste. Les parents d'Elizabeth, avions-nous dit, avaient été retardés et nous les attendions pour samedi soir ou dimanche — ce qui expliquait que la jeune fille se retrouvait seule lorsque le jeune homme (moi) viendrait la quérir pour les soirées et les cocktails. De son côté, Elizabeth avait expressément demandé à sa mère de ne pas descendre de Boston pour admirer sa conquérante de fille jouant les reines du bal. Elle avait prétexté que le jeune homme qui l'avait invitée pourrait voir dans la présence de ses parents un trop vif intérêt pour un « parti » possible. La mère avait renâclé. Elizabeth avait donné le change. Car elle commençait à redouter le jour où ses parents la reverraient et à se demander comment ils réagiraient devant sa transformation physique, son refus de participer au jeu social. Au moins, s'était enquis la mère, peut-on savoir qui est ce chevalier servant ? Bien sûr, avait dit la fille. Il s'agit de l'héritier d'une des plus vieilles familles de la noblesse française. Elle m'avait inventé un nom ronflant, le marquis de la Grande Pierre. « Boston », comme elle surnommait sa mère, en avait été fort impressionnée. Nous avions ri. Tous ces mensonges augmentaient notre connivence, Elizabeth semblait y trouver quelque plaisir, un défi de plus au système qu'elle combattait. J'y puisais, de mon côté, l'espoir d'un lien solide qui se transformerait bientôt en un amour enfin partagé. Il me semblait en outre, à mesure que se déroulait le week-end, qu'Elizabeth allait mieux et que ma thérapeutique ne tarderait pas à faire son effet. Ses joues avaient repris des couleurs. Elle avait fait quelques efforts pour s'habiller « comme les autres ».

— Je connais les déguisements qui conviennent à toutes ces sortes de singeries, m'avait-elle expliqué. Dans la journée, il faut être printanière, claire et nette, chic et surtout pas provocatrice. Le soir, romance et falbalas, charme et féminité. Ne vous faites aucun souci, je serai une cavalière à la hauteur de votre rêve.

— Merci, avais-je dit.

— Je vous en prie, marquis, avait-elle répliqué.

Shake rattle and roll
Sh-Boom

258

Tout de toi
Papa aime le mambo

Maintenant, les rengaines avaient rejoint le temps présent et l'orchestre des frères Dorsey interprétait toutes les œuvres qui avaient bercé les neuf mois écoulés depuis mon arrivée sur le campus. A mon tour, je pouvais jouer pour Elizabeth qui restait étendue, immobile sur la pelouse, les yeux fermés, le jeu de « je m'en souviens ». Il y avait *Pleure-moi une rivière* qu'avait chanté avec fièvre la voluptueuse et statuesque Julie London. Je reconnaissais *Seize tonnes* de Tennessee Ernie Ford, qui était apparu dans la voiture de Bob par la radio, sur les routes, la nuit, quand j'étais allé passer Noël au Texas. Tiens ! voilà *La Tendre Trappe*, avec quoi l'immortel Sinatra avait entamé le générique du même nom :

> *On voit une paire d'yeux qui sourient,*
> *Et soudainement vous voilà pris*
> *dans la tendre trappe.*

Il marchait en se déhanchant sur une surface plate et bleue, comme un toit d'ardoise, vêtu d'un costume clair, avec un chapeau de paille de ville, bords étroits et large bandeau, et il venait de très loin sur un fond de ciel aussi bleu que la surface et il s'avançait avec nonchalance vers le public, sur l'immense écran vide et déformé des premiers films en cinémascope — c'était l'année de la découverte du scope — et à mesure que la silhouette de Sinatra grossissait, la musique augmentait de volume. Tout le générique était constitué de cette interminable avancée de l'homme aux yeux bleus vers nous. Le film n'avait aucune valeur, sauf dans les moments ou Frankie chantait, mais ce long plan continu de Sinatra, marchant dans la couleur et la dimension irréelle du scope, m'avait marqué. Nous avions dû le voir en hiver, dans la seule salle de cinéma de la petite ville, et cette allure canaille et totalement relâchée, ces mains dans les poches d'un costume coupé à merveille, ce chapeau posé avec insolence sur le coin du crâne, ce sourire de l'homme qui n'est dupe de rien ni de personne, cette voix porteuse de tous les mythes des années 40 avaient symbolisé, pour les quelques étudiants disséminés dans la salle, le comble de la séduction et de la réussite. Nous savions qu'il était petit et d'origine italienne, qu'il avait le visage grêlé et balafré, et qu'il avait connu de terribles traversées du désert dues à ses ennuis conjugaux et financiers et à la perte provisoire de son timbre de voix. Mais il était sorti du trou, il avait obtenu l'Oscar pour *Tant qu'il y aura des hommes* et voilà qu'il revenait au sommet et que le moindre de ses disques, la plus banale des chansons qu'il acceptait d'interpréter, se vendait à des millions d'exemplaires. On allait toujours au cinéma en bande, à trois ou quatre copains, bien souvent voisins de chambre du dortoir. Au sortir du cinéma, ce jour-là, nous nous étions extasiés sur ce que nous appellerions longtemps « le générique », et nous nous étions demandés combien d'années de travail et combien d'épreuves, d'histoires d'amour et de combats professionnels il avait fallu accumuler pour parvenir à afficher une telle décontraction, pour maîtriser cette manière de marcher comme si l'on était au sommet du monde, au pic de la fortune et de la gloire, et comme si, cependant, on n'en avait absolument rien à foutre. C'est tout cela que me rappelait, d'un seul coup, le refrain de *La Tendre Trappe* et que je racontais à Elizabeth, et comme je m'étais embarqué dans une description lyrique et ironique de notre ébahissement de jeunes gens perdus dans leur campus de province face à la sophistication urbaine du grand Sinatra, je m'attendais à quelques réactions amusées de ma partenaire, mais rien ne vint. Elle s'était endormie.

Le concert de l'après-midi s'achevait et les couples se redressaient sans hâte, les garçons tirant les filles par la main pour les arracher à la pelouse, chacun époussetant sa jupe ou son pantalon. Je restai assis aux côtés d'Elizabeth, n'osant la réveiller. Il était six heures du soir, il faisait toujours aussi doux, cela ne m'aurait pas dérangé de demeurer au milieu du brouhaha de cette fin de concert, malgré les regards appuyés de quelques étudiants et de leurs *dates*. J'attribuais le sommeil d'Elizabeth au pouvoir conjugué de la musique et de l'air parfumé du printemps sur le campus, mais je craignais que d'autres y voient l'effet de l'alcool — après tout, pendant le *brunch*, dans certaines fraternités, on avait déjà servi du bourbon, en douce, par l'intermédiaire de flasques dissimulées dans des sacs en papier brun. Ce n'était pas le style d'Elizabeth. A midi, elle n'avait rien bu, rien mangé. J'avais insisté, mais le seule vue des saucisses et des œufs brouillés lui donnait, avait-elle dit, des « projets de nausées ». Elle se réveilla finalement, ouvrant ses yeux sur la pelouse vide.

— Mon dieu, dit-elle, je m'étais endormie. Nous sommes les derniers ?

— Oui, dis-je, tout le monde est parti. C'est la musique qui vous a ainsi endormie ?

— Peut-être, dit-elle, peut-être aussi la faiblesse générale de mon corps. A un moment donné voyez-vous, pendant qu'on jouait *Mister Sandman*, je n'ai plus senti mon corps. J'ai même dû m'envoler légèrement au-dessus du sol. M'avez-vous vue m'élever, comme dans un état de lévitation ?

— Non, dis-je en riant, nous n'avons assisté à aucun phénomène de ce genre.

— Ah bon, dit-elle avec sérieux, c'est curieux, je crois bien pourtant avoir décollé du sol pendant quelques secondes. Ensuite, je me suis endormie. J'étais vraiment loin, très loin.

Nous étions debout et nous commencions de marcher sous la voûte des hêtres, vers le parking où était garée la Buick. Elle me prit la main et je sentis qu'elle tremblait, comme lors de nos premières rencontres.

— Vous avez froid, dis-je. Vous avez faim ?

— Non, dit-elle.

Elle murmura :

— Si je n'ai plus senti mon corps, cela veut dire que je l'ai enfin vaincu. Qu'en pensez-vous ?

— Je pense, dis-je, que nous allons passer une soirée formidable.

Elle ne répondit pas.

Les sourcils froncés, elle regardait droit devant elle, au-delà des ormes qui entouraient l'espace réservé aux voitures et, pour la première fois depuis qu'avait commencé le grand week-end, j'eus la sensation floue que quelque chose allait arriver dont je ne pourrais assurer le contrôle. Elizabeth s'était mise à fredonner. Je m'aperçus qu'elle ne l'avait pas fait depuis que nous nous connaissions, et je voulus y voir un signe contraire au mauvais pressentiment qui venait de m'effleurer.

45

L'important, dans les grands bals, c'était de ne pas y arriver seul. Il fallait partir à plusieurs, dans les voitures depuis les fraternités, pour aller chercher les filles qui, poudrées, coiffées, manucurées et vêtues de leurs robes longues, attendaient leurs cavaliers, les chaperons à leur côté. La cérémonie n'était intéressante et amusante et ponctuée de moments d'émotion ou d'humour que si on la vivait à plusieurs, quitte à ce que, plus tard, au cœur de la soirée, chaque couple se détache du groupe. Mais il en était du bal comme du reste, comme de toute la vie sur le campus, comme des fraternités et des comités et des associations et des matches de football : on ne faisait pas les choses en solo, on participait, on appartenait à une communauté qui tissait inlassablement des liens entre ses membres, au service d'un même esprit — un système dont l'origine remontait aux pionniers et à cette volonté de créer un nouveau monde qui avait animé les premiers colons, précisément sur cette terre de Virginie, comme plus haut en Nouvelle-Angleterre — à cause de cette peur diffuse devant l'immensité d'un continent sauvage et inconnu. Pour lutter contre les forces obscures, les hommes venus du monde ancien, s'étaient resserrés autour des chariots, autour de leurs femmes, autour des valeurs traditionnelles : la famille, la solidarité, l'effort, l'union. Leur sens saxon de la tribu avait sublimé cette nécessité, ce besoin d'être ensemble. J'avais appris cela en Histoire Américaine 267, cours de deuxième année, niveau sophomore, et si je ne comprenais pas encore très bien la corrélation qui existe entre la foi aveugle des pères fondateurs en l'esprit de groupe et l'atmosphère d'un bal universitaire quelque deux cents ans plus tard, je commençais cependant à le ressentir dans mes veines. On fait les choses avec les autres, ou on ne les fait pas. Sans les autres, on n'existe pas. Aussi bien, me conformant à la règle, transportai-je dans ma large Buick toute décapotée, deux amis, Bill Marciano et Steve Sinclair.

Ils étaient déjà accompagnés de leurs *dates*, deux jeunes filles du Mary Baldwin College. J'arrêtai la Buick devant le porche de la maison de Mrs. Macpherson, où Elizabeth logeait pour le week-end. Arrivé dans le hall, je vis Elizabeth en robe rose pâle, l'orchidée traditionnelle piquée dans son corsage, assise auprès de la vieille dame.

— Bonsoir madame Macpherson, dis-je.

— Bonsoir, dit-elle, tout sourire, avec un fort accent de la région. Je vous laisse maintenant et vous souhaite un bal du Printemps mémorable.

Elle se leva, se dirigea vers le salon adjacent et nous laissa seuls.

— Elizabeth, dis-je, allons-y, nos amis nous attendent dans la voiture.

— Quels amis ? demanda-t-elle, l'œil aux aguets.

— Eh bien, dis-je, deux copains de classe avec leurs *dates*.

— Mais, dit-elle, je n'avais jamais prévu que nous irions au bal avec le reste du troupeau.

— Vous savez bien que c'est simplement pour faire notre entrée au gymnase, après on les laissera, chacun ira où il voudra.

Son visage se ferma. Elle baissa les yeux au sol. Elle fut prise d'un frisson.

— Vous trahissez nos accords, dit-elle, la voix sourde. Vous savez bien que je déteste tout ce cirque. En plus, qui sont ces gens ? Et s'il leur arrivait de me reconnaître ?

— Comment ça ? dis-je.

— Oui, dit-elle, si l'un d'eux ou l'une d'elles m'a connue quand j'étais Elizabeth Baldridge la guenon arriviste, ambitieuse et carriériste, la fifille à sa maman agressive et arrogante, que va-t-il se passer ?

— Que voulez-vous qu'il se passe ? dis-je. Ils trouveront que vous avez changé de coiffure et que vous avez maigri, c'est tout.

— Non, dit-elle rageusement, il faudra parler, il faudra rendre des comptes. Je connais trop ces bavardages insipides sur les banquettes arrière des voitures : « Et qu'est-ce que vous devenez ? », « Mais n'étiez-vous pas fiancée à untel ou untel ? » Vous m'aviez pourtant promis que vous m'épargneriez cela.

Elle avait reculé, le dos au mur du hall d'entrée, et je voyais des brèves lueurs de panique s'allumer dans son regard. Pour la deuxième ou troisième fois depuis que je connaissais la jeune fille, j'eus un mouvement d'exaspération à son égard.

— Les deux jeunes filles viennent de Mary Baldwin, dis-je avec fermeté. Vous ne pouvez pas les connaître. Quant à Steve Sinclair et Bill Marciano, ils sont des *freshmen*, première année, et vous ne pouvez pas avoir eu affaire à eux. Alors soyez gentille. Ne gâchez pas tout.

Je lui pris le bras et l'entraînai avec moi. Elle saisit son sac à main cousu de perles fines, et un châle du même rose pâle que sa robe qui reposait sur une tablette haute dans le vestibule, et elle me suivit à contrecœur. Nous montâmes à bord de la Buick.

— Elizabeth, dis-je comme c'était l'usage, permettez

que je vous présente Steve et Bill et June et Leatitia. Steve, Bill, June, Leatitia, voici Elizabeth.

— Heureux de vous rencontrer, dirent les quatre garçons et filles presque à l'unisson.

— Moi aussi, répondit Elizabeth sans enthousiasme.

Et sans que les deux couples puissent la voir puisque je l'avais assise à mes côtés sur le siège avant, et que les autres étaient serrés les uns contre les autres à l'arrière, elle me gratifia d'une grimace comique et écœurée, puis n'ouvrit plus la bouche jusqu'à notre arrivée au gymnase Dorémus. J'avais l'impression d'avoir franchi l'obstacle le plus périlleux et qu'à partir de là, il n'y aurait plus d'accroc. Bras dessus, bras dessous, nous fîmes notre entrée dans le bal.

A l'intérieur du gymnase, les mille étudiants accompagnés de leurs danseuses étaient déjà presque tous là. Si l'on comptait les parents, quelques chaperons, les membres de la faculté, les doyens et leurs épouses, cela faisait à peu près deux mille spencers blancs et robes longues qui évoluaient sur le plancher d'où l'on avait descellé les poteaux de basket-ball, et dans la galerie supérieure qui faisait le tour de la vaste salle, habituellement neutre et laide, mais que des guirlandes aux teintes dominantes de la soirée, le rose et le blanc, rendaient un peu plus attrayante. Au vrai, le décor ne comptait guère. Vous étiez happé, au point d'en perdre un instant le sens des perspectives, par cette foule compacte, habillée presque uniformément, cette masse bruissante de jeunesse coloriée comme des cerisiers et des pommiers, ces têtes masculines aux cheveux coupés frais et court, ces coiffures féminines laquées et fleuries, blondes ou rousses pour la plupart, et vous étiez enveloppé par une vibration, la perspective du plaisir qui parcourait l'assemblée, comme le vent, parfois, fait onduler un champ de blé. Face à nous, de l'autre côté du sol en linoléum que des équipes de volontaires avaient lessivé toute la journée, se tenaient, sur une estrade de bois basse et facilement accessible, les membres de l'orchestre des frères Dorsey, vêtus d'abominables costumes de scène bleu pétrole. Cela choquait un peu, d'autant plus que chaque musicien arborait une grosse rose jaune à la boutonnière. On pouvait reculer devant le mauvais goût de leur tenue, mais il n'était pas interdit de juger qu'après tout, la beauté, la pureté et l'innocence étaient de l'autre côté, celui des danseurs — tandis que la vingtaine d'instrumentistes avait pour elle l'excuse du professionnalisme et de la routine salariée. Demain, ils remballeraient leurs trombones et leurs souliers vernis pour aller, transportés dans un autocar marqué à leur sigle (*The great Jimmy and Tommy Dorsey Band*) faire danser d'autres étudiants sous d'autres plafonds enguirlandés.

Nous ne doutions pas que nos camarades du Comité de préparation du bal du Printemps avaient émis des réverses sur le bleu pétrole des musiciens. Mais un esprit brillant, un dialecticien du style de Franklin Gidden, vous aurait facilement démontré qu'une certaine dose de vulgarité n'était pas inutile, puisqu'elle ferait mieux ressortir la grâce et la distinction qui nous caractérisaient tous et toutes pour cette nuit d'exception. Il était là, bien sûr, Frank Gidden. En regardant autour de moi, je m'aperçus que j'étais plongé au milieu de tous mes amis, tous ceux que j'avais appris à connaître au long de l'année et avec qui j'avais vécu un ou plusieurs épisodes de mon apprentissage. Frank avait à son bras une jeune fille d'une rare laideur, l'acné de son visage mal dissimulée par des couches de poudre, des lèvres minces et tristes, un vrai repoussoir, mais j'avais entendu, la veille, Frank expliquer en toute candeur à son perpétuel auditoire fasciné d'étudiants de première année que les homosexuels qui ont le courage de l'être se doivent d'aller au bal avec des *dates* dépourvues de charme. Près de lui, Bob Kendall, le Texan aux yeux chauds qui m'avait généreusement offert son hospitalité pour mon premier Noël américain à Dallas, et avec lequel je partageais toujours l'hilarant secret de la jeune fille qui mordait la langue quand on l'embrassait et dont j'avais déjà oublié le prénom. Les amis de Buck Schulick, qui s'était suicidé au tournant du premier trimestre, les membres de la fraternité Delta Upsilon que j'avais accompagnés à l'enterrement de Buck dans une petite ville sans joie de Virginie-Occidentale formaient un bloc compact, plus loin, et ils étaient escortés d'assez jolies filles ; l'une d'entre elles en particulier avait un profil parfait, le nez droit à peine relevé en arc en une courbe mutine. Mon compagnon de chambre, l'Autrichien que je n'aimais pas, côtoyait l'immense Dan Notts qui m'avait initié aux impitoyables lois du football américain. Un peu plus loin encore, sur ma droite, se dressait Gordon Gotch, le leader des étudiants, le gardien du temple chargé de faire respecter la Règle de la Parole, le Système d'Honneur et la coutume de l'habillement conventionnel. Et tant d'autres encore avec qui j'allais le matin en cours de journalisme ou d'histoire de la guerre de Sécession, tous ces garçons vêtus de blanc alignés comme une longue rangée de bougies neuves qu'on vient tout juste d'allumer, la flamme de leurs yeux brûlant fort, les visages concentrés vers le centre de la piste de danse où maintenant Miss Springball ouvrait le bal dans les bras de Beau Bedford, un senior de la Louisiane aux joues plissées par la satisfaction et dont les fesses un peu trop fortes alourdissaient la marche.

Le chef d'orchestre lança les premières mesures de *Dancing in the Dark*. Le couple (Beau et Miss Lavern Hutchinson, native de l'Alabama) qui avait répété dans l'après-midi en costume de ville, dans le gymnase vide au son d'un électrophone, la façon dont il se déplacerait du milieu de la piste vers la première ligne de danseurs, afin de leur donner le signal de leur propre entrée en action, effectua ses premiers mouvements sans une faute. Les couples qui avaient été élus pour suivre Beau et sa cavalière s'égrenèrent à intervalles réguliers dans la danse, tandis qu'une sorte de file d'attente s'était formée derrière, chacun observant quelques secondes avant de s'élancer dans le bal, pour éviter toute collision. La manœuvre dans son entier se déroulait à la perfection et bientôt nous nous retrouvâmes tous sur la piste avec une marge libre du sol de plus en plus étroite pour évoluer. Elizabeth, que je serrais maladroitement contre moi, cria dans mon oreille, pour se faire entendre au-dessus du bruit des saxophones et des trompettes bouchées, quelques mots que je ne pus comprendre mais où il était question de « dindes » et de « dindons ». Je n'y prêtai pas attention. Le bal avait commencé.

Au bout de quelques longues minutes, Elizabeth m'indiqua qu'elle se sentait oppressée et nous quittâmes la piste pour monter dans la galerie par l'un des quatre escaliers métalliques en spirale, situés aux quatre coins du gymnase.

— Vous devriez, dit Elizabeth, m'être très reconnaissant, éternellement reconnaissant même, d'avoir supporté une telle mascarade pour simplement vous faire plaisir.

— Mais je le suis, dis-je. Vous méritez une médaille.

— Venant du marquis de la Grande Pierre, dit-elle en riant, ce sont des rétributions qui ne se refusent pas.

— Vous voyez que vous n'êtes pas aussi mal à l'aise que cela, dis-je.

— Oui, oui, c'est exact, dit Elizabeth avec un ton légèrement courroucé de ceux qui refusent d'admettre une évidence. Ça ne va pas trop mal, tant que l'irrespirable odeur de la compétition ne vient pas submerger cette congrégation printanière.

— Elizabeth, dis-je, ce que j'aime en vous c'est votre maîtrise du langage.

— Ce que j'aime en vous, rétorqua-t-elle, c'est l'étendue de votre patience à l'égard de ce monstre qui s'appelle Moi.

Elle ajouta :

— Vous aviez au moins raison sur un point : vous dansez vraiment comme un canard.

— Merci, dis-je. Voulez-vous que nous nous asseyions ?

Elle approuva de la tête et nous trouvâmes, plus loin dans la galerie supérieure, deux chaises libres que j'avançai près de la balustrade afin de surveiller le mouvement de la danse juste en dessous de nous. L'orchestre jouait le standard de Duke Ellington *Take the A Train* et le rythme s'était fait plus rapide, ce qui avait, d'emblée, découragé bon nombre de couples. La galerie supérieure se remplissait. Je regardais Elizabeth. Elle avait dû faire de grands efforts pour mettre en ordre convenable sa chevelure déchiquetée par les ciseaux. Certaines mèches incontrôlables ressortaient de dessous le bandeau de tissu rose qu'elle avait habilement disposé pour cacher ce désordre. Son maquillage était léger, et ne pouvait tout à fait masquer la pâleur de sa peau, le creux de ses joues, et l'impression de cendres qui affleurait sous ses paupières. Je pouvais voir, assises dans le même alignement, d'autres cavalières que leurs escortes avaient laissées seules un instant pour partir à la recherche de rafraîchissements. Quel contraste dans leur attitude, leur complexion, leur mimique et les subtils arrangements de leur chevelure ! L'une d'elles, une blonde à forte poitrine dont les yeux verts pétillaient d'excitation, se trémoussait sur sa chaise comme un chiot qui attend son sucre. Une autre, plus mince, portait des tresses artistiquement nouées à la Scarlett O'Hara, au-dessus d'une nuque droite et forte qu'elle caressait machinalement de sa main gauche, l'autre main se portant à ses lèvres comme pour tenter de retenir son trop-plein de jubilation. Une troisième, en revanche, elle aussi provisoirement abandonnée par son jeune homme, laissait exprimer sur un faciès boudeur et accablé un sentiment de dépit qu'il me fut facile de comprendre en suivant simplement la direction de son regard : en bas, sur la piste, l'une des authentiques beautés du bal, refusant de se plier à l'accélération du rythme de l'orchestre, avait continué de danser, selon sa propre cadence, un slow délibéré qu'elle semblait avoir imposé à son partenaire, un grand garçon brun appartenant à Kappa Tau Delta, un des rares étudiants dont le nom m'échappait.

L'insolence et la superbe de ce couple obligeait les autres *swingers* à s'en écarter, le laissant au centre. Le chef d'orchestre, se retournant sur un mouvement du menton d'un de ses solistes, fit alors un geste de ralentissement à l'ensemble des musiciens qui passèrent, sans interruption ni fausse note, au même thème de Duke Ellington mais deux vitesses en dessous, au moins. Les autres couples ralentirent à leur tour, se soumettant ainsi au caprice d'une seule jeune fille, cette beauté qui avait renversé le cours du bal et qui put alors décocher un éblouissant sourire en savourant le spectacle de sa victoire, une victoire gratuite, pour rien, la victoire du bien-être, du naturel et de l'invention. Tout cela n'avait pas duré plus de quelques minutes, mais le gymnase entier en avait été le témoin et une courte rafale d'applaudissements éclata spontanément. Ce fut un instant bref et singulier, un de ces moments privilégiés qui me faisait enfin comprendre pourquoi les anciens m'avaient toujours parlé du bal du Printemps avec mélancolie, et je fus heureux de l'avoir vécu, il resterait dans ma mémoire. Je voulus partager mon émotion avec Elizabeth et je cherchais les mots pour décrire la sensation qui m'avait pris à la gorge, mais elle n'attendit pas mon commentaire.

— Cette jeune fille, dit-elle d'une voix froide et

plate, est l'emblème de la garce. La garce américaine dans toute sa splendeur.

Je n'avais jamais entendu un tel mot dans la bouche d'Elizabeth. J'étais vexé, furieux, étonné.

— Je ne suis pas d'accord avec vous, dis-je, pas du tout. Ce que vous venez de dire est parfaitement idiot.

Un homme plus mûr, ou plus fin psychologue, aurait peut-être pu voir, dans cette vive réaction, le renouveau de ce que j'avais tant souhaité, le retour d'Elizabeth à une féminité bien ancrée, le signe d'une meilleure santé — mais j'étais incapable d'une telle analyse. Elizabeth se fit mordante.

— Finalement, dit-elle, vous n'êtes pas tellement différent des autres nigauds qui pullulent dans ce bal pourri. Je le regrette.

— Je le regrette aussi, dis-je.

Elle se leva. Je voulus la suivre.

— Soyez gentil, dit-elle, laissez-moi seule un instant, je vais sortir prendre l'air.

— Comme vous voudrez, dis-je sur le même ton.

Elle fit quelques mètres, se retourna, revint vers moi. Ses yeux étaient humides, et voilà qu'elle tremblait comme auparavant.

— Je n'ai pas voulu vous offenser, dit-elle, je vous prie de me pardonner. Je reviens. A tout de suite.

Elle m'embrassa sur la joue et pirouetta à nouveau pour aller vers l'escalier de fer en spirale. Déconcerté, je restai à la regarder, silhouette fragile, m'assurant qu'elle ne trébuchait pas sur les petites marches et qu'elle gagnerait sans difficulté l'une des sorties du gymnase. Puis, je décidai d'aller boire un coca à l'un des stands à l'angle de la galerie supérieure. Il y avait là quelques amis du dortoir et nous échangeâmes des remarques banales et enthousiastes — tout le monde s'amusait, quelle merveilleuse soirée on vivait là, ça allait se terminer en apothéose dans les fraternités avec tout le bourbon, le gin et toute la bière qui nous attendaient, stockés sur des blocs de glace, dans les sous-sols des grandes maisons sur les collines. L'orchestre attaqua *Moonlight Serenade* et ce fut soudain une véritable ruée vers la piste de danse. Personne ne voulait rater la ballade des ballades, l'hymne du romantisme, l'air favori de tous les *big bands*, les grands orchestres à la Glenn Miller, Les Brown ou Ted Mackenzie. Je me retrouvai isolé dans la galerie supérieure, et je décidai que j'avais laissé Elizabeth suffisamment seule dehors. J'avais droit, moi aussi, à mon slow d'amoureux. Je me précipitai vers la sortie.

Dehors, le temps était chaud et sec, on n'avait pas encore atteint cette période de l'année où, en Virginie, la moiteur de l'air vient gâcher les nuits de fête. Un flot d'étudiants et de leurs *dates* me bouscula à contrecourant, se ruant vers l'intérieur pour participer au rite sacro-saint du joue contre joue, l'heure sentimentale.

— Elizabeth, criai-je, Elizabeth !

Les marches menant au gymnase, et la pelouse au bas des marches étaient vides. Tout le monde avait rejoint la piste de danse. C'était une nuit claire, sans nuages, et je pouvais du haut des marches fouiller les alentours, mais je ne vis rien. Où était-elle ? Le mauvais pressentiment de la fin d'après-midi resurgit instantanément. Mon instinct me poussa vers le parking où j'avais laissé la Buick en début de soirée. Je courus. En chemin, les phrares d'une grosse voiture sombre m'aveuglèrent. La voiture freina. J'entendis la voix d'Elizabeth à travers la vitre arrière :

— C'est lui ! arrêtez !

Descendirent alors de la sombre automobile — ce devait être le plus récent modèle de la Lincoln, une Mark IV — un homme et une femme en tenue de ville, ce qui me parut bizarre dans cet environnement de smokings blancs et de robes roses. Il était grand, massif, portait des lunettes. La femme était aussi grande que lui, majestueuse, un port de tête hautain et la bouche peinte comme des panneaux de sens interdit. Elle ressemblait étrangement à Elizabeth. C'était donc eux, « Boston » !

— Marquis de la Grande Pierre, fit l'homme en me tendant la main, je suis John Patrick Baldridge, le père d'Elizabeth.

— Je suis votre obligé, marmonnai-je.

La femme se rapprocha de lui et prit aussitôt la parole.

— Nous emmenons notre fille, me dit-elle avec fermeté. Nous avons découvert à notre grand étonnement qu'elle est sérieusement malade. Vous n'y verrez, monsieur le marquis, nous l'espérons, aucune intention blessante à votre égard.

Elizabeth sortit de la Lincoln en riant timidement.

— Mais ce n'est pas un marquis, dit-elle sur un ton que je ne lui connaissais pas, une petite voix d'enfant soumis. Laissez-moi vous expliquer.

— Je t'en prie, Elizabeth, fit la mère, à nous d'expliquer précisément ce qui se passe à monsieur le marquis.

— Je ne suis pas un marquis, dis-je, je ne m'appelle pas de la Grande Pierre. Désolé.

Cette révélation ne parut pas ébranler Mrs. Baldridge.

— Ça ne fait rien, dit-elle, la question n'est pas là. Nous arrivons tout droit du collège d'Elizabeth. Nous soupçonnions bien depuis quelque temps que quelque chose n'allait pas, mais à ce point-là, jamais ! Nous avons tout appris, d'un seul coup, un vrai choc. Tout : son comportement de refus, la cessation de ses activités sociales et culturelles, mondaines et professionnelles, l'abandon de la position de leader de sa classe. Les cheveux saccagés, la perde de poids, la grève de la faim, les déguisements vestimentaires extravagants, les propos incohérents, les lectures impensables : Zen, Bouddha, Nietzsche, n'importe quoi. En un mot, la démission.

Elizabeth voulut intervenir.

— Mon ami n'est pour rien dans tout cela, dit-elle avec la même voix soumise.

Sans hésiter, Mrs. Baldridge saisit le poignet d'Elizabeth dans sa main et la jeune fille se tut tandis que la mère continuait de s'adresser à moi, en employant toujours le « nous » collectif. Il était manifeste qu'elle tenait là un discours déjà prononcé au moins une fois devant la doyenne du collège de sa fille et plusieurs fois seriné aux oreilles de Mr. Baldridge pendant le trajet jusqu'ici en Lincoln, et sans doute encore une fois à Elizabeth elle-même depuis qu'elle l'avait retrouvée — où exactement, et comment ? — à l'extérieur de la salle de bal.

— La question n'est pas là, disait la mère.

Elle paraissait particulièrement fière de cette expression.

— La question est que nous ne laisserons pas notre fille se détruire plus longtemps. Nous n'acceptons pas cette démission. Nous retirons immédiatement Elizabeth de l'établissement qui l'a laissée se transformer sans jamais en aviser ses parents. Cette jeune fille est malade, monsieur le marquis, elle est asthénique, anorexique, insomniaque, incapable de faire face aux challenges qui l'attendent et auxquels nous l'avions préparée avec le meilleur de notre amour et de notre expérience.

— Amour ? interroga Elizabeth. Vous avez bien prononcé le mot amour ?

Mr. Baldridge crut bon d'ouvrir la bouche.

— Nous sommes convaincus qu'un retour d'Elizabeth à Boston cette nuit même est la seule solution possible.

La mère d'Elizabeth l'interrompit. Je n'avais pas dit un mot, mais on aurait cru que les deux adultes s'efforçaient de me convaincre, comme si j'avais pu m'opposer à leur plan et à leur volonté.

275

— Nous en avons décidé ainsi et nous emmenons derechef la jeune fille chez Mrs. Macpherson pour y réunir ses affaires. Nous vous proposons ceci : par égard pour votre week-end gâché, et pour préserver votre réputation au sein de cette communauté, vous pourrez nous accompagner. Vous prétexterez auprès de la logeuse un télégramme subit, un deuil dans la famille, ainsi aurez-vous sauvé la face. Nous vous attendrons à l'extérieur.

Je fis un signe d'assentiment de la tête. Il y avait du vrai dans ce que disait cette femme au cerveau si bien organisé. Je n'avais pas tellement envie que les ragots démarrent dès le lendemain — toujours, dans un coin de mes incertitudes, flottait le sentiment de culpabilité qu'avait su provoquer en moi le shérif Mc Lain et qu'avait suscité mon affaire clandestine, en hiver, avec une Noire : le mal absolu.

— Je prends ma voiture et je vous suis, dis-je.

Fichu pour fichu, mon bal du Printemps, autant que j'aille au bout de cette séquence bouffonne et lugubre à la fois. Et puis, en regardant Elizabeth alors qu'elle remontait dans la Lincoln, j'eus l'impression fugace qu'elle attendait cela de moi, que je reste avec elle jusqu'à la dernière minute. Je l'avais sentie paralysée et impuissante, quasi muette. Mais, après tout, que pouvait-elle faire ? Et qu'y pouvais-je, de mon côté ? Nous étions si jeunes et si désarmés. Nous arrivâmes en cortège, ma Buick derrière la grosse Lincoln, devant la maison Macpherson. Après m'être rangé le long de la haie, j'allai à hauteur de la voiture des Baldridge. Le père baissa la vitre, mais c'est la mère qui s'adressa à moi en se penchant vers le côté du conducteur :

— Nous vous attendons, dit-elle.

— Madame, dis-je, je crois que la logeuse ne comprendrait pas qu'Elizabeth ne vienne pas elle-même réunir ses affaires, pour reprendre votre expression.

La mère parut réfléchir.

— Vous avez raison, dit-elle, mais nous vous donnons dix minutes, pas plus. Après quoi, si vous n'êtes pas de retour, nous intervenons, quelles que soient les conséquences pour votre standing dans ce collège.

Le père ajouta avec un risible accent français :

— Noblesse oblige, monsieur le marquis.

Elizabeth ouvrit la porte arrière et nous allâmes jusqu'à la porte d'entrée. Je lui pris le bras. Elle était calme, presque amorphe. Cependant, elle me dit à voix basse :

— Ils sont grotesques, vous ne trouvez pas ? Ils pensent toujours que vous êtes un marquis.

— Je n'arrive pas à croire que ce que nous vivons est vrai, lui répondis-je.

Je frappai à la porte.

— Oh, dit Elizabeth, ça ne pouvait pas durer plus longtemps. Il fallait bien que je me retrouve face à face avec Elle.

Cette phrase me désarçonna. Je crus sentir qu'Elizabeth avait attendu cette confrontation, qu'elle l'avait secrètement souhaitée.

La vieille Mrs. Macpherson, en chemise de nuit sous une robe de chambre en pilou fatigué, vint nous ouvrir.

— Déjà rentrés ? demanda-t-elle.

— C'est-à-dire, dis-je, Elizabeth doit repartir d'urgence pour Boston. La mort subite d'un parent proche. Nous devons réunir ses affaires.

— Mon dieu seigneur tout-puissant, fit la vieille en joignant les mains comme pour une prière.

Elle s'effaça pour nous laisser entrer. Elizabeth monta dans sa chambre, j'attendis dans le hall. Elle redescendit vite, nous prîmes congé de la vieille dame à qui j'assurai que je passerais dans la journée du lendemain dimanche pour régler le montant du séjour de ma *date*. Je portai le sac d'Elizabeth, elle me tenait toujours le bras. Arrivés à un mètre de la Lincoln, nous nous arrêtâmes sans nous concerter.

— Est-ce que vous allez bien ? lui dis-je. Est-ce que vous allez tenir le coup ?

— Ça va aller, dit-elle. Je ne sais pas comment vous dire merci. Vous avez été d'une indulgence et d'une gentillesse infinies, vous m'écoutiez si bien, si patiemment !

D'un seul coup alors, j'eus peur pour elle. Qu'allait-elle devenir ? Elle me faisait face, vaincue et désolée dans sa robe rose de bal, avec son décolleté modeste qui révélait cependant la maigreur de sa poitrine. Ses beaux yeux clairs et un peu fous voulurent rire une dernière fois à travers les larmes qui apparaissaient au ras des paupières.

— Vous viendrez me voir à Boston ? demanda-t-elle.

— Si vos parents m'y autorisent, dis-je, bien sûr ! Je vous jure que je viendrai.

— Je leur expliquerai que vous n'êtes pour rien dans ma « démission », dit-elle. Nous nous sommes connus après la démission, n'est-ce pas ?

— C'est la vérité, dis-je.

J'hésitai avant d'ajouter :

— Mais je vous aimais déjà avant. Vous êtes la première jeune fille qui m'ait réellement marqué dès mon arrivée en Virginie.

Il fallait que je lui dise tout, le plus vite possible. J'étais intarissable.

— J'accompagnais Preston Cate, c'était en automne, vous ne vous souvenez pas ? Vous étiez irrésistible. Vous avez humilié Pres et vous m'avez adressé la parole et j'ai rêvé de vous pendant des nuits. Je vous trouvais belle et dangereuse et quand je vous ai revue l'hiver, transformée et méconnaissable dans le train qui menait à Charlottesville, je n'ai eu de cesse que de mieux vous connaître et de vous aider à redevenir la fille dont j'étais tombé amoureux.

Elle éclata en sanglots.

— Mais alors, dit-elle, vous n'aimiez pas la vraie Elizabeth ? Vous aimiez ce que ma mère avait fabriqué ! La vraie Elizabeth, c'est moi aujourd'hui, vous ne l'avez donc pas compris ?

Au lieu de m'émouvoir, ce nouvel accès d'hystérie me détacha imperceptiblement d'elle. Par réflexe, cependant, et parce que j'avais la sensation qu'elle attendait ce geste de ma part, je la pris dans mes bras. J'entendis s'ouvrir la portière de la Lincoln, et je vis la mère sortir de la voiture et s'avancer vers nous.

— Elizabeth, dit-elle, il est temps de dire au revoir à monsieur le marquis de la Grande Pierre.

Je fus effrayé par la ressemblance entre les deux femmes, sous la lumière violacée du réverbère. La mère, elle aussi, semblait attendre que nous accomplissions un geste final, comme dans une comédie dont elle aurait connu, secrètement, les ressorts et la conclusion. Alors, sous l'œil curieusement approbateur de la mère, Elizabeth rapprocha son visage du mien.

— Au revoir, me dit-elle. Et merci.

Elle m'embrassa sur les lèvres avec un goût de sel et quelque chose d'âcre aussi, plus dur que le sel de ses larmes, un goût que je ne pouvais reconnaître. Je tendis le sac de voyage à Mrs. Baldridge qui me salua de la tête. C'était une très belle femme, imposante, le genre de soldat avec lequel on gagne des batailles. Mais il y avait quelque chose de trop parodique dans son attitude et ses propos pour qu'elle m'impressionne réellement. Surtout, l'étrange identification qui semblait s'opérer, sous mes yeux, entre Elizabeth et sa mère, me rendait méfiant. Je me durcissais face à ce couple dont je sentais qu'il se servait de moi pour aller au bout d'une scène dont je n'étais, peut-être, que le nécessaire figurant.

— Monsieur le marquis, dit-elle, nous voulons croire que cette malheureuse péripétie n'aura aucune incidence sur les rapports futurs des familles Baldridge avec la maison de la Grande Pierre. Bonne nuit.

N'eût été la lueur de désespoir que je crus saisir dans le dernier regard d'Elizabeth vers moi, j'en aurais éclaté de rire, debout, seul sur le trottoir.

Je me retrouvai quelques minutes plus tard, assis derrière le volant de la Buick, face au gymnase à l'intérieur duquel le bal continuait. J'avais trouvé naturel d'y revenir. Je ne me voyais pas aller ailleurs. C'était là que tout se passait. La nuit était fraîche maintenant, mais pas assez pour que je sois obligé de baisser la capote. J'avais l'impression de me trouver dans un *drive-in*, avec, devant mon pare-brise à la place de l'écran géant, l'immeuble carré en briques rouges dont les vitres opaques étaient illuminées de l'intérieur. Et je pouvais aisément imaginer ce qui se déroulait au-delà des vitres. Les garçons en blanc et les filles en rose qui dansaient... L'épaisseur des murs étouffait une grande partie des sons, mais on entendait tout de même la musique, assourdie, comme filtrant au travers de balles de coton. L'orchestre jouait des titres très appropriés à la situation que je venais de vivre. *Bye bye blues*, et aussi *How could you do a thing like that to me*, et *What is this thing called love*, et le poignant *We'll meet again* :

Nous nous reverrons
Je ne sais comment
Je ne sais quand
Mais — nous nous reverrons.

Il m'eût été facile de me laisser aller à une tristesse complaisante, et mon penchant inné pour le mélo-drame aurait dû m'y conduire. Tout autres étaient mes dispositions. J'agrippais le volant des deux mains pour m'empêcher de cogner sur le klaxon afin d'extérioriser ma fureur et de hurler « Non, non, non ! » à la face du monde. Grotesque ! L'adjectif utilisé par Elizabeth était cruellement juste. Ils étaient grotesques ! Et si Elizabeth avait eu raison depuis le début ? N'avait-elle pas le droit de refuser tout ce conformisme ? Qu'est-ce que ça signifiait, ce cirque, ces singeries, ces convictions accumulées les unes sur les autres ? Ces dindes et ces dindons attendant gentiment leur tour pour participer au bal du bonheur et de la réussite ! Gagner, gagner — paraître, paraître — participer, participer — qu'avais-je besoin de vouloir farouchement m'intégrer à ce système ? Ce système dont la mère d'Elizabeth, qui avait été assez bête pour me prendre pour un marquis du Vieux Continent malgré mes dénégations répétées, ce système dont « Boston » était l'instrument et l'illustration, le paroxysme. C'était Elizabeth qui avait eu raison, tout le temps, et qui voyait clair, et tout ce que j'avais pris chez elle pour un excès maladif n'était que la limpide observation d'une comédie perpétuelle, un *show* de chaque instant. Dans ma révolte et ma colère, j'établissais des comparaisons. En fait, ils étaient tous les mêmes ! Ainsi de ce conseil d'admistration qui négligeait ma demande de prolongation de séjour, eh bien ! quelle sorte d'hommes y siégeait ? Des types du style de John Patrick Baldridge sans aucun doute, empêtrés dans leurs traditions et leurs règles immuables, leurs principes et leurs chiffres, et leur sainte trouille de leurs épouses castratrices ! J'en avais assez.

La nuit avançait. La musique continuait. Je sentais la colère s'échapper de moi, vite, comme un ballon qui se dégonfle. Il ne fallait pas me laisser aller à l'aigreur. Tu n'es pas un *loser*, me dis-je à haute voix. Tu n'es pas battu. Un étudiant qui était sorti pour pisser, vint à hauteur de ma Buick :

— Tu ne rentres pas ? dit-il. On va chanter *Dixie*. C'est la fin du bal. Où est partie ta *date* ?

— Elle est partie, dis-je. Des ennuis. Trop long à t'expliquer.

La désagréable impression d'avoir été le jouet de ces deux femmes revint à la surface et j'eus un geste brutal de la main pour chasser ce que je venais de vivre.

— Ça ne fait rien, dit-il, viens chanter *Dixie* avec nous.

Il sentait fort le bourbon. Je reconnus le petit Herbie de l'Alabama avec qui, il y avait déjà quelques longs mois, j'avais franchi en voiture les limites interdites de *nigger-town*, la ville nègre. De la poche revolver de son pantalon de smoking, il sortit une flasque de Jack Daniels qu'il me tendit. Je bus au goulot une longue lampée sans respirer, puis je lui rendis la flasque. Herbie se pencha vers moi.

— Allez viens, insista-t-il avec chaleur. Viens ! Tu es un ami, tu es un Sudiste d'adoption maintenant. Oublie tes ennuis et viens chanter avec nous la chanson des confédérés.

Je le suivis sans aucune difficulté. En pénétrant dans la salle, je recueillis avec plaisir les odeurs, les couleurs et le bourdonnement du bal. Le bourbon commençait de produire son effet. J'étais sonné, comme un boxeur, mais j'étais serein. Herbie me poussa au milieu de ses copains de fraternité et quand les premières mesures de *Dixie* éclatèrent, je me mis à chanter à l'unisson, au garde-à-vous parmi le millier de danseurs immobilisés sur la piste, hurlant à pleins poumons l'hymne du Sud rebelle, parce que cela me faisait du bien, ça me libérait, et la simple invite du petit Herbie m'avait rappelé à la réalité et au seul bonheur du présent, de ma vie sur le campus. Elizabeth n'était plus là, ce n'était pas une tragédie, et il valait sans doute mieux se retrouver avec les autres de ce côté-ci du mur de briques du gymnase plutôt que dehors, seul, dans une Buick vide. A tout prendre, c'était la façon la moins douloureuse de conclure mon bal du Printemps.

46

Elle m'appela le lendemain matin, très tôt, sur le téléphone d'étage du dortoir. Elle avait une voix plutôt gaie.

— Nous sommes dans un motel à Baltimore, me dit-elle. J'ai peu de temps. Le *debriefing* a commencé. C'est assez intéressant. Mère parle de psychanalyse, de maison de repos, de cure de sommeil. Elle prononce le mot de schizophrénie. Elle me surprend, car son jugement n'est pas infondé.

Un silence.

— Je vais essayer d'éviter tout cela, dit-elle en pressant le ton. Je n'ai pas forcément perdu d'avance. Si je vous écris, est-ce que vous me répondrez ?

— Bien sûr, dis-je.

Un silence. Elle changea de ton.

— Oh, dit-elle, croyez-vous que nous irons encore manger ensemble du pain perdu dans le salon de thé tenu par la grosse Wilma ?

Puis, elle raccrocha.

Je décidai que je continuerais de l'aimer, mais je crois que j'aimais plutôt l'idée que je m'étais faite du couple que nous aurions pu former. Son absence ne me pesait pas. Les rencontres, les conversations et les promenades, les rires que nous avions partagés, et jusqu'à ce week-end du bal qui avait si bien débuté et s'était achevé de façon si caricaturale, tout cela avait eu lieu. Nous possédions une histoire commune. Je l'avais apprivoisée quand elle avait voulu repousser toute compagnie masculine, c'était une performance dont je conservais quelque orgueil. Je ne l'avais, à aucun instant, véritablement désirée ; elle m'avait parfois subjugué, parfois excédé, parfois effrayé. Maintenant, elle était partie. Son personnage et ses attitudes, l'idée violente qui l'avait animée, la tournure qu'elle donnait à chacune de ses phrases, m'avaient influencé et m'influenceraient plus profondément que je pouvais le croire. Et cependant, sans que j'en aperçoive la raison, je sentais comme un soulagement depuis qu'elle faisait route vers Boston et s'éloignait de moi — comme une délivrance.

47

Il me sembla qu'ensuite les événements s'accélérèrent, comme un train qui a atteint sa pleine puissance et dévale vers sa destination finale, tous les arrêts intermédiaires se trouvant désormais derrière lui. Mon existence était riche, tout prenait un sens, tout m'attirait.

La proximité de la semaine des examens semestriels nous absorbait jour et nuit. J'avais à cœur d'obtenir les meilleures notes, des A en toute discipline. Je me rapprochais de mes maîtres, essentiellement de Rex Jennings, mon professeur de *creative writing*, qui me prodiguait ses conseils pour la rédaction de mon « papier final », l'adaptation en pièce radiophonique d'une nouvelle de Hemingway, *Les Tueurs*. Jeb Baraclough et Dave Stringer travaillaient, de leur côté, à un scénario original basé sur les derniers jours de la vie du général sudiste, Robert E. Lee. Tous les trois, nous allions en voiture chez Rex Jennings dans le quartier des *barracks*, que je n'avais pas revu mais que je retrouvais sans émotion, l'œil froid, le cœur en paix. Au-delà des maisonnettes en bois, le ravin où j'avais eu mes rencontres secrètes avec April était égayé par des aubépines sauvages et des fleurs mauves dont j'ignorais le nom. Après les séances de correction de texte, on partait se baigner dans Gulch Creek, un torrent glacé qui vous fouettait le sang. On emmenait de quoi faire griller de la viande sur les galets ; nous sortions, du coffre de la Buick, une glacière portative où reposaient les boîtes de bière Pabst Blue Ribbon. La bière était bonne et ne montait pas à la tête ; on replongeait dans le torrent une dernière fois, par précaution, pour conserver l'esprit clair et pour repartir étudier à la bibliothèque, ou chez les profs, ou dans les chambres du dortoir toujours silencieuses en des après-midi aussi ensoleillés. Jeb et Dave, et Steve et Bill, et quelques autres encore, avaient maintenant des *steady dates*, des amies régulières, et ils en parlaient entre eux mais s'interdisaient d'aller trop leur rendre visite dans les collèges voisins pendant la semaine — c'eût été compromettre leurs chances de succès aux examens. Depuis qu'Elizabeth avait quitté Sweet Briar, je ne me préoccupais même plus de figurer dans la mascarade garçons-filles. J'attendais de ses nouvelles, sans grande impatience. Je pensais souvent à elle et me contentais de savoir qu'elle avait joué un rôle dans ma vie, et que mon année sentimentale n'avait pas été vide, ni vaine. Quant à ma liaison avec April, je l'avais enfouie en moi, c'était un secret que rien ne pourrait exhumer. Plus tard, je parviendrais sans doute à jauger que l'aventure, le danger, la force des interdits qu'April m'avait fait transgresser avaient pesé d'un poids plus lourd que la comédie de la jeune Elizabeth. Mais je comprendrais cela plus tard, bien plus tard.

Je reçus une réponse positive du US Forest Service de Denver, dans le Colorado. La lecture de ce courrier fit sauter mon cœur. On m'attendait le 1er juillet à six heures du matin à Norwood, une bourgade perdue dans le Sud-Ouest de l'État. J'étais engagé comme « ouvrier agricole temporaire » pour procéder à une opération de nettoyage dans la Forêt Nationale Uncompaghre et qui durerait tout l'été. Fou de bonheur, très fier, je traversai le campus en courant pour aller exhiber la lettre qui tenait lieu de contrat, à Clem Billingsworth, l'ancien de troisième année qui m'avait conseillé de faire les démarches.

— Formidable, me dit-il. Tu vois qu'ils t'ont répondu. Je t'avais bien dit que ça marcherait.

— Tu sais seulement où c'est ? lui demandai-je.

— Quelle importance, fit-il. Tu trouveras bien en lisant la carte. Le Colorado ! Tu as de la chance : c'est le plus beau pays du monde.

J'entrepris sur-le-champ de retarder mon retour en Europe et obtins de l'organisme qui distribuait les billets de rapatriement de me faire inscrire sur un paquebot pour le milieu septembre. J'écrivis à mes parents qu'ils ne me reverraient pas avant cette date. Une partie de « mes plans » était donc en voie de se réaliser. Je trouvais absurde et irritant de ne pouvoir atteindre l'objectif suprême : une année de plus sur le campus. Mais la perspective de mon aventure dans l'Ouest avait atténué mon amertume. Colorado, Colorado, je chantais les quatre syllabes à tue-tête, comme un cri de victoire.

Au milieu du mois de juin, les cérémonies de la *final week*, la semaine finale, celle des remises de diplôme aux étudiants de quatrième année, commencèrent sous un soleil violent, blanc, métallique.

287

48

Les *alumni* avaient envahi le campus.

Alumnus — ancien élève. Les *alumni* débarquaient en masse pour la semaine finale et l'on pouvait les diviser en trois catégories : ceux dont les enfants allaient recevoir leur diplôme, et qui venaient fièrement assister au défilé des étudiants vêtus de leurs toges noires et coiffés du chapeau plat de même couleur. Trente ans auparavant, ils avaient vécu cette grand-messe. Les fils avaient choisi le même collège que leurs pères pour faire leurs études supérieures. Cela se pratiquait beaucoup dans notre université. D'autres *alumni* étaient venus parce qu'une congrégation officielle de la classe était programmée cette semaine-là. Classe 41, classe 36, classe 29, classe 50 — les *alumni* étaient répartis selon les années de leur sortie de l'université et, toute leur vie, à espaces réguliers, ils se réuniraient pour échanger souvenirs, nouvelles de famille et de carrière, et même éventuellement conduire quelques transactions. Enfin, la troisième catégorie était celle des grands anciens qui n'avaient aucune raison particulière d'être là, sauf celle-ci : ils ne pouvaient s'en passer. Revenir à l'Alma Mater — la mère première — chaque mois de juin, pour y revivre l'ambiance du campus, comme un pèlerinage aux sources. Revenir dans sa jeunesse.

Revenir au paradis. On les appelait parfois les *die hards*, les trompe-la-mort. Sexagénaires ventripotents ou septuagénaires replets, ils se déguisaient pour ressembler aux jeunes gens qu'ils avaient été : canotiers de paille et vestes en madras, un peu risibles, attendrissants et encombrants.

Deux ou trois nuits avant que l'université ne ferme officiellement ses portes jusqu'à l'automne, nous avons fait avec Jeb, Steve et Bill, le pari d'aller boire un verre dans chaque fraternité. Un drink par maison, ni plus ni moins — mais comme il y avait quatorze fraternités disséminées autour du campus, le pari consistait à voir lequel de nous quatre achèverait la tournée en ayant le mieux tenu les quatorze verres. C'était une nuit de célébration, d'au revoir, de chahut et de bêtises, fous rires et insolences, crudités verbales, enfantillages. On l'avait appelée la nuit des quatorze verres, *the night of the fourteen drinks*.

Aux environs de la cinquième fraternité, c'est-à-dire du cinquième bourbon, nous étions déjà très bruyants. Mais notre quatuor passait inaperçu. Dans toutes les fraternités, en effet, sur les pelouses et les terrasses, résonnaient des cris, des chants, des éclats de voix, et dans les allées qui menaient d'un club à l'autre, des voitures pleines d'étudiants braillards se croisaient en klaxonnant sans interruption. L'insoutenable chaleur de la journée avait assoiffé tout le monde : les seniors qui avaient décroché leur diplôme, les juniors qui se réjouissaient enfin de devenir les futurs maîtres du campus et ainsi de suite, les sophomores (deuxième année), qui passeraient juniors et les *freshmen*, les bleus, qui se frottaient les mains par avance en évoquant les bizutages qu'ils allaient faire subir à la prochaine arrivée des débutants, en automne. Car c'était déjà le sujet de conversation dominant : ce qu'on allait faire à la rentrée. Les seules longues figures que l'on pouvait distinguer dans le charivari nocturne étaient celles des recalés. Aux résultats des examens, ils avaient été relégués au-dessous de la moyenne et impitoyablement éliminés de la course. Ceux-là ne reviendraient pas, ils avaient échoué. Peut-être seraient-ils admis dans d'autres collèges au niveau plus faible, mais c'était une humiliation, l'expulsion, la mise à l'écart d'une certaine élite. Les *flunkies* — ceux qui ont raté — ne buvaient pas ce soir-là ; ou alors ils avaient le vin taciturne et menaçant.

A la huitième fraternité, il y eut comme un début de bagarre avec trois moutons noirs de ce style et l'un d'entre nous, Steve, je crois, suggéra qu'on en reste là.

— Ça va mal finir, dit-il. Je n'y vois déjà plus clair. On va se retrouver avec la voiture dans le prochain fossé.

Bill et Jeb approuvèrent :

— On prend le dernier verre au Cavalier Hotel et on rentre.

Le Cavalier était le quartier général des *alumni* et nous eûmes du mal à nous frayer un chemin à travers les vieilles gloires qui pullulaient autour du bar. On m'avait chargé d'aller chercher nos *drinks* au comptoir pour les rapporter sur le patio où mes amis avaient réussi à emporter, de force, une table vide. Un bonhomme à la moustache grise me bouscula, je faillis perdre l'équilibre et le contenu des verres se renversa à moitié sur le sol.

— Vous pourriez vous excuser, dis-je avec insolence à l'inconnu, qui était âgé.

— Du calme, jeune homme, du calme, répondit-il en zézayant.

Je haussai les épaules et rejoignis mes amis. On se mit à boire. La bagarre à peine amorcée plus tôt dans la nuit, puis la bousculade avec le vieux m'avaient énervé. L'alcool s'ajoutait à mes frustrations qui remontèrent brusquement à la surface.

— Vous me faites tous bien chier avec vos projets

pour l'automne, dis-je à Steve, Bill et Jeb. Et moi dans tout ça, vous n'en avez plus rien à foutre ? Vous m'excluez déjà de vos plans.

— T'inquiète pas, dit Jeb en rigolant, on viendra te rendre visite à Paris.

— Paris, je m'en fous, dis-je. C'était ici que je voulais rester. Et vous me laissez tomber, comme les autres, comme tout le monde.

— Ta gueule, dit Steve. Tu parles trop fort.

— C'est pour me faire entendre, hurlai-je, il y a trop de bruit ici.

Dans mon horizon embrouillé par l'excès de bourbon, je vis la silhouette du vieil *alumnus* à moustache grise s'approcher de notre table. Il tenait à bout de bras un plateau rempli de quatre verres.

— Qu'est-ce qu'il nous veut ce con-là, dis-je.

— C'est un trompe-la-mort, remarqua Bill. Il vient fraterniser avec la jeune garde. Regardez-le, il en tremble de bonheur.

L'ancien s'immobilisa devant nous. Il parlait lentement.

— Gentlemen, dit-il, je vous dois quatre bourbons bien frais et bien tassés, car je crains, par ma maladresse, de vous avoir privés d'une partie de vos boissons.

— Vous êtes trop généreux, fit Jeb, et dans un geste parodique de courtoisie, il fit signe au vieux de s'asseoir à notre table.

— Nous sommes vos obligés, ajouta Steve.

— Trop aimable à vous, renchérit Bill.

Le vieux à moustache sentait-il qu'on se moquait de lui ? Il parut en faire fi et il s'assit.

— Ta gueule toi-même, dis-je à Steve, comme si le vieux ne nous avait même pas interrompus. Vous êtes des lâcheurs, vous êtes comme l'université, vous lâchez tous ceux qui vous aiment.

— Oh ça va, dit Steve, ça va. Oublie ça, veux-tu, je n'ai rien dit.

Le vieux m'adressa la parole. Je venais d'avaler le bourbon frais qu'il m'avait tendu et je ne voyais plus très clairement les traits de son visage. J'avais perdu le pari, j'étais déjà saoul. Les autres me paraissaient mieux tenir l'alcool.

— Qu'est-ce qu'elle vous a fait notre mère à tous, notre chère et belle université, demanda l'ancien élève avec le même zézaiement agaçant qui pouvait nous laisser croire que c'était une vieille tante, un de ces *alumni* qui reviennent sur le campus pour humer la chair fraîche des jeunes garçons aux muscles vifs et aux nuques duveteuses. Cette catégorie-là d'anciens existait aussi.

— Rien, bredouillai-je. C'est justement. Rien. C'est bien ça qui est dégueulasse.

Bill et Steve firent mine de se lever. Ils m'avaient déjà entendu exprimer mon aigreur dans les jours précédents. Depuis le début de la *final week*, j'étais devenu plus revendicatif, et sans doute lassai-je mes camarades.

— Arrête ta chanson, dirent-ils. Tu nous fatigues. On s'en va vomir dans les buissons, si tu continues.

— Je vous demande pardon, susurra le vieux, mais qu'est-ce que vous entendez exactement par « rien » ?

Assis sur sa chaise de paille, la moustache grise humectée par la boisson à laquelle il n'avait fait que goûter, il devait avoir dans les soixante-dix ans, un petit vieux élégant et bien propre, et dans mon esprit embrumé par l'alcool, je fis une vaine tentative pour imaginer à quoi il avait pu ressembler un demi-siècle auparavant, lorsqu'il étudiait ici, à notre place. Poupin certainement, petit et poupin, visage rond et rose et innocent comme la majorité de ceux que j'avais découverts, au premier jour de mon arrivée.

Je choisis de ne pas répondre au vieil homme. C'était

292

Bill et Steve qui me provoquaient, je ne savais trop pourquoi, et j'en étais tout hérissé.

— Allez vomir si ça vous arrange, leur dis-je. Moi aussi je vais être malade mais pas pour les mêmes raisons que vous. Je me sentais heureux ici, j'apprenais un métier et une langue, j'ai obtenu des A dans toutes les disciplines, j'en ai eu plus que vous ! Je commençais seulement à profiter de ce pays et de mes études et j'ai l'impression qu'on m'a coupé mon élan en pleine course. Vous pouvez vous marrer, ça démoralise. Et ils n'ont rien fait sur la colline, rien ! c'est comme si je n'avais pas existé.

Le vieux voulait entrer dans la discussion. Peine perdue.

— Je ne comprends pas très bien, disait-il de la même voix égale, plate et zézayante, sans accent notable.

C'était comique, ce petit vieux qui essayait d'intervenir, et nous qui ne l'écoutions pas, et dont le ton montait à chaque réplique. Bill lui avait même tourné le dos. Bill m'apostropha.

— Ils ne te devaient rien, sur la colline. Tu étais là pour un an et c'est tout. Contrat rempli, voilà, tu commences à nous casser la tête avec tes jérémiades.

— On me devait au moins une chance, dis-je. On pouvait essayer de m'aider. Et si ça te casse la tête ce que je te dis, c'est un miracle pour toi, mon petit vieux, car tu pourras t'en faire refaire une un peu moins moche.

Bill se leva brusquement, le visage empourpré.

— Suis-moi, ordonna-t-il.

Bill Marciano était laid. Il avait le nez écrasé, les cheveux coupés ras, une morphologie d'avant dans la ligne de football, ceux qui prennent les coups et servent de bouclier humain aux élégants lanceurs de balle. Les jeunes filles qu'il sortait étaient aussi malgracieuses que lui. On en riait sous cape. De toute la bande des élèves de Rex Jennings, il était celui dont l'allure contrastait le plus avec son activité intellectuelle. Un avant de première ligne qui s'adonne au *creative writing*, ça nous avait paru insolite au début. La qualité de ses écrits nous avait bientôt prouvé que nous avions tort de limiter notre jugement à l'aspect physique de Marciano, à ses traits dépourvus de finesse. Rex Jennings nous en avait fait la remarque en l'absence de Bill :

— Sachez vous servir de vos yeux, avait-il dit, d'un ton cinglant. Regardez un peu au-delà du corps. Les romanciers que vous aimez tant n'ont pas toujours raison. L'école du comportement, le behaviorisme, c'est de la foutaise, parfois. Le comportement n'explique pas tout.

Je me levai à mon tour et nous quittâmes la table. Steve et Jef, toujours rigolards, me regardèrent partir vers l'espace entouré de buissons aux abords de la terrasse de l'hôtel. Je vis le vieux se pencher vers mes deux amis comme s'il voulait les interroger.

Arrivé sur l'herbe, je me suis retourné vers Bill. Il mesurait dix centimètres de plus que moi, et devait peser dans les cent kilos. J'ai eu peur, mais je n'ai vu sur son visage qu'une expression peinée, comme celle d'un gros bébé sur le point de pleurer.

— Tu ne m'aimes pas, a-t-il dit. Tu ne m'as jamais encaissé.

— Ça n'est pas vrai, ai-je dit, tu es mon ami. Asseyons-nous.

Nous nous sommes assis, puis nous nous sommes étendus. L'alcool m'avait fui d'un seul coup. Il faisait bon dans l'herbe grasse et chaude.

— Je sais bien que je suis un gros balourd, a continué Bill, je sais que vous vous êtes souvent moqués de moi.

— Arrête, ai-je dit. Tu as plus de talent que n'importe lequel d'entre nous.

— Tu dis ça pour me faire plaisir, a-t-il dit, mais tu n'en penses pas un mot.

— Bien sûr que si, ai-je dit. Tu es mon ami, je ne vais pas te mentir. Vous êtes tous mes amis, c'est bien pour cela que ça me rend malade de vous quitter.

— Pardonne-moi, a dit Bill.

Une vague de tendresse et d'émotion m'a porté vers Bill. Ils étaient des garçons bien élevés. Du Sud où ils étaient nés, du Sud où, s'ils n'y étaient pas nés, ils étaient venus faire leurs études, ils avaient reçu de façon induite l'art de l'apologie, le discours de la politesse, le réflexe d'admettre que rien n'était sûr. Dans leur langage, le mot « étranger » avait une consonance amicale ; ils étaient hospitaliers, courtois ; le soleil et la nature qui les entouraient leur avaient conféré un sens de la douceur et de la précarité des choses. On les appelait des gentlemen, et ils mettraient leur fierté à mériter cette dénomination désuète et précieuse. Il leur en resterait quelque chose pour toute leur vie d'adulte, quel qu'en soit le déroulement, quelque brisée que puisse en être la ligne.

Bill et moi, nous n'avons plus rien dit. La chaleur de la nuit disparaissait enfin, imperceptiblement. Au bout d'un moment, nous sommes repartis vers la table où le vieux à la moustache grise était en grande discussion avec Jeb et Steve qui n'avaient pas cessé de boire. Alors, pour rattraper notre retard, nous avons commandé d'autres boissons et on a passé une partie de la nuit à parler, et je me suis vu et entendu parler, parler, parler, et boire, et le noir s'est fait et je n'ai aucun souvenir de la manière dont je me suis retrouvé sur mon lit, *drunk as a skunk* — ivre comme un putois, comme on disait à cette époque, dans le Sud.

49

Quelqu'un m'a secoué par l'épaule.

— Réveille-toi, bon dieu, réveille-toi !

C'était Bob Kendall, de la chambre d'en face. Il s'est penché vers moi.

— Tu es convoqué chez le doyen Zach, d'urgence, a dit Bob. Ça a l'air sérieux.

— Aïe aïe, ai-je dit. Qu'est-ce qu'on a bien pu faire comme connerie cette nuit ?

Bob était l'un des derniers garçons restés à l'étage au dortoir. En quarante-huit heures, les chambres s'étaient vidées de leurs occupants. Tout le monde rentrait chez soi. Mon compagnon de chambre, l'Autrichien, était parti la veille. Il m'avait laissé son adresse à Vienne, je l'avais déjà égarée.

— Dépêche-toi, m'a dit Bob. Je vais te donner quatre comprimés d'Alka-Seltzer, il faut y aller.

— Attends, ai-je dit, je veux me raser. Si je dois me faire engueuler par Zach, autant avoir l'air propre.

Douché, rasé, coiffé, cravaté, j'ai traversé le campus vide, écrasé de soleil, et je suis monté chez Zach. Il avait une mine perplexe et solennelle à la fois. L'horloge de son bureau marquait midi. Je m'attendais à voir Bill, Steve et Jef, mais j'étais seul face au vieux doyen.

296

50

— Est-ce que vous connaissez un certain Clayton Boyds, m'a demandé le doyen.

— Non, monsieur, ai-je dit.

— Ce nom ne vous dit rien ?

— Non, monsieur, rien du tout.

Vieux Zach m'a regardé pensivement. Il a joué avec sa pipe.

— Bon, je veux bien, a-t-il dit. Mais enfin, vous avez bien eu, cette nuit, une conversation au Cavalier Hotel avec un gentleman de petite taille, d'environ soixante-dix ans, qui porte une moustache et qui zézaie en parlant ?

— Oui, ai-je dit, c'est exact, enfin, ce n'était pas à proprement parler une conversation.

Vieux Zach a eu l'air rassuré. Comme toujours, à cause de ses insondables lunettes, il était impossible de lire ce qui se passait réellement dans son regard. Mais son ton me parut amusé, derrière l'accent sérieux de l'entretien.

— Clayton Boyds, c'est lui, a-t-il dit. Il était dans ce bureau, ce matin même à huit heures, il y a quatre heures de cela.

Théâtral, il a observé une pause.

— Clayton Boyds, a-t-il dit, est un de nos plus

puissants et un de nos plus riches *alumni*. Chaque année, les dons qu'il fait à notre collège se montent à plusieurs centaines de milliers de dollars. Il possède plusieurs usines de chaussures situées du nord au sud de la Floride, et ses produits sont vendus dans une chaîne de magasins dans le sud et le sud-ouest des États-Unis.

Il s'est tu, et a laissé toutes ces informations faire leur chemin en moi. Je me suis souvenu de notre rencontre avec le vieux monsieur et de l'arrogance et de la négligence avec laquelle nous l'avions accueilli. J'ai voulu formuler des excuses, mais Vieux Zach, qui détestait qu'on lui coupe ses effets, m'a arrêté de la main.

— Il semble, a-t-il dit en pesant ses mots, que vous ayez particulièrement accroché l'intérêt de Mr. Boyds. Il a voulu en savoir plus. Ce que vous lui avez dit, ce que lui ont confié vos camarades, l'a poussé à venir me voir ce matin, toutes affaires cessantes.

Sur un ton monocorde, qui contrastait volontairement avec l'énormité de la révélation, Vieux Zach m'a alors exposé ce pourquoi il m'avait convoqué ce dernier jour de collège : après examen de mes dossiers et interrogatoire poussé du doyen par l'*alumnus*, Clayton Boyds avait décidé de créer une bourse spéciale pour régler mes frais d'enregistrement et d'études pour l'année à venir, charge à moi de demeurer dans les notes A en toutes matières. Les deux hommes avaient établi le budget de ma future existence en détail : nourriture, logement, argent de poche, frais généraux, devraient être assurés par le revenu que j'allais accumuler cet été grâce à mon travail dans le Colorado. Ils avaient calculé que cela ne suffirait pas, et Zach m'adjoignit de revendre la Buick. Cela endiguerait les traites de la banque et m'allouerait même une marge bénéficiaire. Il ne restait plus qu'à faire renouveler mon visa auprès du consulat le plus proche.

Dans le grand bureau du doyen, le soleil blanc acier filtrant à travers les stores vénitiens pour percer la fumée bleue du tabac et projeter sa lumière d'été sur les vieux meubles en acajou, un long silence a suivi. J'avais la voix coupée. Timidement, j'ai exprimé le souhait d'aller rendre visite à Clayton Boyds à son hôtel. Old Zach m'a dit :

— Inutile ! A l'heure qu'il est, Clayton Boyds a quitté la ville. Il est déjà reparti pour la Floride. Vous aurez tout loisir de le remercier quand il reviendra dans la vallée, l'an prochain.

ÉPILOGUE

Sur le bord de la route 48 en direction de Cincinnati, passé la chaîne des Allegheny, sa valise à ses pieds, le jeune homme vit apparaître, roulant à vive allure, une Ford rutilante, blanc et rouge, dont les ailerons arrière, courbés comme la queue d'un squale, étincelaient au soleil de fin d'après-midi. Il tendit son pouce et l'agita, loin du corps, de gauche à droite, le geste ample. Il avança de quelques pas sur le bitume pour que, gênée par sa présence, la Ford ralentisse et que le conducteur prenne le temps de décider de s'arrêter.

La veille du départ, Clem Billingsworth lui avait énoncé de façon claire ce principe élémentaire de l'art de l'auto-stop — ainsi que toutes les autres règles :

— Habille-toi correctement, avait-il dit, qu'on sache tout de suite que tu es un college boy. Applique un emblème de l'université sur la valise que tu disposeras en équerre à tes pieds et face au flot des voitures, afin que les conducteurs le lisent de loin. Sors des villes. Ne te fais jamais déposer dans le centre des villes parce que sinon, tu perdras des heures précieuses à t'en extraire et traverser les banlieues. Évite les autoroutes, la police d'État embarque toujours les auto-stoppeurs. Prends les grandes nationales. Regarde bien la gueule des gens qui s'arrêtent, quand même, avant de monter à bord. On ne sait jamais. Si tu vois que tu es en chance et que tu as un bon rythme de *pick-ups*, alors deviens sélectif et ne monte que dans les véhicules qui vont loin, quatre cents miles minimum. Il faut que tu t'astreignes à observer une moyenne. Ne dévie surtout pas du chemin initial. Le bon coup, c'est un routier qui traverse plusieurs États, tu restes avec lui et ça te fait la moitié du trajet. Parle aux gens et écoute-les et souris, surtout souris ! et tu verras que tu seras dans le Colorado en quelques jours. Ça n'est pas difficile. Ne te décourage surtout pas. Agite bien le pouce de gauche à droite, longtemps avant que la voiture arrive sur toi.

Le jeune homme avait respecté les consignes à la lettre, améliorant son discours de présentation au fil des *pick-ups*, des voitures qui le ramassaient. Il fallait être rapide, net, informatif et poli :

— Merci de vous être arrêté. Je suis un étudiant étranger. Je vais dans le Colorado. Vous allez loin ? Pouvez-vous m'aider à faire une partie de ma route ? Ce serait très gentil à vous.

Il avait remarqué que son français aidait considérablement, et il l'avait alors forcé. Ainsi, au bout de quelques minutes de conversation, une fois assis au côté du conducteur et les noms échangés, ce dernier révélait qu'il allait plus loin qu'il ne l'avait annoncé. Au début, disaient les automobilistes, on ne sait pas très bien qui on prend à bord, alors on se méfie et on raconte qu'on va jusqu'à la prochaine ville. Mais comme vous êtes sympathique, je peux vous dire que je vais jusqu'à la frontière de l'Indiana. Ça vous va ?

Il avait soigneusement étudié son parcours et établi un trajet qui passait par Cincinnati, Saint Louis, Jefferson City, Kansas City, Junction City, Denver. A partir du franchissement du Missouri, ce serait la même nationale, la 69, une interminable ligne droite jusqu'aux Rocheuses et il avait calculé qu'il fallait atteindre le Missouri au plus vite. Après, le trajet serait forcément plus long, les *pick-ups* plus rares mais plus fructueux.

Il avait essuyé une violente averse à Red Gap, dans l'Ohio, ce qui l'avait obligé à se coucher sous un caniveau en bordure de route pour éviter d'être totalement mouillé. Il s'en était sorti tout poussiéreux et la veste froissée, et il avait alors vivement regretté d'avoir vendu la Buick, là-bas en Virginie. Mais son regret avait été bref. Vieux Zach avait eu raison sur le fond, et les dollars qu'il avait déposés à son compte à la banque de Rockbridge County seraient les bienvenus au retour à l'automne, quand il faudrait gérer sa deuxième année américaine avec méthode et parcimonie. Ça l'avait déchiré de laisser partir la Buick verte décapotable, et il avait eu le sentiment de trahir le premier propriétaire du superbe engin, Pres Cate, qui le lui avait vendu comme on transmet un talisman. Mais il avait fait ses comptes, et il avait appris à ne pas regarder en arrière, et seule importait la perspective d'une année supplémentaire au collège, quels que soient les sacrifices que cela devait signifier. Il ne fallait pas que le passé vous pèse. Les projets possédaient plus de force que les regrets.

Il avait reçu la première lettre d'Elizabeth. Elle racontait qu'elle parlait trois heures par jour avec un médecin que sa mère avait décidé de garder comme invité maison pour une partie de l'été, qu'il passerait dans leur propriété de Nantucket. Le médecin écoutait « divinement » disait la lettre, « mieux peut-être que vous n'avez jamais su le faire ». Elle continuait en énumérant les médicaments qu'on lui faisait prendre ; ses cheveux repoussaient lentement, mais elle avait toute liberté de les couper si elle le désirait ; elle mangeait peu. « Rassurez-vous, disait-elle, j'ai toujours l'air de qui je suis réellement. » Puis, Elizabeth parlait de nouveau du médecin dont elle avouait qu'elle était insidieusement en train de tomber amoureuse. « Il paraît que c'est absolument inévitable. » Il n'avait pas aimé le ton général de la lettre, et il avait décidé de prendre son temps pour répondre et de le faire plus tard, quand il serait là-haut, dans les forêts, au Colorado. Peut-être même ne répondrait-il pas.

Depuis qu'il avait commencé de taper la route, il avait rencontré des personnages indifférents, à l'exception d'un camionneur aux cheveux roux qui avait des histoires extraordinaires à raconter sur la contrebande de l'alcool distillé à l'alambic dans les montagnes du Tennessee, et d'une femme plutôt belle dont la robe, en se relevant pendant qu'elle conduisait, avait révélé le bout d'une combinaison de soie noire, ce qu'il avait trouvé insolite à cette heure et à cette saison — mais surtout très attirant. Le geste avait été involontaire et la femme, ayant surpris son regard, l'avait laissé quelques miles plus loin, lors d'un arrêt dans une station-service. Il s'était rendu aux toilettes pour hommes et en ressortant, la voiture avait disparu. D'une manière générale, les femmes ne s'arrêtaient pas, ou alors elles étaient à plusieurs, comme ces trois petites vieilles en chapeau bleu porcelaine et qui allaient à une vente aux enchères, dans un haras du Kentucky.

La Ford blanc et rouge passa devant lui.

Il tourna la tête et la suivit du regard tout en continuant de tendre le pouce. Cela aussi faisait partie des secrets de l'auto-stop : ne pas cesser d'agiter le bras, au cas où le conducteur jetterait un œil dans le rétroviseur et, favorablement impressionné par la persistance de l'*hitch-hiker*, se résoudrait à freiner. Dans ces cas-là, avant même que l'automobile se soit immobilisée, il fallait saisir la valise et courir vite dans sa direction, pour ne pas donner à l'occupant le temps de changer d'avis. Mais la Ford s'était bien arrêtée dans un crissement de ses pneus flambant neufs à jantes blanches. En outre, elle revenait vers lui en une marche arrière accélérée, ce qui le surprit.

303

La voiture s'immobilisa à sa hauteur. Il y avait deux hommes à l'avant. Celui qui conduisait était vêtu d'un blouson clair, il avait la mâchoire bleutée comme un homme qui ne s'est pas rasé, il faisait dans les quarante ans. L'autre était plus jeune, il portait une chemise hawaïenne, manches courtes sur des avant-bras tatoués. Il avait un visage de belette, fendu en deux par un sourire salace. Il baissa la vitre.

— Hey ! regarde sur quoi on est tombé, siffla-t-il à l'intention de son compagnon.

Le jeune homme eut un recul. La prescience d'un danger le traversa. Fallait-il monter à bord ?

— Où tu vas mon petit bonhomme ? demanda le visage de belette.

Il ajouta, avant que le jeune homme lui réponde :

— Monte donc à l'arrière, on t'emmène de toute façon, on est des gens très généreux, on te demandera même pas tes papiers.

Il jeta un coup d'œil furtif sur la banquette arrière, dont les sièges étaient encore enveloppés d'une housse en plastique, comme si la Ford sortait à peine de chez le concessionnaire — ou bien avait-elle été volée ? Au pied de la banquette, sur le plancher, il vit une caisse en carton d'où émergeait de la vaisselle en argent. Était-ce aussi le fruit d'un cambriolage ? Tous ses instincts en éveil, le jeune homme hésita. Qui étaient ces deux types ? D'où sortait cette voiture ? Que signifiait ce carton sur le plancher ? Quelle sorte de langage parlaient-ils ? Le mot danger, l'adjectif dangereux résonnaient en lui comme des tambours. Il décida de maîtriser ses craintes. Il avait connu d'autres épreuves. A chaque mystère qui s'était présenté à lui, il avait été contraint d'aller de l'avant, et d'agir. L'Amérique lui avait appris ça.

Il avait appris bien d'autres choses. Il avait aimé une femme qu'il n'avait pas le droit d'aimer, et elle lui avait enseigné des sentiments inconnus qui l'avaient fait passer d'un âge à un autre. Il avait reçu des leçons de quelques hommes sages et d'une jeune fille déséquilibrée. Il avait embrassé la nuit, les paysages, la route, les saisons. Il avait pratiqué la dissimulation et deviné le goût amer de l'infidélité, la trahison. Les mots : devoir, amitié, effort et tolérance n'étaient plus pour lui des mots abstraits ; il connaissait le poids d'un secret, et savait comment l'on peut risquer de souiller son âme à coups de petits compromis, petits et successifs. La vérité, le mensonge, la comédie sociale, la flatterie, la faiblesse de chaque homme devant le choix entre se battre ou se soumettre, il avait commencé d'en faire l'expérience.

L'expérience ! Il avait compris qu'il fallait sytématiquement transformer en bien tout ce qui lui arrivait — en quelque chose de bien pour lui. La solitude, le silence, parfois la honte, il devait les accepter jusqu'à les utiliser comme les éléments de sa propre progression dans l'existence. Il avait appris à se déplacer d'une situation à une autre, d'une scène à une autre, percevant qu'il y avait, dans la vie, des moyens d'échapper aux flèches, aux coups et aux blessures, pourvu qu'on agisse.

Agir ! L'Amérique lui avait enseigné qu'il est naturel et facile d'agir, alors que le continent d'où il était arrivé, lourd d'une éducation ancienne, privilégiait l'acte de compréhension. Et il avait appris ceci : que la compréhension et l'action ne doivent pas être posées comme irréductibles l'une à l'autre. Il n'avait jamais couché cette équation sur le papier, dans son journal de bord. Mais ce qu'il venait de vivre depuis un an s'était instillé dans son corps comme une transfusion sanguine et tout ce qu'il connaîtrait par la suite lui paraîtrait toujours fade en comparaison de ces premières flambées, ces premiers franchissements de la ligne — tout, ou presque. Il eut une vision brusque du ravin, l'image lui revint de la crevasse verglacée derrière les *barracks*, en hiver.

— Alors, mon bonhomme, tu montes ? disait la voix du visage de belette.

Le jeune homme ouvrit la portière arrière de la voiture et s'installa sur la banquette, sa valise à ses côtés. La Ford partit vers l'Ouest.

je souhaite à tous les
lectrices et à tous les lecteurs du
club de découvrir, à la suite
de mon héros, les verts vallées de la
Virginie, avec leurs jeunes filles en
fleur et leurs jeunes gens qui
rêvent d'amour et de réussite......
avec l'amitié et la musique ... la
nostalgie et l'humour ...
je leur souhaite autant de plaisir à
lire "L'étudiant étranger" que
j'en ai pris à l'écrire!

Philippe Labro-

FICHE D'IDENTITÉ

NAISSANCE :
Philippe Labro est né le 27 août 1936 à Montauban (Tarn-et-Garonne).
SITUATION DE FAMILLE :
Marié, trois enfants.
ÉTUDES :
Études secondaires au lycée Janson-de-Sailly à Paris. A dix-huit ans, il part pour les États-Unis et étudie pendant deux ans à l'Université de Washington and Lee à Lexington, en Virginie.

PROFESSION :
Journaliste, Philippe Labro devient reporter à Europe I en 1957, à *Marie-France* en 1958-1959, puis à *France-Soir*. Après son service militaire effectué en Algérie, il reprend ses activités de journaliste à la télévision, à R.T.L. et à *Paris-Match* avant d'être coproducteur, avec Henri de Turenne, de « Caméra 3 ».
En 1976, Philippe Labro entre à R.T.L. où il assure la chronique « Choses vues », des émissions d'information, puis la rédaction en chef du Journal de 13 heures. D'octobre 1981 à mars 1983, il rejoint Antenne 2 pour animer le Journal d'Antenne 2 Midi en alternance avec Bernard Langlois. Il est animateur de R.T.L. Cinéma dès septembre 1982 en poursuivant, parallèlement, une carrière d'écrivain et de cinéaste. En août 1985, il devient Directeur général des programmes de R.T.L.

CINÉMA :
Cinéaste à partir de 1969, Philippe Labro a réalisé plusieurs films : *Tout peut arriver* (1969), *Sans mobile apparent* (1971), *L'Héritier* (1972), *Le hasard et la violence* (1973), *L'Alpagueur*

Etudiant ? Journaliste ? Ecrivain ? En tout cas, un jeune homme plein d'avenir...

(1975), *La Crime* (1983), *Rive droite, Rive gauche* (1984). Il a, par ailleurs, écrit des chansons pour Eddy Mitchell, Johnny Hallyday, Jane Birkin.

LITTÉRATURE :

Philippe Labro a écrit une biographie d'Al Capone *(Un Américain peu tranquille),* un essai sur Mai 68 *(Ce n'est qu'un début),* un ouvrage consacré à ses rencontres de journaliste *(Tous célèbres).*
Romancier, il est l'auteur de : *Des feux mal éteints, Des bateaux dans la nuit* et *L'Étudiant étranger* qui a reçu le prix Interallié 1986.

A LA RECHERCHE DE MON TEMPS PERDU...

par Philippe Labro

Les premiers romans que j'ai lus étaient des récits d'aventures qui allaient de Fenimore Cooper à Jack London en passant par Paul Féval et Alexandre Dumas. Victor Hugo aussi, dont, grâce à l'influence de mon père et ma mère, j'ai lu, très jeune, *les Misérables.* Amoureux des livres, j'ai toujours eu, par la suite, un penchant pour la forme du récit romanesque, pour des histoires qui suivent un déroulement dramatique et dont les personnages se confrontent avec le danger et l'inconnu. Mes influences ont été nombreuses, mais je sais que j'ai aimé et que j'ai été imprégné aussi bien par Balzac et Maupassant que par Hemingway et Dos Passos.

Hemingway ! Cela m'a fait plaisir d'apprendre récemment, grâce à un sondage, qu'il était tout simplement l'auteur le plus lu des Françaises et des Français. A travers ses livres, et grâce à ce que j'apprenais de son personnage et sa vie réelle, il m'a très tôt semblé que la forme la plus attirante du roman était un mélange subtil de choses vécues avec de la fiction et de l'invention. Sa prose, aussi, me séduit : des mots choisis, des phrases limpides, la capacité d'évoquer sans toujours démontrer — ce que Hemingway appelle le principe de l'iceberg : on ne montre qu'un septième de la masse en déplacement mais on imagine le reste, sous la mer. Et ce que j'ai d'emblée aimé chez lui, comme chez tant d'autres, aussi bien chez Flaubert que chez Stendhal ou Apollinaire ou Fiztgerald, c'est ce que j'appelle la musique des mots.

L'AUTOBIOGRAPHIE TRANSFORMÉE EN FICTION

J'ai été un lecteur avant de devenir un romancier et je crois que les lecteurs sont sensibles à cette musique — ce que l'on peut définir comme le style, ce qui fait qu'un livre possède un charme, une poésie, une force d'évocation, de l'humour et de la nostalgie. Ce qui fait que tout lecteur, vous ou moi, entame avec un livre une sorte de relation person-

IV

nelle, un lien presque amoureux et très intime. Vous êtes seul, la nuit — j'aime lire la nuit — avec un livre. Si l'émotion est forte, si la curiosité est éveillée, vous ne pouvez plus le lâcher. Dans ce cas, le romancier est arrivé à son but. Sauf pour les très gros volumes, je n'aime rien tant que la lecture « d'une traite », celle qui vous fait passer une nuit blanche. Je crois qu'il est là le vice impuni de la lecture, ce que tous ceux qui lisent comprennent et attendent d'un roman. Sauter sur le lecteur, s'emparer de son attention et de ses rêves, et ne pas le délivrer jusqu'aux dernières lignes, quelle ambition extraordinaire pour un auteur ! Quel bonheur lorsqu'on y parvient !

Sur le campus de l'Université...

V

C'est tout cela que j'ai toujours désiré achever lorsque j'ai commencé d'écrire des livres. Je me suis vite aperçu de mes limites : je ne pouvais pas totalement inventer des situations ou des personnages, pour le simple plaisir d'aligner des mots. En revanche, j'étais à l'aise dans le mélange de l'autobiographie transformée en fiction et il me semblait que plus j'étais sincère, plus je parvenais à restituer des émotions, des sentiments ou des expériences vécues, plus j'allais trouver ma voie et ma musique. C'est ainsi que j'ai écrit mes deux premiers romans. Je me suis retrouvé face au troisième, *L'Éudiant étranger*, récit revécu et réinventé d'une expérience qui a marqué ma vie de jeune homme : un séjour de deux ans dans une université américaine. Lorsque j'ai commencé d'écrire ce livre, trente longues années après avoir vécu cette aventure, je ne savais pas où il allait me mener. Je n'avais pas préparé de plan — je n'avais pas dressé une liste de personnages, je n'étais même pas certain de vouloir en faire un roman. Ce qui importait, c'était de restituer les saisons, les visages, l'exotisme et la beauté de ce que j'avais découvert dans une vallée perdue de la Virginie, au milieu des années 50. A l'origine, j'envisageais ce qu'on appelle une plaquette d'une centaine de pages qui aurait simplement décrit la vie sur le campus de l'université,

avec ses traditions, ses habitudes, ses mœurs, tout ce qui avait paru tellement insolite au jeune lycéen français, si candide, que j'étais à l'époque. Là-dessus, deux phénomènes ont joué et m'ont fait basculer dans un véritable travail de romancier.

Les aventures d'un jeune homme

D'abord, j'ai été la proie des souvenirs et de la mémoire. Je me suis littéralement plongé dans le temps, loin en arrière, ce qui ne m'était jamais arrivé de façon aussi aiguë. En feuilletant les photos des magazines de l'époque et en relisant l'album de mon établissement universitaire, j'ai reçu comme une véritable pluie d'odeurs, de sonorités, d'impressions et de sensations. J'étais, très modestement bien sûr, « à la recherche de mon temps perdu »... Et dans cette recherche, m'est apparue l'évidence : la situation de ce petit jeune homme effrayé et attiré par l'inconnu américain, avait quelque chose de profondément romanesque. Tout a suivi, très facilement, très rapidement : les personnages, les histoires d'amitié et d'amour, les décors, les situations dramatiques ou ridicules, bref le roman tel que l'ont découvert, plus tard, les critiques et les lecteurs. Alors, j'ai fabulé, j'ai déformé, j'ai construit.

Il s'agissait de raconter désormais une découverte, à travers les saisons, dans un paysage romanesque et tellement différent de tout ce que le jeune Français que j'étais, avait connu jusqu'ici. De raconter comment l'on devient adulte et comment l'on se bat pour survivre dans une société qui n'est pas la vôtre. Comment la rencontre d'une femme peut bouleverser notre vie quotidienne, comment un vieux professeur peut vous donner une leçon de morale et de bon sens, comment l'on découvre le génie d'un grand écrivain, en le regardant tenir une conférence, comment l'on est confronté à la peur, à la musique, à la nuit, à la route, à un nouvel amour et à de nouveaux dangers... les aventures d'un jeune homme !

Le cadre d'une éducation à l'américaine...

Ce livre a été écrit dans un état de bonheur, sans douleur, sans difficulté. Les personnages et les situations sont arrivés naturellement sous ma plume. Ils avaient existé, ces hommes et ces femmes, elles avaient eu lieu, ces scènes humiliantes ou exaltantes — mais en même temps, je réinventais tout et j'y ajoutais ce que je crois être ma modeste expérience de journaliste, de scénariste, d'observateur de mon temps et du monde que j'ai traversé. Je brouillais les cartes.

En toute franchise, je vous avoue que je n'étais pas certain d'intéresser beaucoup de monde. Mais j'avais eu l'envie profonde d'écrire ce roman. Il était venu de mon passé, de ma mémoire, il me permettait de régler quelques comptes avec moi-même et de faire le point sur l'homme que j'étais devenu, avec ses petites qualités et ses immenses faiblesses. C'était un livre qui, une fois achevé, me semblait évident et nécessaire — mais je ne m'attendais pas à ce qu'il devienne le succès que l'on sait.

J'ai connu, grâce à *L'Étudiant étranger*, ce que, secrètement, j'avais essayé d'obtenir avec d'autres livres, avec d'autres films, avec d'autres travaux journalistiques : l'unanimité chez les critiques et dans le public. C'est rare, je le sais, et je vois bien que les autres livres qu'il me reste à écrire ne connaîtront pas cette même et heureuse conjoncture — mais en même temps, *L'Étudiant étranger* et la chaleureuse réaction de ses lecteurs, m'encouragent à aller plus avant dans ce que je crois être, aujourd'hui, mon chemin. On me demande si je vais écrire une suite. Je ne puis encore répondre. Tout ce que je sais, c'est que je continuerai de chercher la sincérité et l'émotion au moyen d'un récit qui passionne le lecteur. J'espère que ce que j'avais écrit, à l'origine pour moi, et pour moi seul, vous comprendrez que c'est aussi pour vous, lecteurs et lectrices inconnus — puisque vous avez aussi été un jeune homme ou une jeune fille face aux premiers émois et aux premiers chagrins, face à la vie qui se dévoile devant vous.

C'est à ce jeune homme et à cette jeune fille que je dédie ce roman ; je le dédie à la jeunesse qui demeure en chacun d'entre nous, comme une lumière persistante dans la nuit.

Philippe Labro

L'ÉTUDIANT ÉTRANGER ET LA CRITIQUE

UN LIVRE DOULOUREUX ET GAI

« Récit autobiographique, oui, mais de Philippe, avant Labro, d'un jeune homme français aux prises avec une éducation sentimentale — et intellectuelle, et morale, et physique — inattendue. Disons que Labro a parlé, écrit sur Philippe, près de Philippe, dans son intimité et même davantage, au cœur de Philippe pourrait-on dire, et cette opération à cœur ouvert donne le livre le plus sensible de cette rentrée. Un livre singulier et d'autant plus spectaculaire que l'auteur ne s'est pas assis devant sa table en se disant : Et maintenant, écrivons un grand texte. Labro n'est pas un homme de lettres, Dieu merci. Il a eu la témérité de s'en remettre à son émotion et à sa nostalgie. Et il a gagné.

« Ceux qui connaissent Labro superstar savent son goût obsessionnel pour l'Amérique, ses images et ses idiomes. *L'Étudiant étranger* explique et raconte cette passion durement éprouvée et pourtant heureuse. C'est que cette Amérique n'est pas un mirage mais une réalité rude et douce, naïve et subtile, faite de tendresse et de violence. Philippe y a laissé son cœur mais gagné son esprit, une âme aventureuse, frondeuse et fredonnante. Il a puisé aussi l'inspiration d'un livre douloureux et gai, rapide et réfléchi, où Fitzgerald, Paul Morand et Salinger s'y seraient retrouvés en pays ami. »

Jean-François Josselin, *le Nouvel Observateur*.

UNE ÉPOQUE QUI RESURGIT

« ... Un roman porté par des rafales de nostalgie, des portraits de femmes époustouflants (cette Elizabeth Balbridge, créature névrosée sortie d'une nouvelle de Salinger est une merveille...) et de longues et fortes scènes aux dialogues cousus main. On sent que Labro, pour une fois, a « lâché les chiens », « mangé le morceau » ; il exorcise enfin ce moment étourdissant, fiévreux, où un adolescent quitte ses idées toutes faites pour s'engager dans une interminable quête des autres. Ce n'est pas, comme dans un Stendhal ou un Flaubert, la destruction d'un jeune homme par une société viciée, mais un roman sur la difficulté à s'accommoder de la dimension tragique du monde. Le lecteur retiendra aussi les séductions d'une époque qui resurgit, intacte, magnifique, intense, avec ses *drive-in*, ses films de James Dean, ses « ados » qui achètent des 45-tours d'un inconnu nommé Presley. »

Jacques-Pierre Amette, *le Point*.

UN VRAI LIVRE DE MATURITÉ

« De ce roman se dégage une impression d'euphorie, d'accomplissement et de nostalgie. Pourquoi ? Parce qu'il est, j'en jurerais, exactement celui que Philippe Labro a voulu écrire, qu'il a mené à bien avec un intransigeant naturel, avec une sorte de modestie, de fidélité, attentif seulement à faire revivre cette Amérique des années 50 où il vécut le moment le plus intense de sa jeunesse. (...)

« Rien à dire que des compliments. Le récit est superbement bâti et mené, d'une simplicité efficace (l'auteur n'admire pas Hemingway pour rien...), et l'équilibre entre humour et nostalgie est bien dosé. (...) Philippe Labro, pénétré de culture américaine, pétri d'amitié pour un pays qui l'a en partie formé, n'en est pas moins lucide, sévère, amer quand il le faut : ce livre sur la jeunesse triomphante est un vrai livre de maturité. »

François Nourissier, *le Figaro Magazine*.

UN BEL EXPLOIT

L'Étudiant étranger est un texte sensible, fragile, réussi. (...) On dirait un roman américain, sans que ce soit jamais du « traduit de ». Bel exploit, qui laisse pantois et ravi. C'est étrange, Labro devrait être habile et roublard. Là, il apparaît incertain et désemparé. Les bons livres ne sont pas écrits par des gens habiles et roublards. (...) Il y a dans *l'Étudiant étranger* une naïveté, une innocence retrouvées qui tiennent du miracle. Il y a là-dedans quelque chose de fitzgéraldien. »

Éric Neuhoff, *Madame Figaro.*

ÉMOTION, NOSTALGIE, TENDRESSE

« Précipitez-vous sur *l'Étudiant étranger.* Labro, le patron de R.T.L., le type qui aime se donner des allures de grand reporter (c'en est un !), qui fait tourner au cinéma les Depardieu, Montand et Belmondo, qui écrit des chansons pour Johnny Hallyday, a tenté et réussi avec *l'Étudiant étranger* ce que peu de romanciers réussissent : *Son* roman initiatique, à cru dans son cœur et ses souvenirs, il a su recréer sa vie de p'tit Français boursier en Amérique, à une époque (il y a plus de vingt ans), où c'était inouï. Une initiation sentimentale juste, drôle, émouvante, liée à un « et alors tu seras un homme mon fils ». « Émotion, nostalgie, justesse, tendresse, tout est là, vrai. Bravo, m'sieur Labro. »

Françoise Xenakis, *le Matin.*

UN TRÈS GRAND TALENT

« *L'Étudiant étranger* raconte avec un très grand talent et beaucoup de poésie l'adolescence d'un garçon né autour de 1940, et qui ressemble à l'auteur. Fasciné après les États-Unis, il saisit la première occasion d'y séjourner, à une époque où les « jets » n'existent pas encore, et où la traversée de l'Atlantique est (presque) une aventure. Le roman dont on ne peut oublier le caractère autobiographique est inspiré par les surprises, les émerveillements et les déceptions d'un jeune Français plongé dans le monde étrange de la Virginie et des États du Sud. (...) Le prix Interallié revient à l'un des meilleurs romans de la saison. Un livre émouvant et tendre auquel la critique et le public ont rendu justice. »

Gilles Lamnert, *le Figaro.*

Philippe Labro entre deux journalistes et écrivains, Jacques Duquesne et Jean Ferniot.

Achevé d'imprimer
le 30.4.87
par Printer industria
gráfica, sa
c.n. II, Cuatro Caminos, s/n
08620 Sant Vicenç dels Horts
Barcelona 1987
Depósito Legal B. 17330-1987
Pour le compte de
France Loisirs
123, Boulevard de Grenelle
Paris

Photocomposition: PFC, Dole
Numéro d'éditeur : 12516
Dépôt légal : mai 1987
Imprimé en Espagne